Mila Quirin

Bauchflüstern – *Liebe und andere Komplikationen*

kulturMut

Crowdfunding für Kultur
Rhein Main

Ausgezeichnet durch „kulturMut“ – die Crowdfunding-Plattform von Aventis Foundation und Kulturfonds Frankfurt RheinMain.

MILA QUIRIN

Bauchflüstern

-

Liebe und andere Komplikationen

IMPRESSUM

Bibliografische Informationen der Deutschen Nationalbibliothek.
Die Deutsche Nationalbibliothek verzeichnet diese Publikation in der Deutschen Nationalbibliografie;
Detaillierte bibliografische Daten sind im Internet über hhtp://dnb.d-nb.de abrufbar.

Mila Quirin
c/o autorenglück.de
Franz-Mehring-Str.15
01237 Dresden

milaquirin@yahoo.com

Cover: Mila Quirin
Lektorat: Linda Sack
Korrektorat: Martina Wahl
Buchsatz: Stefanie Scheurich

Für mein jüngeres Ich

Liebe(r) LeserIn,

in Minas Geschichte geht es um Verdauung, im eigentlichen und im übertragenen Sinne. Es geht darum, wie sich eine chronische Krankheit auf Körper und Psyche auswirkt und dass beides gemeinsam einen Menschen ausmacht. So wie wir täglich, mehr oder weniger bewusst entscheiden, was wir an Nahrung aufnehmen, unserem Körper zu verdauen zumuten und welche Nährstoffe wir brauchen, so sollten wir ebenso bewusst entscheiden, was wir unserer Psyche zuführen. Jeder Mensch bringt unterschiedliche Voraussetzungen mit, was er zu verdauen im Stande ist, was ihm schwer im Magen liegt oder ihn mental belastet. Mir, als Autorin dieses Buches, ist es wichtig, dass diese mitunter ballaststoffreiche Kost, nicht zu nachhaltigen Verdauungsproblemen führt. Jeder Mensch reagiert in seiner ganz individuellen Zusammensetzung möglicherweise sehr unterschiedlich auf die im Buch gesetzten Stimuli. Ich möchte Dich deshalb, Dir eine Wärmflasche, eine Kuscheldecke und ein warmes Getränk reichend, bitten, während des Lesens auf Dich Acht zu geben, so dass Du Minas Welt am Ende mit gutem Bauchgefühl verlassen kannst.

Kapitel 1

Umhüllt von Schlaf stand sie dort, ungeschützt in der Leere des Raums. Sie war umgeben von erdrückender Dunkelheit, die nur durch die wiederkehrenden Zuckungen der Blitze des Gewitters unterbrochen wurde. Stets begleitet von markerschütternden Rufen des Donners. Die Abstände der einzelnen Episoden von Licht, Dunkelheit und der Schreckensschreie der Natur folgten dem periodischen Muster ihres Herzschlags. Die Welt zitterte ehrfürchtig vor dieser Naturgewalt. Briefkästen wackelten und Planen flatterten aufgescheucht durch den frostigen Wind, der ihre Angst durch sein heulendes Gelächter verhöhnte. Die eisige Hand des Wetters ergriff ihre Hülle aus Wärme und Schlaf und entriss sie ihr immer mehr. Sie gelangte bis in die Tiefen ihrer Seele und riss auch hier Stücke mit sich davon. Erbarmungslos prasselte der Regen wie eiskalte Nadeln auf sie nieder, die sich in ihren Schädel bohrten. Die Tropfen tanzten auf ihrem Kopf und sie spürte ein Beben, das in Wellen gänsehautartiger Erregung durch ihren Organismus wanderte. Einige Tropfen fanden den Weg in ihr Gesicht und zogen Spuren von Erfrierungen nach sich. Sie rannen wie Bäche über ihr Kinn, bis hinunter zu ihrem Körper. Ihre Muskeln verkrampften vor Kälte und

Schauer. Zitternd versuchte sie sich in ihrer Umgebung zu orientieren. Doch sie fand nichts, das ihr bekannt vorkam. Die kurzen, hell erstrahlten Wutentladungen der Natur gaben ihr nur einen verschwommenen Einblick. Panik kam auf, aber sie war vor Kälte wie erstarrt und musste das Schauspiel bewegungsunfähig hinnehmen. Plötzlich hörte sie Atemgeräusche.

Es dauerte, bis Mina zu sich kam und das Kitzeln des warmen Atems an ihrem Ohr, gepaart mit den sanften Berührungen einer winzigen kalten Stupsnase, als ihren Hund Einstein identifizieren konnte. Erleichtert drückte sie ihr Gesicht an das weiche Fell ihres kleinen Begleiters. Dieser erkannte freudig tanzend, dass sein Frauchen erwacht war und hopste überglücklich auf ihre Brust. Dort sitzend schaute er sie mit seinen frechen bernsteinfarbenen Augen voller Lebensfreude an, um sich dann seine verdienten Liebkosungen abzuholen. Der Traum wich dabei nur langsam der Realität. Er hing ihr nicht nur nach, sondern hatte sie in der Vergangenheit immer wieder heimgesucht. Sie fasste jedoch den Entschluss, sich den Start in den Tag davon nicht vermiesen zu lassen. In den letzten Wochen hatte sie diesen Tag mit Freude und Angst erwartet. Heute würde sich zeigen, wofür sie die vergangenen vier Jahre hart gearbeitet hatte. Noch während sie sich innerlich ihrer Motivationsrede hingab, griff sie zielsicher nach ihrem Handy auf dem Nachttisch neben sich. Die unangenehme Erhellung der Umgebung ließ sie die Augen zusammenkneifen. Nachdem sich ihre Pupillen funktionsgerecht verkleinert hatten, konnte sie die Uhrzeit erkennen und war angenehm überrascht, als sie auf dem Display 5.30 Uhr aufleuchten sah.

»Einstein du bist besser als jeder Wecker«, sagte sie lächelnd und schaltete den Handywecker ab, der erst in fünf Minuten klingeln würde. Einstein war über die Würdigung seiner Leistung überaus begeistert, vielleicht aber auch nur im Zusammenhang seiner vollen Blase so erquickend fidel. Mina zog ihren grünen Morgenmantel und ihre lilafarbenen Haussocken an, rückte ihren Pyjama zurecht und trat mit Einstein auf dem Arm den Weg nach unten zum Frühstückstisch an. Sie war kein Fan von Frühstück, noch weniger von gemeinsamem Frühstück. Doch ihre Familie wartete bereits am Tisch und unterhielt sich lauthals. Im Radio lief etwas plärrendes Eisernes. Etwas Motivierendes mit viel Bass für den Mittag und damit etwas völlig Überreizendes für den Morgen. Sie konnte förmlich spüren, wie die Sinneshärchen ihrer Ohren vibrierten, wenn die Musik sie nicht sogar abbrechen ließ. Das war nicht Minas Art von Morgen. Doch heute, gerade heute, ließ sie sich davon nicht die Laune verderben. Sie gab Einstein sein Frühstück. Dieser vollführte seinen allmorgendlichen, kreisenden Tanz und verschwand auf seinem Platz, um den getrockneten Hühnchenstreifen zu verputzen. Unterdessen kochte sie ihren Haferschleim, obwohl ihr schon bei dem Gedanken daran, etwas essen zu müssen, schlecht wurde. Mina war kein Morgenmuffel der üblichen Definition. Im Gegenteil, sie mochte Morgende, denn das bedeutet den Start in einen neuen Tag. Doch diese überfüllten, gestressten und erzwungenen Momente von fröhlicher Lautstärke, gepaart mit Düften von Marmelade, Kaffee und grober Leberwurst, ließen sie sich in letzter Zeit gehäuft auf eine einsame Insel wünschen. Gedankenversunken rührte sie in ihrem Haferschleim und überhörte beinahe, wie ihre Mama sich nach ihrem Wohlergehen erkundigte.

»Bereit für den heutigen Tag?«, fragte sie aufmunternd.

Es war Teil ihres ewigen, morgendlichen Rituals. Wie immer lächelte Mina tapfer in die Runde. »Natürlich! ich bin eine Möller und eine Möller schafft alles, was sie sich in den Kopf gesetzt hat.« Glatt gelogen. In diesem Moment stieg die Traurigkeit in ihr empor und sie atmete flacher, um diese nicht nach Außen zu tragen. Sie betrachtete ihre Familie. Ihre Mutter mit den zerzausten dunklen Haaren, die vor sich hin summte. Ihr Vater, in seiner Malerkleidung, der dem Radio lauschte und seine Haferflocken mit Banane frühstückte und ihre Schwester, mit vor Schlaf zerknittertem Gesicht. Für Mina waren sie Fremde. Fremde, deren Eigenarten sie zu gut kannte und deren Liebe sie sich bewusst war, aber dennoch Fremde. Sie hatte mit ihnen nichts gemein, als ein paar Allele ihres Erbguts und den gleichen Wohnsitz. Was wirklich in ihr vorging, wollte und konnte sie diesen geliebten Fremden nicht mitteilen. Deshalb und womöglich, weil es einem Eingeständnis gleichkäme, lächelte sie ihre Trauer, ihren Schmerz und alles, was sie beschäftigte, einfach weg. In ihrer Vorstellung konnte sie die Blicke ihrer Angehörigen auf ihrer Haut spüren, sollte sie sich ihnen jemals öffnen. Das Resultat war ein unangenehm anwachsender Kloß in ihrem Hals, der ihre Atemwege zu verlegen drohte. Sie entschied sich, die Fassade ihrer Familie gegenüber aufrechtzuerhalten. So oder so, heute war kein Platz für Emotionen und noch viel weniger für Ängste. Mit diesem Gedanken würgte sie den ersten Löffel Haferschleim herunter.

»Mina Schätzchen, weißt du schon, wann du heute deine Prüfung hast?«, fragte ihr Vater erwartungsvoll. »Du rufst mich aber direkt an, wenn du bestanden hast, ja?« Er legte seine rechte Hand liebevoll auf ihre Schulter.

»Um 11 Uhr Papa. Ja, du kennst mich doch. Klar rufe ich dich an«, sie sah zu ihrer Mutter, »Und Mama auch.« Vorfreude überkam sie und sie stopfte sich nun mit einem echten Lächeln geschmückt, einen weiteren Löffel Brei in den Mund.

Minas Mutter lächelte zurück. »Wir wissen wie aufgeregt du deswegen bist und fiebern mit dir mit, auch wenn wir den Inhalt deiner Arbeit nicht verstehen. Wir sind sehr stolz auf dich.«

Mina spürte, wie in diesen Worten Traurigkeit mitschwang. Ihre Schwester hatte bisher geschwiegen, warf ihr aber auf dem Weg ins Bad über den Rücken zu: »Mina schafft das schon.«

Ein Klumpen bildete sich in ihrem Magen. So als hätte sie ganze Buchseiten verschlungen, die sich nun mit ihrer Magensäure zu Pappmaché vermengten. Was, wenn sie es nicht schaffen würde? Stress bekam ihr nicht und der Haferschleim offenbar an diesem Morgen auch nicht. Ihr wurde übel, doch sie zwang sich die breiige

Pampe Löffel für Löffel herunter zu schlucken. Völlig selbstverständlich ergriff sie von der Ablage unter dem Tisch ein metallenes Döschen. Die kalte Oberfläche erwärmte sich innerhalb weniger Sekunden auf ihre Körpertemperatur, so dass sie es schnell nur noch anhand seines Gewichtes als Fremdkörper identifizieren konnte. Sie holte zwei ellipsenförmige Tabletten hervor, deren Aufgabe es sein sollte ihre Darmschleimhaut zu schützen und so einer Entzündung vorzubeugen. Ihr missfiel die knallgelbe Farbe, die einem in der freien Wildbahn schon entgegenrief, dass ihr Träger ungenießbar und giftig sei. Sie versuchte, nicht darüber nachzudenken. Abschätzend blickte Mina auf die zwei Pillen in ihrer rechten Hand, nahm ein Glas Wasser in die linke und legte ihren Kopf in den Nacken. Während sie die monströsen Smarties in ihren Mund fallen ließ und ihren Gaumen überredete das Zeug zu schlucken, intensivierte sich ihre Übelkeit. Die Aufregung des heutigen Tages drehte ihren Magen langsam auf Links und so fand sie sich nur wenig später über der Kloschüssel hängend wieder, wie sie die früh morgendliche Motivation gemeinsam mit ihrem Frühstück in der Toilette runterspülte.

Der einzige Ort, an dem sie jetzt noch sein wollte, war ihr Bett. Stattdessen zwang sie sich in ihre beste schwarze Hose und den Blazer ihrer Schwester und versuchte sich äußerlich so herzurichten, dass es ihrem Alter entsprach. »Kleider machen Leute«, dachte sie sich und spürte, wie die Motivation langsam zu ihr zurückkehrte, aber vor allem Aufregung Einzug hielt.

Alle anderen hatten das Haus mittlerweile verlassen.

Nur Mina und Einstein waren noch übrig. Nachdem Mina mit dem Zwerg, Zwecks Erleichterung im Garten gewesen war, nahm sie sich eine Wohndecke, wickelte sich ein und setzte sich im Wohnzimmer vor die Heizung, auf den Boden. Das braune Fellknäuel legte sich auf ihren Schoß und kringelte sich in ihrem Schneidersitz ein. Es war still im Haus. Allein die Atemgeräusche der beiden, sowie das Prasseln des Regens wie er gegen die Fensterscheibe klopfte, waren zu hören. Mina hatte fast das Gefühl, sie könnte die Wärme und das Wohlbehagen sehen, das in Schleiern wabernd von der Heizung und der Symbiose aus Einstein und ihr aus ging. Zumindest konnte sie die trockene Heizungsluft aber riechen, die das feuchte Milieu ihrer Nasenschleimhaut vor Herausforderungen stellte. Sie ließ mit jedem Atemzug Ruhe und Kraft in sich aufsteigen, bis sie sich gefasster fühlte. »Einstein«, begann sie flüsternd, um ihn nicht zu schroff aus seinem Dösen zu erwecken. Sie sah, wie er eines seiner Hängeohren anhob und fuhr fort: »Hast du schon mal darüber nachgedacht, wie die Welt wohl ohne Ängste wäre?«

In diesem Moment sah Einstein mit verschlafenen Augen zu ihr auf und gähnte genüsslich. Mina meinte in seinem Blick ein freches, wenn auch etwas überhebliches Funkeln zu sehen.

»Und wie immer hast du recht«, sie musste lachen bei dem Anblick dieser schlaftrunkenen Weisheit, »Ich sollte mich einfach mal entspannen. Ja, einfach mal in den Tag hineinleben, so wie du es tust. Hund müsste man sein!« Sie lehnte sich zurück und philosophierte noch ein wenig darüber, von ihrem Hund belehrt worden zu sein. Mina fand sich über diesen Monolog grinsend wieder, als sie in der Peripherie das Aufleuchten ihres Handydisplays wahrnahm. Zunächst wollte sie es gekonnt ignorieren, weiter die Gedanken schweifen lassen und sich noch ein paar Minuten abseits des Medienrummels um Facebook und WhatsApp gönnen. Dennoch konnte sie ihre Neugierde nicht niederringen. Wer schrieb ihr schon so früh? Sie vermutete einen Freund, der in einer persönlichen Krise steckte. Oder sich gerade zufällig daran erinnerte, dass es sie gab. Mit Letzterem lag sie Gold richtig. Es war eine Nachricht von Finn, die sie aus ihrem vom trommelnden Regen geleiteten Gedanken gerissen hatte. Er konnte es riechen, wenn in ihrem Leben mal etwas schieflief. Wie ein schlechtes Omen. Genau dann meldete er sich, um ihr zu erzählen, wie himmelhochjauchzend er seines bestritt. Nichts, was sie jetzt gebrauchen konnte. Es wurde Zeit aufzubrechen und der Welt, aber vor allem sich selbst, zu beweisen, wozu sie in der Lage war. Sie schob Einstein sanft von ihrem Schoß, was er mit einem vorwurfsvollen Schnauben quittierte. Denn, obwohl er Mina zuverlässig in der Früh weckte, war er ansonsten eher ein Langschläfer. Sie klopfte ihre Hose ab und entfernte so Staub und Haare, die ihr kleiner Freund als gelungenes Accessoire hinterlassen hatte. Sie zog sich Jacke, Mütze sowie Handschuhe an und schnappte sich ihre Tasche und eine Banane. Abreisebereit stand sie in der Tür und blickte sich ein letztes Mal in der Wohnung um. Friedvolle Leere. Sie verabschiedete sich von Einstein, der erwartungsvoll vor ihr stand und ihr mit seiner Stupsnase und einem kleinen, durch seinen Bart geformten Lächeln, eine Portion Mut mit auf den Weg gab. Mina holte tief Luft, war bereit in die lautstarke Fülle hinauszutreten und öffnete die Haustür.

Der Regen, der vorher eine wunderbare Hintergrundkulisse abgegeben hatte, prasselte ihr nun als eine nasse Geräuschwand entgegen. »Interessant wie der Standpunkt die Wahrnehmung verändert«, dachte sich Mina nebenbei, als sie ihren Regenschirm öffnete und den ersten Schritt nach draußen wagte. Abermals gestaltete sich ihre Geräuschumgebung um. Diesen Klang des Regens mochte sie besonders gern. Es hatte etwas Stimulierendes, wie die Tropfen auf dem Stoff des Schirms miteinander tanzten, um später, in seichten Bächen an seinem Rand vereint, dem Boden entgegenzufallen. Für Mina schien es, als freute sich die Natur über diesen Regenschauer, streckte sich ihm begierig entgegen und lockte ihn mit dem Duft von Leben. Sie liebte den Geruch von Petrichor und die romantische Vorstellung, dass sich die Bakterien der Erde über die Feuchtigkeit freuten und sie mit einem eigens produzierten Duftstoff, dem Geosmin, willkommen hießen. Sie vermochte ihre Freude nicht in Worte zu fassen. Ebenso wie es sie manchmal bedrückte, dass Regen je nach eigener Stimmungslage ein Eigenleben entwickelte und entweder düster kalt und zerrend wirkte oder aus einem Hauch von Licht das komplette Farbspektrum zu zaubern vermochte. Sie war keine Physikerin, aber das Phänomen der Dispersion verführte sie wohl zu ähnlich erregtem Zustand.

Der Weg zum Bahnhof war nicht weit. Sie dachte über den Regen nach und wie glücklich die Streptomyceten, als winzige Bewohner des Bodens, in diesem Augenblick wohl sein würden. Ihre Füße führten sie zuverlässig den Weg entlang, während sie es mit einem zweiten Frühstück versuchte und gedankenverloren in ihre Banane biss. Der Bahnhof war wenig einladend, wenn auch die Renovierungsarbeiten erst vor wenigen Monaten abgeschlossen worden waren. Das dreistöckige Haus, das die Bahngleise von der, durch den Ort führenden Hauptstraße, abschirmte, war in cremigen gelb angelegt. Diese Farbe schien durch den Regenschauer jedoch zu ergrauen und wirkte durch die Höhe des Hauses fast aufdringlich erdrückend. Der Bahnsteig war menschenleer und nur Müll und Zigarettenstummel leisteten ihr Gesellschaft. Obwohl der Aufenthaltsort überdacht war, wurde Mina bis Kniehöhe in einen Sprühnebel getaucht. Ihr Bauch schmerzte und holte sie in die Realität zurück. Panisch, denn wo sollte sie im Notfall ihren menschlichen Bedürfnissen nachkommen, versuchte sie die Krämpfe weg zu atmen. Es half. Aber nur vorübergehend. Sobald sie im Bus nach Darmstadt säße, hätte sie 53 Minuten lang keine Möglichkeit mehr, im Falle eines Falles eine Toilette aufzusuchen. »Ich bin der Herr über meinen Darm«, versuchte sie sich einzureden. Es gab viele Menschen, die trotz chronischer Krankheit studierten und ihren Abschluss schafften und sie würde es ihnen gleichtun. Die Krämpfe verschwanden, nachdem sie sich die Kopfhörer in die Ohren steckte und sich von der Musik leiten ließ. Das flaue Gefühl im Magen jedoch blieb. Sie verachtete ihren Körper dafür, was er ihr antat und dass er ihren Verstand als Geisel nahm, ohne eine Möglichkeit zur Flucht. Ein Problem, das sie zu einem anderen Zeitpunkt angehen würde.

Der Bus kam. Endlich. Sie hatte langsam angefangen, zu frösteln und die Nässe zog ihr in die Knochen. Es kostete sie Überwindung, durch die Tür des Busses zu gehen. Sie sendete eine Art Stoßgebet an eine überirdische Macht, welcher Herkunft auch immer, an die sie eigentlich nicht glaubte, und hoffte, ihr Darm würde sie verschonen.

Kapitel 2

Busfahrten waren ihr gleichermaßen Freund wie Feind. Sie fürchtete ständig, dass ihr Darm sich regte. Gleichzeitig genoss sie die Gelegenheit abzuschalten und die Welt vorbeirauschen zu lassen. Mina setzte sich auf ihren gewohnten Platz neben der Heizung. Diesen hatte sie im ersten Semester für sich auserkoren und seitdem beibehalten. Er war im hinteren Teil des Gelenkbusses und befand sich nicht nur direkt an einem Heizkörper, sondern auch gegenüber der hintersten Tür. So war ihr warm und es kam an jeder Haltestelle frische Luft herein. Um sich einen ungewollten Sitznachbarn zu ersparen, belegte sie den Platz neben sich stets mit ihrem Rucksack. Obwohl sie sich manchmal fragte, wieso niemand um den Sitzplatz bat, so war sie doch im Allgemeinen ganz froh nicht durch andere Personen bedrängt zu werden.

Menschen rochen, dass taten alle, aber nur wenige rochen gut, zumindest aus ihrer Perspektive. Sie wollte weder einen unangenehmen Geruch aufgedrängt bekommen noch Auslöser eines Ekelempfindens bei einem anderen sein. Oft hatte sie das Gefühl, dass Menschen sich mit einer Aura aus Körperwärme und Gerüchen umgaben und dies war ihr schlicht unangenehm.

Der Busfahrer schloss die Türen und es ging los. Sie fühlte sich jedes Mal, wenn sie den Weg nach Darmstadt auf sich nahm, wie damals, als sie zur Klassenfahrt aufbrach und ihr alles wie ein Abenteuer vorkam. Etwas aufgeregt, leicht beunruhigt, aber dennoch erfreut, sich diesem Erlebnis zu stellen. Das Brummen des Busses, im Einklang mit den Vibrationen der Straße, ließen Mina gedanklich schnell der Realität entgleiten und sie döste ein.

Ein Ruckeln, verursacht von einer harten Bremsung des Busses, riss sie unangenehm aus dem Halbschlaf. Sie benötigte einige Sekunden, um sich über Zeit und Ort ihres Aufenthalts bewusst zu werden. Auch ihr Darm hatte sich offenbar erschrocken und rebellierte nun nicht minder aufdringlich als zuvor am Bahnhof. Mina wusste, dass dies der Anfang vom Ende ihrer Menschenwürde bedeuten könnte. Sie musste ihren Verdauungstrakt schnellstens unter Kontrolle bringen. Leider und dies war es, was Mina immer wieder schmerzlich zu spüren bekommen hatte, war ihr Darm der Herr über sie und nicht andersherum. Auch wenn die Krämpfe erträglich waren, hatte sie nun mit der zweiten Art an Symptomen als Zeichen eines Aufstands ihrer inneren Organe zu kämpfen. Ihr Verstand trübte zunehmend ein. Einen klaren Gedanken fassen zu wollen, war zwecklos. Auch wenn sie noch nie betrunken gewesen war, glaubte sie doch, dass dies ihren Zustand am besten beschrieb. Die

Umgebung veränderte sich. Ihre Wahrnehmung war wie hinter Glas. Die Geräusche wurden dumpfer und gleichzeitig eindringlicher, intensiver. Alles, was sie sah, war verschwommen und nur einzelne Details stachen gestochen scharf aus der Masse hervor. Mina konnte jeden ihrer Gesichtsknochen spüren und wie ihre Augen plötzlich nicht mehr in ihre Höhlen zu passen schienen. All das, diesen Zustand, kannte sie zu gut. Sie hatte ihn schon viele Male in den letzten Jahren erlebt, aber bis heute keinen Ausweg gefunden. Die einzige Lösung und das war das Prekäre an dieser Situation, war möglichst schnell eine Toilette aufzusuchen und ihrem Darm das zu geben, was er jetzt dringend brauchte.

Glücklicherweise war der Bus schon in Darmstadt angekommen und lediglich zwei Haltestellen vom Luisenplatz entfernt. Das angrenzende Einkaufscenter war stets ihre Notfalllösung im Hinterkopf. Nun hieß es Pobacken zusammenkneifen und Ruhe bewahren. Sie fuhren am Schloss vorbei, die Straßenbahnen glitten melodisch pfeifend am Bus vorüber und erfüllten die Innenstadt mit bunten Farben. Es regnete inzwischen heftiger und so verschwamm die Außenwelt zu einem einzigen Mosaik an verschieden farbigen Streifen und Punkten, die an Mina vorbeirauschten. Der Bus bog um die letzte Ecke und da strahlte ihr auch schon König Ludwig auf seinem riesigen Sockel aus Sandstein entgegen. Zu seinen Füßen standen Menschen mit Regenschirmen und schlechtgelaunten Mienen, die sich in kläglichen Versuchen, nicht auf die Fahrspuren der Busse und Bahnen zu geraten, aneinander vorbei quetschten. Eigentlich mochte es Mina, andere Menschen in ihrem täglichen Treiben zu beobachten und Verhaltensmuster heraus zu analysieren, aber hier und jetzt gab es abweichende Prioritäten. Der Bus hielt. Mina sprang auf und hüpfte eilig hinaus auf das Kopfsteinpflaster. Mitten hinein in eine große Pfütze. Es dauerte keine drei Sekunden, bis das kalte Wasser ihre Füße erreichte. Die Welt begann sich Korkenzieher gleich um sie herumzudrehen. Sie lehnte sich an die Anzeigesäule zu ihrer Linken und versuchte sich zu fangen. Der Regen wurde kräftiger, während ihre Energie zunehmend zusammenschrumpfte. Mina machte sich erst gar nicht die Mühe, in ihrer Tasche nach dem Regenschirm zu suchen. Nass war sie ohnehin schon. Sie versuchte sich möglichst nichts anmerken zu lassen und probierte, trotz stärker werdenden Bauchkrämpfen, aufrecht stehen zu bleiben. Am liebsten hätte sie sich auf den Boden gelegt, sich zusammengerollt und es Einstein am Morgen gleichgetan. Sie kämpfte gegen das Verlangen, sich fallen zu lassen. Tränen schossen ihr in die Augen, während sie sich schwer atmend zu orientieren versuchte. Verzweiflung überkam sie. In der Anonymität des städtischen Gewusels kam niemand auf die Idee ihr Hilfe anzubieten. Die Leute schauten nur. Nicht mal mitleidig, sondern angewidert. »Wie passend«, dachte sich Mina und schüttelte, ihren Blick nach unten auf das Pflaster fixiert, den Kopf. Ihr wurde schlecht. Ein weiteres Mal versuchte sie ihren Körper mit beruhigenden Worten zu besänftigen, doch es gelang es ihr nicht. Stattdessen erhöhte er den psychischen Druck. Dumpf nahm Mina wahr, wie die Menschen mit ihren Schirmen immer näher an ihr vorbeiliefen, sie streiften und dabei einen eklig warmen Dunst aus Geruch und Körperwärme hinterließen. Sie fühlte sich angegafft, als wäre sie die Hauptattraktion eines Irrenhauses. In ihr stieg Wut und Verzweiflung auf. Die Menschenmassen pulsierten und die Gesichter der vorbeilaufenden Leute waren groß und verzerrt. Ihre Umgebung rückte immer näher, wölbte sich ihr entgegen, um anschließend einen Wechsel von konvex nach konkav zu vollziehen und vor ihr zu flüchten. Sie hielt sich ihren Bauch, stand gebückt da und war vom Regen völlig durchnässt worden. Alles hatte sich in diesem Moment gegen sie verschworen. Sie befand sich in einer aussichtslosen Lage. Eine, die sie so schon zu oft durchlebt hatte. Sie stand in dieser Situation neben sich. Das musste sie, um das hier durchstehen zu können.

»Ich kann das.«

Ihre Haut juckte, als hätte sie in Brennnesseln gebadet.

»Meine Psyche spielt mir einen Streich«, fuhr sie in ihrem inneren Monolog fort.

Mit einem donnernden Gelächter manifestierte sich eine Stimme in ihrem Kopf. »Wie solltest du das schaffen? Du bist erbärmlich. Du schaffst es nicht mal allein mit dem Bus zu fahren, ohne völlig überfordert irgendwo am Straßenrand zu enden. Sieh dich nur an, wie du hier als elendiges Häufchen, inmitten von Menschen, deine Körperfunktionen unter Kontrolle zu halten versuchst. Wie sollte man dich lieben und wie solltest du jemals etwas zu Stande bringen?«

Hatte diese Stimme Recht? Der kleine Bach an Tränen wurde zu einem rauschenden Fluss. »Nein, das ist nicht richtig«, redete sie sich ein. Das Alles war nur ein schlechter Traum. Mina atmete ein paar Mal tief ein und rannte los. Quer über den Luisenplatz. An Straßenbahnen und Bussen vorbei, umlief Pfützen und versuchte die abwertenden Blicke der Menschen um sie herum auszublenden. Die Eingangstüren des Luisen Centers waren schwerer, als sie sie in Erinnerung hatte und es kostete sie einige Kraft sie zu öffnen. Warme stickige Luft schlug ihr entgegen. Eintöniges Gemurmel, unterbrochen von einzelnen, schrillen Stimmen, drang in ihre Wahrnehmung. Sie schlängelte sich an den Menschen vorbei und wunderte sich, während sie starr weiterlief, dass so viele um diese Uhrzeit frei hatten. Da war die Rolltreppe. Endlich. Rollentreppen gehörten, wie Aufzüge, zu den Dingen, die sie nicht mochte. Man erzählte sich nicht umsonst Horrorgeschichten über skalpierte Köpfe und abgetrennte Gliedmaßen. Aber in diesem Moment war ihr das auch egal. Sie rannte die Stufen mit großen Schritten herunter. Ihr Lauftempo schien dabei ihren Darm zu motivieren und er drängte stärker nach Entleerung. Am Fuße der Treppe angekommen blieb sie kurz stehen. Sie setzte ihr Pokerface auf, so gut es mit gerötetem Gesicht und obendrein verweinten Augen ging. Mit größter Willensstärke, einen Fuß langsam vor den anderen setzend, schritt sie voran. Dabei zwang sie sich das Reinigungspersonal freundlich zu grüßen, schließlich war sie gut erzogen und war überaus erleichtert, als sie endlich die Toilettenkabine erreichte. Erneut fing sie an zu weinen, aber dieses Mal vor abfallender Anspannung.

Nachdem sie dem Drängen ihres Darms nachgekommen war, packte sie die Erschöpfung. Sie zitterte am ganzen Körper und ihr Kreislauf erholte sich nur graduell. Mina wusste, dass dies lediglich eine von vielen Runden gewesen war und weitere folgen würden. Bei dem Gedanken die Kabine wieder zu verlassen, meldete sich ihre Panik deutlich zu Wort. Zu groß war die Angst, wiederholt in diese Situation zu geraten. Davon abgesehen hatte sie keine Kraft mehr. Ihr war kalt, ihr Bauch schmerzte noch immer und die Müdigkeit schien das komische Gefühl in ihrem Kopf nur weiter zu intensivieren. Mina entschied, gezwungen durch die Kraftlosigkeit ihres Körpers, sich einen Moment auf den Fußboden zu legen. Sie zog ihre Jacke aus, polsterte damit den Boden ab und hoffte, dass sie so vor dem Ekel geschützt war, der mit dem Boden einer öffentlichen Toilette einherging. Ihren Rucksack benutze sie als Kissen und kauerte sich in Embryonalstellung zusammen. Bevor sie darüber nachdenken konnte, wie unbequem diese Situation war, schlief sie ein.

Kapitel 3

Es roch nach Arzt. Die üblich ungesund, beruhigende Duftnote von Desinfektionsmittel und Methanol hing in der Luft. Mina sah sich um. Sie kannte diesen Ort gut, schließlich war sie im vergangenen Jahr drei Monate fast täglich durch diesen dunklen, langen Gang gehuscht, um zwischen den Laboren zu wechseln und Proben auszuwerten. Der Boden war grau und klebrig. Die Wände waren weiß und dreckig und eine ignorante Kühle ging von ihnen aus. Diese wurde durch vermeintlich witzige Plakate über Schmetterlingsblütengewächse und Laborvorgänge unterbrochen, die alles noch viel ungemütlicher wirken ließen, obwohl sie wahrscheinlich genau diesem Eindruck entgegenwirken sollten. Von einem großen Plakat an der Tür des Privat-Dozenten für Pflanzenbiodiversität schaute Charles Darwin in seinem üblich steifen Blick den Gang entlang. An der Tür des Professors der Arbeitsgruppe für Biotechnologie hing nichts Aufmunterndes und so blickte Mina auf eine leere, sie verhöhnende rotbraune Tür und wartete darauf, dass diese von innen geöffnet würde. Sie wusste, dass Professor Eckbert Kamarow nicht gestört werden wollte, wenn die Tür verschlossen war.

Das heutige Treffen war lange verabredet gewesen, nachdem sie am Tag ihrer Bachelorverteidigung nicht erschienen war. Das kam ihr gelegen, denn so hatte sie sich mental darauf vorbereiten können, was nun kommen mochte. Der Professor, alle nannten ihn liebevoll Ecki, war Mina ein Graus. Er hatte ihr nie etwas Bestimmtes getan, wurde ihr gegenüber nie laut oder unfreundlich. Dennoch hatte sie nicht nur Respekt, sondern empfand in seiner Gegenwart Angst und Unbehagen. Nicht weiter verwunderlich also, dass sie nun verschwitzt und mit zitternden Händen vor der Tür stand. Sie war überrascht, dass sie es bis hierher ohne Bauchschmerzen geschafft hatte. An der Wand lehnend hoffte sie, dass niemand aus der Arbeitsgruppe vorbeikommen würde. Auch die anderen Mitglieder der Gruppe machten ihr Angst. Sie erfüllten mit ihrer Anwesenheit den bereits ausreichend einschüchternden Gang mit kalter Überheblichkeit und Arroganz. Die Tür wurde geöffnet und Professor Doktor Eckbert Kamarow füllte den Rahmen aus. Mina erstarrte und vergaß zu atmen. Dieser Mann hatte eine unglaublich einnehmende Präsenz. Ihr wurde schlagartig kalt und sie spürte, wie sich die Blutgefäße ihrer Hände vor Aufregung schmerzhaft zusammenzogen. Ihr Kopf wurde dumpf und sie nahm in diesem Augenblick nur die für sie geöffnete Tür wahr. Der Professor machte Platz und sie betrat das Büro, in dem sie gleich das Ende ihrer Karriere mitgeteilt bekäme. Ihre Gedanken pulsierten. Sie atmete tief ein und wartete auf das, was nun folgen würde.

»Guten Tag Frau Möller, nehmen Sie bitte Platz«, sagte ihr Dozent bestimmend kühl.

Sie kam der Aufforderung nach. Der Stuhl war unbequem, wie die ganze Situation. Ihr Professor saß auf der anderen Seite des dunklen, mit Akten bedeckten Holzschreibtisches auf einem hochlehnigen, schwarzen Lederstuhl. Er sah sie mit seinen durchbohrend analysierenden Augen an. Sein Mund war ein schmaler Strich der sich, zumindest hatte es Mina bisher nicht wahrgenommen, nur selten zu einem Lächeln formte. Auch diesmal verweilte er in dieser Form und verzog sich anschließend zu einem enttäuschten Ausdruck.

»Frau Möller, was soll ich mit Ihnen machen? In meiner ganzen Laufbahn als Lehrkörper dieser Universität musste ich es erst vier Mal erleben, dass ein Student nicht zum Termin seiner Bachelorverteidigung erschienen ist. Bei Ihnen hätte ich mit so einem Verhalten definitiv nicht gerechnet«, sagte er in einem nachdrücklichen Ton und beugte sich zu ihr. Mina schluckte und versuchte dem aufsteigenden Stress nicht zu erliegen. Sie hatte sich für dieses Gespräch gewissenhaft vorbereitet und passende Sätze zurechtgelegt. Daran wollte sie sich auch halten.

»Professor Kamarow, es tut mir schrecklich leid. Wie in der Mail an Sie bereits erwähnt, hatte ich mit starken gesundheitlichen Problemen zu kämpfen, die es mir unmöglich machten zum besprochenen Termin zu erscheinen.« Mina versuchte ihn vorsichtig zu besänftigen. »Es tut mir wirklich leid, Sie enttäuscht zu haben.«

»Mina Sie wissen, dass die Verteidigung Ihrer Bachelorarbeit obligatorisch ist, um das Studium abschließen zu können und dass ich Sie durchfallen lassen muss, wenn Sie keinen ärztlichen Nachweis für eine Krankheit in diesem Zeitraum erbringen können.«

Mina konnte dem Blick des Professors nicht standhalten und brach den Augenkontakt kurzzeitig ab.

»Ja das weiß ich«, gab sie zu verstehen. Dann sah sie mit aller Kraft, die sie aufbringen konnte, wieder auf, ihrem Gegenüber direkt in die Augen, und fügte hinzu: »Ich kann Ihnen leider keinen Nachweis für diesen Tag erbringen. Mein Arzt weigert sich mir für jeden Fehltag ein Attest auszustellen. Ich habe, wie mit Ihnen zu Beginn des Bachelorpraktikums besprochen, ausschließlich ein ärztliches Attest, dass ich an einer chronisch entzündlichen Darmkrankheit leide. Ich hoffe Sie können nachvollziehen, dass selbst der Weg zum Arzt zu weit ist, wenn man durch anhaltenden Stuhldrang das Haus nicht verlassen kann.« Sie versuchte überzeugend zu wirken und hoffte, dass der Professor sich damit zufriedengeben würde. Sie wollte auf jeden Fall verhindern, dass ans Licht kam, was wirklich passiert war. Das sie an diesem Tag auf einer öffentlichen Toilette zusammengebrochen war. In diesem Zusammenhang stieg die Erinnerung an eine Szene im ersten Semester in ihr Bewusstsein empor, als sie ihren Kommilitonen von ihrer Krankheit berichtet hatte und diese angeekelt zurückgeschreckt waren. Nein, die Wahrheit konnte sie nicht sagen.

Über die letzten vier Jahre hatte sie es perfektioniert, Fragen bezüglich ihrer An- und Abwesenheit zu beantworten, ohne zu lügen oder abstoßend zu wirken. Die Blicke der anderen blieben und der Ekel war Mitleid und Unverständnis gewichen. In diesem Moment stieg in ihr

Hass gegen sich selbst auf. Auf vielerlei Ebenen. Sie hasste es, wie sie war und sie hasste sich dafür, dass sie dies nicht akzeptieren konnte.

»Mina...«, riss Professor Kamarow sie aus ihren Gedanken, »selbst, wenn ich dieses Argument gelten lassen würde, Ihre schriftliche Arbeit ist nicht akzeptabel.« Er nahm Minas Bachelorarbeit in die Hand und blätterte theatralisch schnaubend darin.

»Ich dachte, wir hätten besprochen, dass Sie mir nach der Hälfte der Bearbeitungszeit eine vorläufige Version zum drüber lesen abgeben«, sagte er vorwurfsvoll. Mina wusste sich nicht zu helfen, denn sie konnte ihm ja schlecht sagen, dass sie Angst vor ihm hatte. Dass sie zwar an seinem Büro vorbei geschlichen war, aber nie den Mut aufgebracht hatte, ihm ihre Version abzugeben. Ihrer Betreuerin Jelena hatte sie ihre Arbeit vorgelegt und alle Verbesserungsvorschläge so gut wie möglich umgesetzt. Wie hatte sie so auflaufen können? In ihrem Kopf begann es zu summen und zu rauschen. Egal, was sie sagen würde, in den Ohren des Professors würde es wie eine schlechte Ausrede klingen.

Ihr Dozent hatte offenbar lang genug gewartet. »Ich verstehe Ihre Lage, aber ich muss Sie gegenüber den anderen Studenten fair bewerten. Ihre Arbeit ist in mäßig gutem Englisch verfasst, es finden sich umgangssprachliche Floskeln und die Grammatik lässt auch zu wünschen übrig. Mal abgesehen von den unzähligen Formfehlern. Wenn ich es nicht besser wüsste, wenn ich nicht wüsste, dass Sie sonst im Einserbereich abliefern, würde ich dieses Format als respektlos bezeichnen.«

Mina wusste nicht, was sie darauf antworten sollte. Sie hatte die Arbeit drei Mal Korrektur gelesen, ihre Betreuerin hatte sie ebenfalls korrigiert und dass sie der englischen Sprache nicht ausreichend mächtig war, war zuvor mit ihm abgeklärt worden. Er hatte sie jedoch dazu gedrängt, auf Englisch zu schreiben, denn schließlich sei dies die Sprache der Wissenschaft und sie müsse es früher oder später erlernen. Sie schämte sich, hatte sie doch nach bestem Gewissen und Wissen gehandelt, als sie ihre Bachelorthesis Anfang Februar stolz überreicht hatte. Mina war den Tränen nahe und äußerte mit zittriger Stimme: »Herr Kamarow, ich kann nicht mehr als mich noch mal aufrichtig bei Ihnen zu entschuldigen. Ich wollte Ihre Autorität zu keiner Zeit in Frage stellen. Ich verstehe Ihre Kritikpunkte und werde sie, insofern Sie mir die Chance dazu geben, berichtigen.«

Stille. Der Professor drehte sich in seinem Stuhl zu einem Whiteboard um und schien die aufgeschriebenen Strukturformeln zu studieren. Es verging eine gefühlte Ewigkeit und Mina versuchte krampfhaft, ruhig sitzen zu bleiben und nicht nervös herumzurutschen. Die Unbequemlichkeit des Stuhles trat immer mehr zu Tage. Sie wechselte ihre Beinposition und riss ihren Dozenten damit scheinbar aus seinem Gedankengang. Er setzte sich aufrecht, schob seine Brille zurecht und räusperte sich. Anschließend fixierte er Mina mit seinen stahlblauen Augen und sagte in einem endgültigen Ton: »Wie gesagt, ich darf Sie trotz Ihrer Einschränkung nicht anders behandeln als andere Studierende. Die erbrachte Leistung muss stimmen.«

Mina nickte zustimmend, er hatte Recht.

»Aber, ich bin kein Unmensch. Ich weiß welch große Herausforderung es ist, als Bachelorstudent die erste wissenschaftliche Arbeit eigenverantwortlich zu erarbeiten. Ich lasse Sie nicht durchfallen, möchte Ihnen aber dringend raten in der Abschlusspräsentation zum einen zu erscheinen und zum anderen, auf genannte Kritikpunkte zu achten. Ich möchte weder Rechtschreibfehler noch irgendwelche Formfehler sehen.«

Mina fiel das Gewicht eines ausgewachsenen Buckelwals vom Herzen.

»Sie dürfen die Präsentation auf Deutsch halten. So schaffen Sie es eventuell mich davon zu überzeugen, dass Sie verstanden haben, um was es in ihrer Arbeit ging.«

Mina nickte erneut. Nun hatte sie Tränen in den Augen, sie wusste nur nicht, ob es Tränen der Freude oder Verzweiflung waren. Sie war dem Urteil des Professors, das über ihren weiteren beruflichen Werdegang entscheiden würde, hilflos ausgeliefert. Es wäre wohl am einfachsten gewesen die Wahrheit zu sagen. Ihm zu erklären, wie es ihr ging, was sie aufgehalten hatte und zu diesem Ergebnis geführt hatte. Aber sie wollte nicht um Mitleid betteln. Sie wollte ihren Abschluss mit ihrem Können erreichen, nicht weil sie krank war.

»Danke Professor«, sagte sie, »Ich werde mein Bestes geben, um Ihnen zu beweisen, dass ich es kann!« Sie verließ das Büro und wollte die Tür hinter sich schließen, als er ihr hinterherrief: »Ach und Frau Möller, denken Sie an das Attest!«

Kapitel 4

Mit hängenden Schultern schlurfte sie den Campus entlang und dachte über das Gespräch mit Professor Kamarow nach. Wenn sie die Verteidigung vergeigen würde, wären die letzte Jahre umsonst gewesen. Sie musste das einfach hinbekommen. Mina ballte ihre Hände zu Fäusten, sodass ihre Finger ihre Daumen umarmten. Eine Umarmung könnte sie jetzt auch gebrauchen. Ihr Blick war leer in die Ferne gerichtet, entsprechend nahm sie die ihr entgegenkommenden Studenten nur am Rande ihrer Gedanken wahr. Dies wurde ihr zum Verhängnis, als sie frontal in einen kleingewachsenen jungen Mann lief, der in seinem Handy versunken den Campus zu überqueren versuchte. Erschrocken brachte sie kein Wort heraus. Sie starrte in ein ihr bekanntes Gesicht. Leon? Ja, es war Leon, der Betreuer des Praktikums im ersten Semester. Er lächelte sie aufmunternd an. So wie damals. Bevor Leon etwas sagen konnte, war Mina schon in ihren Erinnerungen versunken:

Es war noch nicht lange her, dass sie den Campus zum ersten Mal betreten hatte. Aufgeregter als an ihrem ersten Schultag war sie bereit gewesen, einen neuen Lebensabschnitt zu beginnen. »Das wird die aufregendste Zeit meines Lebens«, dachte sie. Schon vier Monate später, spielte sie mit dem Gedanken alles hinzuschmeißen. Studieren war verdammt anstrengend. Vor allem, wenn man es, wie sie, allein tat. Wieso wurde man davor nicht gewarnt? Wieso hielt niemand zu Beginn eine Warntafel hoch? Eine riesige, grell leuchtende Tafel mit einer Aufschrift, die man nicht übersehen konnte. »Lauf, solange du noch psychisch gesund bist!« Das erste Semester war fast überstanden und ihr Trost war, bei all den durchgemachten Nächten und Nervenzusammenbrüchen, dass sie es überlebt hatte. Ihr Darm blutete, sie hatte fünf Kilo abgenommen und war auf Cortison. Aber sie hatte es bis hier her geschafft. Allein. Das machte sie ebenso stolz, wie traurig und führte sie zu ihrem Gedankengang zurück. Ohne Freunde am Campus machte Studieren einsam. Man brauchte Menschen, die unter gleichen Bedingungen lebten und lernten. Mit denen man zusammen Bus fuhr, neben denen man in der Vorlesung sitzen konnte und auf die man sich als Laborpartner freute. Mina hatte keinen dieser Menschen. Sie war der Geist, der hin und wieder auftauchte, nur um unbemerkt wieder zu verschwinden. Aber sie war hier. Mit Mondgesicht und Steroidakne. Sie war hier. Mit Wassereinlagerungen und flimmerndem Herzen.

Sie betrat das große Gebäude vor sich. Hallende Stimmen am Ende des Treppenhauses verrieten ihr, dass die anderen Studenten bereits oben waren. Sie würde zu spät kommen. Panik stieg in ihr auf. Sie würde die Verliererin sein, die wieder keinen Laborpartner bekam.

Oben angekommen betrat Mina einen Raum, der zwar durch Fensterfronten an zwei von vier Seiten mächtig wirkte, allerdings zu klein für die anwesende Masse an Studenten war. Sie blieb in der Tür stehen und versuchte im grellen Licht der Deckenlampen, einen Überblick über die Situation zu bekommen. Der Raum war aufgeteilt in drei Blöcke, mit hintereinander gereihten Tischgruppen. Immer vier Stück. An jedem Tisch war Platz für fünf Studenten. Ihr Jahrgang hätte den Raum gut zwei Mal ausfüllen können, weshalb das Praktikum in eine Vormittags- und Nachmittagsgruppe aufgeteilt worden war. So dass jeder Platz hatte. Jeder außer Mina. Wer zu spät kommt, den bestraft das Leben. Deshalb stand sie nun in der Tür, hoffend alles würde sich auflösen. Ein Hiwi kam ihr zu Hilfe.

»Hi, ich bin Leon.« Er lächelte sie aufbauend an.

Sie suchte schüchtern Blickkontakt. »Mina«, antwortete sie leise. Am liebsten hätte sie ihr Gesicht versteckt.

»Wie ist dein Nachname? Dann kann ich dich einer Gruppe zuordnen.«

»Möller.« Er würde sie für geistig zurückgeblieben halten.

»Toll gemacht Mina«, rügte sie sich selbst. Zweifelnd sah sie sich weiter in Raum um, während Leon auf einer langen Liste nach ihrem Namen suchte.

»Du gehörst zu Gruppe 5!« Er zeigte auf den ersten Tisch des zweiten Blocks. Ihre Knie wurden weich. Ob wegen seines Lächelns oder ihrer Aufregung, war in dieser Sekunde nicht feststellbar.

»Ähm danke«, sagte sie vorsichtig. Sie versuchte abgeklärt zu wirken. Wie auch immer das gehen sollte.

Leon zwinkerte ihr zu »Kein Problem, ist mein Job.« Mit diesen Worten wandte er sich ab.

Sie hatte eine Gruppe. Sie würde nicht allein arbeiten müssen. Es kribbelte in ihrem Bauch. Das Kribbeln ging in ein Ziehen über, als die Freude der Angst wich und sie vor der Tischreihe von Gruppe 5 stand.

Die übrigen Gruppenmitglieder waren bereits in eine Gesprächsrunde vertieft. Niemand von ihnen hatte Mina bisher bemerkt. Zwei Jungs und zwei Mädchen. Eine gute Quote und eine günstige Chance unter den Vieren zumindest einen Freund zu finden. Und nun? Wie würde sie in die Gesprächsgruppe hineinkommen? Ein lautes Lachen ließ Mina zusammenzucken. Einer der beiden jungen Männer hatte ihr erschrockenes Gesicht registriert. Sein Gelächter verstarb und ging in ein Lächeln über. Die übrigen Gruppenmitglieder drehten ihre Köpfe nun verdutzt in Minas Richtung. Ihr Herz pumpte schneller, als es einem gesunden menschlichen Organ möglich war und ließ sie erröten. Obwohl ihr die Worte auf der Zunge lagen, denn wie schwer konnte ein »Hallo, ich bin Mina« schon sein, rutschten ihr die Wortgebilde geradewegs rückwärts die Luftröhre hinunter. Dort verkeilte sich dieser simple Satz und sorgte für ein unerträgliches Erstickungsgefühl. Während sie sich daran machte weitere Satzgefüge vorzuverdauen, war der rothaarige

Schönling ihr durch den Kreis der anderen entgegengetreten.

»Hi, ich bin Alex«, sagte er, als er ihr seine Hand zur Begrüßung entgegenstreckte, »Und das sind Luca, Kiara und Anastasia.«

»Anastasiiiiia!«, ertönte es genervt hinter dem zwei Meter Riesen. Er rollte mit den Augen.

»Ich bin Mina«, lachte sie ihm nervös entgegen. Ihre Anspannung blieb erhalten und sie spürte, wie der Schweiß ihre Innenarme hinablief.

»Wir haben uns gerade einander vorgestellt, du hast also noch nichts verpasst.« Er drehte sich um und die anderen Gruppenmitglieder traten zur Seite, so dass Mina sich in ihren Kreis eingliedern konnte. Nervös setzte sie ihren Rucksack ab und klemmte ihn zwischen ihren Füßen ein. Ihre Arme verschränkt, zwickte sie sich immer wieder, durch ihre Jacke hindurch, in ihren Oberarm, um ihrer Nervosität durch gezielte Schmerzreize Einhalt zu gebieten. Unterdessen stellten sich die anderen der Reihe nach vor. Sie war die Jüngste. Mit Abstand. Aber das hatten sie ihr wahrscheinlich schon längst angesehen. Vielleicht musste sie es gar nicht mehr erwähnen, wenn sie an der Reihe war. Wenigstens waren alle im ersten Semester. Sie würde also nicht die Dümmste sein.

»Naja und mein Hobby ist das Reiten«, hörte sie Anastasia sagen, bevor Mina das Herz stehen blieb, als nun alle Blicke auf sie gerichtet waren. Steif versuchte sie ihre verschränkten Arme in eine andere, freundlichere Position zu bringen und verbarg sie hinter ihrem Rücken. Besser – zumindest ein wenig. Sie lächelte und suchte zunächst Blickkontakt zu Alex, bevor sie sich in der Runde umsah.

»Also, ja ich bin Mina. Ich bin 17 Jahre alt und studiere auch im ersten Semester.« Luftholpause.

»Wow, du hattest G8, oder?«, fragte Kiara. Sie war definitiv die sympathischere der beiden Frauen. Mina nickte.

»Ja auch, aber ich habe auch eine Klasse übersprungen.« Sie wendete ihren Blick zu Boden.

»Oh krass«, hörte sie Luca sagen, »dann bist du ja das Genie der Gruppe.« Sie lachte, fuhr aber ohne Kommentar fort: »Ich komme aus Rödermark und meine Freizeit verbringe ich gerne mit meinem Hund.« Geschafft. Erste Hürde überstanden. Sie lobte sich innerlich, wie gut sie das Muster der anderen übernommen hatte. Mina zuckte zusammen, als Alex das Wort an sie richtete: »Wie kommt's, dass ich dich hier noch nie gesehen habe? Also mit deiner grünen Jacke wärst du mir bestimmt schon mal aufgefallen, wo wir doch gemeinsam angefangen haben zu studieren.«

Mina schluckte. Was sollte sie darauf antworten? Sie wollte nicht zu viel von sich preisgeben. Wahrscheinlich würde sie lügen müssen.

»Ja, also, das liegt daran. Ich bin einfach nicht so oft hier.« Hoffentlich würde er sich damit zufriedengeben. Er tat es, Luca allerdings nicht.

»Wieso das denn?«

Waren sie hier bei »Wer wird Millionär«? Das ungewohnte Interesse an ihrer Person verunsicherte sie. Bis hier her hatte sie die Fragerunde recht souverän überstanden. Ab diesem Punkt konnte es nur noch unangenehm werden. Ihre Nase fing an zu jucken und sie versuchte dem Verlangen sich zu kratzen entgegenzuwirken, indem sie sie wiederholt rümpfte. Vermutlich sah sie aus wie ein überdimensioniertes Kaninchen.

»Ach weißt du, man fährt mit dem Bus fast 1,5h von Rödermark bis hier her. Da versuche ich eben, so viel wie möglich von Zuhause zu machen.«

Ein Stoßgebet wirbelte durch ihre Gedanken. Sie spürte, wie die Nässe unter ihren Armen immer stärker wurde und hoffte darauf, dass sie ihre Kleidung nicht schon bis zu äußersten Jackenschicht durchgeschwitzt hatte. Schweißflecken konnte sie jetzt nicht gebrauchen. Anastasia warf ihr einen wissenden Blick zu. Sie hatte einen Skandal gerochen und hakte auf ihre Antwort ein.

»Wie schade, da verpasst du ja alles. Ich meine, das ist nun wirklich kein Grund immer allein Zuhause rum zu sitzen.« Sie setzte ein freundliches Gesicht auf. »Ich hab eine Idee. Ich meine, wir sind jetzt ja Laborpartner und da können wir doch mal abends alle zusammen was trinken gehen, uns kennenlernen und ein bisschen quatschen.« Sie funkelte Mina an und ihr Lächeln wirkte ein Stück fieser. Was hatte sie Anastasia angetan?

»Ohja«, ertönte es von den anderen im Chor. Mina kostete es größte Anstrengung, ihre Gesichtszüge zu kontrollieren und sie im entspannten Zustand zu belassen. Unter ihrer äußeren Hülle zogen sich ihre Gesichtsmuskeln schreiend vor Angst zusammen. Sie schaffte es, den Impuls niederzuringen und antwortete betont ruhig: »Ähm, ja, danke, aber ich trinke keinen Alkohol.« Damit stand sie wieder im Mittelpunkt des Interesses und Anastasia fixierte sie mit großen Augen, die überrascht wirken sollten. Mina war aufgeflogen. Da war sie sich sicher.

»Wieso das denn?«, fragte Luca empört. Er fing sich einen vorwurfsvollen Blick von Alex ein.

»Was denn? Sie ist Studentin, wie wir«, verteidigte er sich. Sie gab auf. Aus dieser Sache würde sie lügend nicht hinauskommen. Sie könnte es auf ihre Ernährung schieben oder dass Alkohol ungesund war. Aber das würde sie genauso zum Außenseiter machen. Ihre Hände ballte sie zu Fäusten und zog ihre Schultern nach oben.

»Ich nehme Medikamente, das verträgt sich nicht so gut mit Alkohol«, war ihre Antwort. Das hatte sie doch recht gut gelöst. Weiter würde bestimmt niemand fragen. Das wäre unhöflich. Wer wollte schon unhöflich sein.

»Ach echt, wieso?«, fragte Anastasia herausfordernd. Ihr Grinsen verweilte triumphierend über der Spannung, die sich im Gesprächskreis aufgebaut hatte. Mina schluckte. Anastasia, die blöde Pferdenärrin, wollte daraus etwas Persönliches machen. Gespannt wurde sie von vier Augenpaaren angestarrt. Sie versuchte, sich zu beruhigen. Eigentlich war es auch egal. Irgendwann wäre es so oder so rausgekommen. Selbst wenn sie mitgegangen wäre. Selbst wenn sie etwas getrunken hätte. Spätestens, wenn sie sich plötzlich entschuldigt hätte, um den Rest des Abends auf der Toilette der Bar zu verbringen. Irgendwann hätte sie mit der Sprache rausrücken müssen und dann hätten sie alle komisch angesehen. Da war diese Variante die bessere Lösung. Dann würde sie halt keine Freunde finden. So selten, wie sie hier war, machte das kaum einen Unterschied. Sie benötigte einige Sekunden, um sich die Worte im Kopf zurechtzulegen, blickte dann aber reihum jedem in die Augen und lächelte freundlich. Schließlich sah sie wieder auf den Boden und fokussierte die Füße der Pferdenärrin.

»Ich habe eine chronisch entzündliche Autoimmunerkrankung«, sagte sie schüchtern. Ihre Stimme zitterte. Anastasia wich einen Schritt zurück und Mina blickte sie überrascht an. Alex hatte die Lippen aufeinandergepresst und Kiara stand eingefroren, mit angehaltenem Atem da.

»Ist das ansteckend?«, rief Anastasia übertrieben laut. Lucas Augen weiteten sich. Auch andere Studenten richteten ihre Aufmerksamkeit nun auf die Gruppe. Minas Bauch begann sich zu verkrampfen. Sie wollte wegrennen, aber noch lieber wollte sie im Erdboden versinken. Tot umfallen wäre auch eine Lösung gewesen. Stattdessen stand sie regungslos da und wartete. Wartete, was passieren würde. Die Worte, an denen sie vorhin beinahe erstickt wäre, wollten nun wieder ans Tageslicht und hatten Mageninhalt im Gepäck. Mina musste sich beherrschen diesem Gefühl nicht nachzugeben und versuchte den Schock wegzuatmen. In den Gesichtern ihrer Kommilitonen stand Angst geschrieben. Einige starrten sie an, andere trauten sich nicht sie anzublicken. Kiara hatte als erstes ihre Fassung wieder erlangt.

»Ist das so was wie HIV?« Ein Raunen ging durch den Raum. Mina konnte ihr ansehen, wie sie angestrengt versuchte ihr Gesicht nicht zu verziehen. Lukas gelang das weniger gut. Wie war sie in diese Situation hineingeraten? Wie hatte sie vom Genie der Gruppe zum infektiösen Patienten Null werden können? »Ähm, also nein«, Mina kamen die Tränen. Ihre Unterlippe zitterte und sie hatte das Gefühl zu stinken. Sie ekelte sich vor sich selbst. Ihr Darm hielt es für eine gute Idee in diesem Moment auf sein Recht zu bestehen. Verzweiflung kam auf. Ihr wurde schwindelig. Was hatte sie nur falsch gemacht?

»Hey, alles okay bei dir?«, fragte Leon besorgt. Mina musste sich erst sammeln, so tief war sie in ihren Gedanken versunken gewesen. Die negativen Gefühle, hatte sie jedoch als Souvenir von ihrer Reise in die Vergangenheit mitgebracht und verhandelte nun gegenwärtig mit ihren Tränendrüsen um die Nutzungsrechte. Vor Leon in Tränen auszubrechen musste sie um jeden Preis verhindern, auch wenn ihr nach dem Gespräch mit Kamarow genau danach zu Mute war. Sie nickte. »Ja, alles gut. Ich hing gerade nur ein wenig meinen Gedanken nach.« Ein falsches Lächeln schmückte ihr Gesicht. Leon lachte. »Verstehe. Dann pass nur auf, dass du dich nicht in deinen Gedanken verläufst.« Er zwinkerte ihr zu »Ich muss weiter. Vorlesung beim Stein. Bis zum nächsten Mal, dann hoffentlich ohne Kollision.« Er schob sich an ihr vorbei, noch bevor sie auf seine Aussage reagieren konnte und ließ sie stehen. Allein. So wie sie es schon immer gewohnt war.

Kapitel 5

Aufgeregt wartete Mina auf der Steintreppe, vor der Eingangstür, den Blick auf das Hoftor fixiert. Seit der Nachricht von Finn waren nur wenige Tage vergangen. In dieser Zeit hatten sich nicht nur die Temperaturen verdoppelt, sondern auch ihre Neugierde. Weshalb wollte er sich wohl so plötzlich mit ihr treffen?

»Einstein! Ist ja gut, der darf hier rein«, rief Mina besänftigend als ihr Miniaturkampfhund zum Tor preschte, um den Störenfried auf Abstand zu halten. Niemand durfte ungefragt in sein Territorium eindringen. Einstein war zwar klein, aber das ließ er sich nicht gefallen. Während sich Mina dem Hoftor näherte, ließ ihr Wachhund den potenziellen Eindringling nicht aus den Augen. Als sie das Tor öffnete, wich seine feindliche Körperhaltung aber einem freudigen Tänzchen und aus einem Feind wurde Freund.

»Komm ruhig rein, der Kleine leidet an einem Napoleonkomplex, ist aber komplett harmlos«, versicherte Mina dem männlichen Besucher, welcher irritiert eintrat. Es wirkte komisch, wie dieser 1,90 m große, junge Mann eingeschüchtert vor Einstein zurückgewichen war.

Dieser war unterdessen damit beschäftigt, die Füße des neuen Freundes zu inspizieren und schien zufrieden mit dem, was er vorfand. Mina ging in die Knie und zog ihren Hund zu sich heran.

»Einstein, ich glaube du verunsicherst Finn. Nicht jeder weiß mit deiner Liebe umzugehen.« Sie lachte und herzte ihn, wuschelte ihm durch sein langes Fell und blickte hoch zu Finn. Dieser schien sich von der anfänglichen Quirligkeit Einsteins erholt zu haben und lächelte auf Mina herunter. Nachdem Finn das Tor hinter sich geschlossen hatte, ließ Mina Einstein wieder laufen. Elegant wie ein Rentner erhob sie sich mit einem Schnauben und erstarrte. Sie hatte Finn gänzlich anders in Erinnerung. »Jetzt bloß nichts anmerken lassen«, dachte sie und starrte ihn an.

»Wie geht's dir? Alles ok bei euch?«, fragte dieser Mann, der unmöglich der Finn sein konnte, den sie kannte.

»Ähm, ja, sicher. Alles in bester Ordnung. Und bei dir?«, antwortete sie stotternd, noch immer den Zahnrädchen in ihrem Kopf verfallen.

»Schon lange her, dass wir uns das letzte Mal gesehen haben. Ich glaube es war auf irgendeinem Geburtstag.«

Sie verabscheute diese oberflächlichen Gespräche.

»Ja, wenn ich mich recht entsinne, haben wir uns das letzte Mal auf Flo's Geburtstag gesehen. Das müsste inzwischen drei Jahre her sein«, sagte Mina nüchtern und versuchte Augenkontakt zu vermeiden. Sie wusste damit nicht umzugehen. Wusste nicht, wie man sich gegenüber einem Menschen verhält, den man seit Jahren nicht gesehen hatte und wie man Smalltalk hielt. Es gab keine Lehrmeinung darüber, wie man sich in solch einer Situation verhalten sollte, aber sie versuchte das einfach nur durchzustehen.

»Wollen wir los? Einstein freut sich schon den halben Tag darauf, endlich spazieren zu gehen.« Sie grinste Finn schmallippig an, während dieser wartete und sie halb verbeugend vorließ. Einstein gab daraufhin der Nachbarschaft zu verstehen, dass er Freigang hatte und sie sich in Acht nehmen sollten. Stolz marschierte der kleine Soldat voran und zeigte jedermann seinen einzigartigen Hüftschwung, der sein langes Fell wie einen Hularock tanzen ließ. Sie gingen etwa fünf Minuten an der Straße entlang und zwängten sich über die engen Bürgersteige Ober-Rodens. Schließlich kamen sie an einen asphaltierten Spazierweg, der die beiden Ortsteile Ober-Roden und Urberach verband. Er schlängelte sich parallel zu einem Bach und den Bahnschienen der Regionalbahn, zwischen Schrebergärten auf der einen und an Wohnhäuser angrenzende Gärten, auf der anderen Seite entlang. Mina mochte diesen Weg nicht so gerne wie Feldwege, doch in Anbetracht der Wetterlage, war er die geeignetere Route. Die Sonne erhitzte die Straßen stark und so war ein Weg mit schattenspendenden Bäumen für einen Spaziergang mit Hund besser geeignet. Mina schwitzte, dies war aber nicht allein der Temperatur geschuldet. Jeder Mensch hatte Beweggründe für ein Treffen oder ein Gespräch. Finns Absichten konnten sich ihre Hirnwindungen jedoch nicht erklären.

»Wie ist es dir in den letzten Jahren so ergangen?«, fragte er ohne Umschweife, während sie den Weg entlang schlenderten. Mina wendete ihren Blick ab, holte Luft und antwortete so ruhig und selbstbewusst, wie sie konnte: »Sehr gut. Ich bin fast mit der Uni durch, geh viel spazieren, zeichne, male. Genieße das Leben.«

Was für eine dreiste Lüge. Sie hoffte, er war unsensibel genug, um ihren Bluff nicht zu durchschauen.

»Das freut mich zu hören. Und bist du noch mit Tobi zusammen?«

Mina blieb stehen, runzelte die Stirn und zog dabei die Augenbrauen zusammen. Dieses Mal sah sie ihn an. Wie hatten sie sich so fremd werden können?

»Nein, glücklicherweise nicht. Wir haben uns vor zwei Jahren getrennt«.

»Oh das tut mir leid. Das wusste ich nicht«, beteuerte Finn, während er weiterging.

»Wie auch«, sagte Mina, diesmal mit einem sarkastischen Unterton. »Es hat einfach irgendwann auf keiner Ebene mehr gepasst, also habe ich Schluss gemacht.«

So ein langweiliges Gespräch hatte sie schon lange nicht mehr geführt und sie fragte sich erneut, warum er sie überhaupt hatte treffen wollen. Finn sah sie an, setzte einen betrübten Blick auf und versuchte schnell das Thema zu wechseln.

»Wirklich ein sehr schöner Weg hier«, war sein kläglicher Versuch die Situation zu retten und keinen Kommentar zu Minas Aussage abgeben zu müssen. Mina wusste, um ein flüssiges Gespräch zu führen, wäre sie nun an der Reihe zu fragen, wie es Finn ergangen war.

Obwohl ihr das widerstrebte, setzte sie ihr schönstes Lächeln auf, legte den Kopf leicht zur Seite und fragte, ob er denn noch mit Kathrin zusammen sei. Finn blickte Mina jetzt so an, wie Einstein Leberwurst betrachtete. Wie sie es geahnt hatte, berichtete er ihr, dass er mit Kathrin inzwischen seit drei Jahren glücklich liiert sei. Mina zwang sich nicht die Augen zu verdrehen und versuchte sich ehrlich für ihn zu freuen. Diese aufgesetzte Gefühlsduselei konnte sie nicht leiden. Sie schob ihre Sonnenbrille, die sie zuvor als Haaraccessoire trug, auf ihre Nase und hoffte, dass man ihr ihre Missgunst so weniger ansah. Es freute sie, dass Finn eine glückliche Beziehung führte, aber seine Erzählung waren genau das, was sie nicht hören wollte. Sie ließ ihre Gedanken schweifen und Finn reden, während sie Einstein beobachtete. Dieser marschierte, jedermann freundlich grüßend, neben den beiden her. Hin und wieder unterbrach er seinen Lauffluss kurzzeitig, um an den interessantesten Stellen alle nötigen Informationen olfaktorisch zu erarbeiten und legte dann einen meisterlichen Sprint hin, um wieder mit Mina und Finn aufzuschließen. Bei seiner, für einen so kleinen Hund, sehr bemerkenswerten Laufeinlage, hatte er stets ein breites Grinsen im Gesicht und streckte seine Zunge flatternd in den Wind. Mina musste ebenfalls lächeln und ein warmes Gefühl umspülte ihr Herz, als sie dieses lebensfrohe Geschöpf betrachtete. Sie wüsste zu gerne, welche Gedanken in Einsteins Kopf herumwirbelten, wenn er mit ihr zusammen die Umgebung erkundete. Wie gerne wäre auch sie eine Person der Situation. Jemand, der im Moment lebt und nicht durch irreführende, ablenkende Gedanken in andere Momente entführt wird. Sie versuchte, wenn sie schon das Denken nicht aktiv unterlassen konnte, zumindest bewusst in die Situation hinein zu spüren. Die warmen Sonnenstrahlen prickelten auf ihrer Haut und schienen bis in die Muskulatur vordringen zu können. Sie konnte sich bildlich vorstellen, wie die Sonnenenergie in ihren Körperzellen für Radikalentstehungen und Mutationen sorgte. Wie aus Wasser ihrer Zellen freie Sauerstoffradikale abgespalten wurden, die so reaktiv waren, dass kein Antioxidans dieser Welt sie davon abhalten konnte, ihre DNA anzugreifen und Basen zu modifizieren. Krebsentstehung war so praktisch vorprogrammiert.

Das eben noch als angenehm empfundene Prickeln, verwandelte sich zu einem brennenden Schmerz und sie versuchte, noch mehr als zuvor, möglichst im Schatten der Bäume zu bleiben. »Dieser Versuch ist wohl gescheitert«, lachte sie nachdenklich in sich hinein.

Es roch gut auf diesem Weg, nach Bach und Gras und vor allem Frühling. Die Sonne spielte mit den Gerüchen der Natur und der leichte Wind ließ die Aromastoffe von der Erde empor gleiten, direkt in Minas Nase. Wie beruhigend dieser Duft war, erinnerte er sie doch an ihre Kindheit. Die Umgebung leuchtete erfreut über das Wetter und die Grashalme streckten sich soweit der Sonne entgegen, wie sie nur konnten. Die Bäume tanzten in voller Pracht miteinander und tauschten, vom Wind geführt, sanfte, unscheinbare Berührungen aus. Die Natur liebte, lachte und sprudelte nur so vor Energie. Sie hörte die klimpernden Hundemarken, die Einstein, im Takt seiner Zwergenschritte schwingend, ankündigten. Die Vögel zwitscherten und der Bach plätscherte mal wilder, mal sanfter in seiner ganz eigenen Melodie, begleitet von einem stetigen Hintergrundsummen der Insekten. Die Bienen flogen fleißig arbeitend von Blüte zu Blüte, während die Hummeln taumelnd durch die Lüfte hüpften. »Bombus«, entglitt es Mina automatisch und sie schreckte zusammen. Finn unterbrach seinen Monolog und betrachtete sie amüsiert.

»Was meinst du mit Bombus?«, fragte Finn dieses Mal nicht nur leicht irritiert und blickte Mina mit seinen blauen Augen an. Diese suchte in ihrem Kopf hektisch nach einer Lösung, die sie als normalen Durchschnittsbürger, nicht wie eine durchgeknallte Wissenschaftlerin dastehen ließ, fand aber unter Zeitdruck keine plausible Erklärung dafür.

»Bombus ist der wissenschaftliche Name für Hummel.« Sie stockte, wartete auf eine Reaktion, fuhr dann aber ohne eine solche fort.

»Ich freue mich immer, wenn ich eine Hummel sehe. Auf mich machen sie den Eindruck, als hätten sie unglaubliche Freude, an dem was sie tun. Ihr Brummen klingt ein bisschen, wie ein ungläubiger Aufschrei, als könnten sie nicht fassen, dass sie fliegen können.«

Während Mina antwortete, traute sie sich nicht, ihn anzusehen und ließ ihren Blick über den Boden wandern. So entging ihr jedoch, wie sich der Ausdruck ihres Gegenübers langsam veränderte. Zunächst sah er sie irritiert an, aber seine Mimik wurde über ihre Erzählung hinweg weich und offen und als Mina ihren Satz beendete, trugen seine Lippen ein schräges Lächeln.

»Ihr Biologen habt doch alle irgendwie einen kleinen Schuss, oder?«, sagte er gleichsam neckisch wie liebevoll. Mina hatte die letzten Züge seines Lächelns noch erahnen können, als sie ihn nach ihrem Geständnis von unten herauf, mit ihren großen braunen Augen anblickte.

»Wieso? Wir sehen die Welt halt ein bisschen anders als die Meisten. Als ›Schuss‹ würde ich das nicht bezeichnen. Du als Künstler müsstest das doch verstehen können«, fügte sie bestätigungssuchend hinzu.

»Ich glaube, dass wir die Welt gar nicht so unterschiedlich wahrnehmen, du und ich. Berufsbedingt achten wir beide auf Details und müssen Zusammenhänge verstehen, um sie umsetzen zu können. Der Unterschied liegt darin wie weit wir ins Detail gehen. Deine Sicht endet dort, wo die Auflösung unserer Augen der Größe ihre Grenzen weist. Meine Sicht geht darüber hinaus und endet bei Atomen und wie diese im Zusammenhang stehen.« Ein Lächeln, breit wie ihr Gesicht, zauberte ihr runde, volle Wangen, die ihre Augen zu kleinen Schlitzen werden ließen. Für einen Augenblick vergaß sie, wer ihr gegenüberstand und wem sie gerade ein Stückchen von sich preisgegeben hatte. Der Moment rauschte an ihr vorbei und sie zog sich in ihre emotionale Distanz zurück. Zumindest hoffte sie dies. Finns Gesichtsausdruck wechselte während dieses Kurzvortrags von seinem schrägen Lächeln, über eine amüsierte Musterung zu einem erneut liebevollen Lachen. Er sah Mina an, so wie er es schon früher getan hatte. Mit großen Augen und einem Blick, der nicht ihren Körper ansah, sondern durch ihre Augen hindurch, direkt in ihre Seele.

»Ich hab dich die letzten Jahre sehr vermisst«, entglitt es ihm schüchtern. Nun war es Finn der nach seiner Fassung rang. Mina versuchte verzweifelt, an ihrer Distanz festzuhalten. Es war klüger und emotional gesünder, ihn nicht zu nahe an sich heranzulassen. Sie hatte ihn schon einmal in ihr Herz gelassen und zum Dank war es ihr gebrochen worden. Zunächst berührte sie seine spontane Offenheit, doch die Rührung schlug schnell in Wut um, denn er hatte kein Recht gehabt sie zu vermissen. Er war es, der den Kontakt von heute auf morgen abgebrochen hatte.

Dieser kurze Augenblick war ausreichend, um ihren Emotionen in Bezug auf Finn die Flucht nach außen zu ermöglichen. Ihre Augenbrauen senkten sich nach innen Richtung Nase und ihr Lächeln entglitt zu einem waagerechten Strich. Das war genau die Gefühlsverstimmung, die sie benötigte, um den Mut aufzubringen, Finn endlich zu fragen, weshalb er sich mit ihr treffen wollte. Sie blieb stehen und Finn tat es ihr gleich.

»Sag mal, was ich mich schon die ganze Zeit frage. Also, weshalb meldest du dich denn jetzt so plötzlich wieder bei mir?« Sie klang unsicherer als beabsichtigt. Nun zog Finn seine Stirn in Falten.

»Wie meinst du das?«, fragte er, »ich melde mich doch immer mal wieder bei dir. Ist doch nichts Besonderes.«

»Für dich vielleicht nicht«, entglitt es Mina. Erschrocken presste sie ihre Lippen aufeinander. Na toll, damit hatte sie ihren Sicherheitsabstand endgültig pulverisiert.

Diese Aussage würde sie nicht herunterspielen können. Sie ging weiter. Ein paar Schritte zu gehen half immer. Finn ging ihr zeitverzögert hinterher. Mit seinen großen Schritten hatte er sie aber schnell wieder eingeholt.

»Mina wie meinst du das?« Er lief vor sie und zwang sie so, abermals zum Stehenbleiben. »Was habe ich dir denn getan?«

Sie lachte gezwungen. »Nichts, ist schon gut. Wie du vorhin selbst sagtest. Du hast mir gefehlt. Das ist alles.« Sie fand diese Situation unerträglich, denn sie konnte nicht ehrlich sein, wenn sie sich selbst schützen wollte. Sie hasste Lügen, aber in diesem Fall war es ja nur zur Hälfte gelogen. Schließlich wusste sie selbst nicht genau, weshalb sie das alles so verstimmte. Weshalb es sie verärgerte von Kathrin zu hören und es sie verletze, dass Finn in ihr Leben spazierte und wieder ging, wie es ihm gerade passte. Es hätte ihr nach all den Jahren egal sein können. Sie dachte, sie könne nach all der Zeit, gefühlsmäßig darüberstehen. Wieso hatte sie der Verabredung überhaupt zugestimmt?

»Wieso wolltest du dich mit mir treffen Finn?«

»Wieso hast du zugesagt?«, war seine Antwort.

Sie spürte, wie sich ihr Magen zusammenzog. Sie war doch kein Spielzeug.

»Ich wünschte, ich hätte es nicht«, murmelte sie in sich hinein. »Ich war neugierig«, sagte sie stattdessen.

»Siehst du, genauso ging es mir.« Er setze sich auf eine Parkbank. Diese stand etwas abseits des Weges, unter zwei großen prachtvollen Bäumen, die Schatten spendeten und ihre Zweige von oben herab und seitlich um diesen Ort legten. Für Mina gaben sie diesem Platz ein Gefühl von Geborgenheit. Die rote, in die Jahre gekommene Bank wurde nebenher von Süßgräsern umwuchert. Es roch nach Chlorophyll und der Wind ließ die Blätter in einem berauschenden Takt gegeneinander trommeln. Im Schatten der Bäume rangelte Efeu die Stämme entlang und fügte dem Geruch nach Blattgrün eine modrig feuchte Note hinzu. Hier, um 90 Grad versetzt zu dem Weg, den sie eben beschritten hatten, schien die Welt eine völlig andere zu sein. Mina setzte sich neben Finn, während Einstein die Umgebung erkundete. Sie rief ihn zu sich und er nahm genüsslich auf ihrem Schoß Platz. Sie kraulte ihn unter den Ohren, so wie er es mochte und er genoss die Berührungen sichtlich. Einsteins friedliche Ausstrahlung beruhigte auch Mina. Finn war die Stille augenscheinlich unangenehm und er erklärte sich weiter.

»Ich gehe in regelmäßigen Abständen meine Facebookkontakte durch und dort leuchtete mir dein Bild entgegen«, relativierte er sein vorheriges Statement. Mina reagierte noch immer nicht.

»Übrigens ein schönes Foto von dir und Einstein«, fügte er deshalb hinzu. Nun fühlte sie sich doch zu einem »Danke« genötigt. Sie vermisste, wie leicht und frei sie sich früher bei ihm gefühlt hatte. Wie einfach damals alles war, denn jetzt fühlte sie sich wie in einer Schraubzwinge. Nein, als würde sie Slalom laufen, in der Hoffnung an der Ziellinie würde einiges klarer und stringenter.

»Was möchtest du denn wissen?«, lächelte sie ihn an.

Schließlich konnte sie nicht erwarten, ein angenehmes Gespräch zu führen, wenn sie selbst sich immer wieder zur Distanz ermahnte. Er würde nach diesem Treffen abermals in der Versenkung verschwinden und irgendwann in drei Jahren erneut auftauchen. Da sollte es ihr egal sein, was er von ihr hielt. Er sah sie nicht an.

»Ich weiß nicht. In drei Jahren kann so viel passieren. Ich meine du bist nicht mehr mit Tobi zusammen. Das hätte ich nie gedacht.« Finn kratze sich an der Stirn, dann sah er sie an und lächelte. »Gibt es denn jemand anderes in deinem Leben?«

»Meinst du, als Single kann ich nicht glücklich sein?«, erwiderte sie etwas trotzig. Frechheit.

»Doch, äh, doch«, kratzte er sich unsicher an der Nase.

»Ich mach nur Spaß. Nein, also ja, ich treffe jemanden. Hin und wieder«, sie starre in die Ferne, »ich mag ihn sehr, aber er sendet verwirrende Signale.«

»Ach, der hat dich gar nicht verdient«, kam es prompt von Finn.

»Das kannst du ja besonders gut beurteilen nach drei Jahren«, neckte sie ihn.

»Sicher, so sehr wirst du dich nicht verändert haben«, schleuderte er ihr entgegen. Sein Lächeln ließ es ihr kalt den Rücken runter laufen. Sie hätte sich damals für ihn, nicht für Tobi entscheiden sollen.

»Ach meinst du?« Sie strich sich die Haare zurück. Flirtete sie mit ihm?

»Du bist immer noch wunderschön und authentisch. Und ich kann das sagen, ohne dass es sich nach einem

Aufriss anhört. Schließlich habe ich eine Freundin«, sagte er. Er blickte sie an.

»Danke.« Sie errötete. Wie klischeehaft. »Du bist echt süß.«

»Ist doch nun auch nichts Neues. War ich schon damals«, zwinkerte er ihr zu.

»Stimmt.« Die Stimmung fühlte sich fast wieder wie früher an.

»Nur, dass du mich damals nicht wolltest«, fügte er mit ernstem Blick hinzu und damit war die Stimmung dahin. War er deshalb immer noch wütend? Schließlich hatte er Kathrin. Es hatte sich für ihn alles zum Guten gewendet.

»Das wirst du mir mein ganzes Leben vorwerfen, oder?«

Finn lachte.

»Wieso sollte ich?«

Mina setzte Einstein auf dem Boden ab und verschränkte ihre Beine auf der Bank zum Schneidersitz.

»Finn, ich war damals 16 Jahre alt. Jung und dumm. Überfordert und ich stand zwischen zwei Jungs, die ich beide sehr mochte. Tobi war die sicherere Variante. Mit ihm war ich ja schon zusammen. Bei ihm wusste ich, was mich erwarten würde.« Sie konnte ihn nicht ansehen und sprach mit gesenkter Stimme. »Heute würde ich einiges anders machen, als damals.« Ihr Bauch zog sich unter diesen Worten zusammen. Ihre Stimme erstarb, als ihr klar wurde, was sie gerade gesagt hatte. Finn legte seine Hand auf ihr Knie. Einstein beobachtete ihn kritisch.

»Ich würde auch einiges anders machen«, sagte er und blickte sie an. »Heute würde ich stärker um dich kämpfen und dich nicht mit so einem Deppen von dannen ziehen lassen.«

Sie lachten beide laut auf. Mina in Trauer und Demut, wohin sie eine falsche Entscheidung gebracht hatte. Finn lachte, weil für ihn alles gut ausgegangen war. Er sah auf die Uhr und erschrak. »Schon 3 Uhr«, entglitt es ihm überrascht. Er stand eilig von der Bank auf. Mina war irritiert. »Was ist los?«.

Sie war noch nicht bereit das Gespräch an dieser Stelle zu beenden. Jetzt, wo er sich für sie langsam wieder nach Finn anfühlte. Er lächelte sie an und streckte ihr seine Hand als Aufstehhilfe entgegen.

»Ich muss los. Kathrin hat gestern eine Zusage von Warner Bros. Studios bekommen und wir feiern heute, dass sie jetzt nach London gehen wird.«

Minas Bauch verkrampfte sich. Sie war nur ein Zwischenstopp gewesen. Eine Art Sehenswürdigkeit, mit der man Wartezeit totschlagen konnte. Sie fühlte sich vorgeführt. Bloßgestellt. Benutzt. Sie zwang sich Finn anzusehen und ließ sich von ihm aufhelfen. Was hatte sie auch erwartet? Er sah sie an, als hätte er ihre Gedanken gelesen.

»Hey, was ist los?«

»Nichts. Ich bin nur überrascht, das ist alles.«

»Glaub mir, das war ich auch.« Er lachte, »Da sagt einem die Person, die man am meisten liebt, dass...« der Rest seines Satzes ging in aufgeregtem Knurren des Chewbaccaverschnitts unter. Einstein sprang Finn an und rannte dann zu Mina, um sich vor ihr aufzubauen.

»Was ist denn mit ihm los?«, fragte Finn besorgt. Mina lachte, während sie sich zu ihrem Hund bückte.

»Ich glaube Einstein passt es einfach nicht, dass du schon wieder gehen willst«, frotzelte sie. Ganz sicher, was er ihr damit sagen wollte, war sie sich allerdings nicht. Finn kratze sich am Kopf.

»Das ist mal ein sonderbarer Hund.«

Finn wendete sich mit einem kurzen Kopfschütteln ab, nur um sich plötzlich wieder zu ihr umzudrehen.

»Ach, bevor ich es vergesse. Wäre ja blöd, wenn wir uns jetzt wieder drei Jahre lang nicht sehen. Also ich feiere demnächst meinen Geburtstag. Die Clique von damals wird auch da sein. Die würden sich bestimmt freuen, wenn du kommst. Und ich mich auch.«

Kapitel 6

»Wie ich so etwas hasse!«, nuschelte Mina zu sich selbst, als sie sich an diesem Nachmittag im Spiegel betrachtete. »Ach Einstein, ich weiß einfach nicht, wie man sich in so einer Situation richtig kleidet«, sprach sie nun in einem leicht verzweifelten Tonfall, zu ihrem felligen Freund und besah sich dabei kritisch im Spiegel. Einstein lag, wie üblich, zusammen geringelt schlummernd auf seinem Kissen. Er strahlte, selbst wenn er schlief, eine beneidenswerte Lebensfreude aus. Mina unterbrach ihren Exkurs in und über ihren Kleiderschrank und legte sich zu ihrem felligen Freund auf den Boden. Dieser hob seinen Kopf, gab ihr ein Küsschen auf die Stirn und stand auf. Er hatte den Kleiderhaufen vor dem Schrank entdeckt und offenbar keine Lust auf Streicheleinheiten. Gemütlich und noch leicht verschlafen machte er sich an die Inspektion, eben dieser Ansammlung an Kleidungsstücken, die alle nicht gut genug oder zu gut für das bevorstehende soziale Event waren. Mina lag auf ihren linken Arm abgestützt, mit dem Oberkörper auf dem Hundekissen und beobachtete Einsteins Auswahlverfahren. Der Zwerg schien voller Freude, genau das

Richtige gefunden zu haben und brachte Mina stolz ihre lila Kuschelsocken.

»Danke Steinchen«, sagte sie, die Socken entgegennehmend und ihren kleinen Freund liebkosend.

»Du hast wirklich ein Talent für solch wichtige Entscheidungen.« Mit diesen Worten setzte sie sich in einen Schneidersitz und gab Einstein zu verstehen, er möge sich zu ihr gesellen.

»Weißt du, ich bin ein bisschen nervös wegen heute Abend. Ich habe die anderen schon gefühlte Ewigkeiten nicht mehr gesehen. Ich bin mir nicht sicher, wie sie auf mich reagieren werden. Und was soll ich erzählen, wenn sie fragen, was ich so mache.« Einstein versuchte unterdessen, den richtigen Platz für seinen Kopf in Minas Kniekehle zu suchen, schien dann aber fündig geworden zu sein und legte sich mit einem Schnauben nieder.

»Das erste Problem tritt auf, wenn jemand fragt, wie es mir geht. Meint derjenige dies als Floskel oder ist das eine ernstgemeinte Frage? Und wie antwortet man entsprechend? Sagt man einfach so was wie ›Danke, gut und dir?‹ Und wissen in dem Moment nicht beide Parteien, dass das einfach nur dahingesagt war und man sich das Gespräch hätte sparen können? Ich könnte natürlich auch sagen, dass es mir soweit gut geht. Das hat schon etwas mehr Struktur, wäre auch näher an der Wahrheit dran und ich würde eine Art Sicherheitsnetz spannen... Das ist alles so anstrengend! Findest du nicht?« Sie blickte nach unten zu Einstein und musste grinsen.

»Ich nehm dich einfach mit! Du regelst das schon alles mit deinem Charme. So, aber nun zur wichtigsten aller

Fragen. Was zieh ich an? Wenn es nach mir ginge und scheinbar auch nach dir, mein Schatz«, sie wuschelte durch seine weißbraune Mähne, »würden wir einfach im Pyjama dort aufkreuzen.« Sie konnte es sich bildlich perfekt vorstellen. Die beiden wären das Gesprächsthema überhaupt. Aber das wollte sie ja eigentlich vermeiden. Weitere Zweifel stiegen in ihr empor und sie fing an zu hinterfragen, weshalb sie zugesagt hatte. Sie war früher gerne auf den Feiern bei Finn und seinen Freunden gewesen. Hauptsächlich wegen Finn. Eigentlich nur wegen ihm. Sie hatte den ganzen Abend auf seinem Schoß gesessen und den anderen bei ihrem geselligen Treiben zugesehen. Sie vermisste diese Abende, in denen er sie in den Arm nahm und irgendwie Alles gut war. Er fühlte sich nach Zuhause an und als er plötzlich weg war, unerreichbar, hatte sie sich gefühlt, als fehlte ein Stück von ihr. Als irrte sie in der Gegend umher und schaffte es nicht, nach Hause zu kommen. Sie wurde traurig, nachdenklich, fast weinerlich und nahm Einstein von ihrem Schoß, auf ihren Arm und drückte ihn fest an sich.

»Ich bin so froh dich zu haben Einstein, du verlässt mich nicht«, flüsterte sie ihm ins Ohr, atmete in sein Fell und gab ihm einen Kuss. So saß sie da und ließ ihre Erinnerungen und Eindrücke auf sich wirken. Es war komisch, aber sie liebte die einnehmende Stille dieses Moments. Die Welt wurde etwas langlebiger, langsamer, nachdenklicher. Als schwirrten die Atome, die Moleküle jetzt gemächlicher, als noch von einer Minute und als verblassten die Farben um sie herum ein wenig. Ihre Umgebung atmete mit ihr gemeinsam, sie unterstützend, ihre Fassung wiederzuerlangen und sich auf heute Abend vorzubereiten. Nach und nach wurden die vagen Schwingungen schneller, die Amplitude höher und auch Minas Laune begann aus diesen Emotionen Kraft zu tanken und besserte sich parallel zu den tanzenden Atomen um sie herum. Schwungvoll, Einstein auf dem Arm tragend, erhob sie sich aus dem Schneidersitz und ging zielstrebig zu ihrem Schreibtisch, auf dem sich ihr iPod befand. Dort betätigte sie den Kippschalter der Steckdosenleiste. Strom floss und sie hörte das aufgeregte Knacksen der Elektrizität, die durch das Kabel ihrer Anlage huschte und sich darauf freute gleich Wellen an Energie durch ihr Zimmer zu jagen. Nur Millisekunden nachdem sie das liegende Dreieck auf dem Bildschirm gedrückt hatte, durchströmte sie pulsierende Euphorie, die die Schönheit des letzten Moments durch die Reinheit des Kommenden ersetzte. Der Bass tönte und sie spürte ihre Zellen hüpfen. Gänsehaut breitete sich ihren Nacken herab, über Arme und Beine hinunter aus. Sie atmete ein, drückte Einstein erneut an sich, so dass dieser seinen Kopf auf ihre Schulter legen konnte, atmete aus und tänzelte durchs Zimmer. Die Musik raste durch ihren Gehörgang und als Nervenimpulse durch ihr Gehirn. Ihr Trommelfell vibrierte im Takt ihres Herzens, welches ihre Gefühlsregung unmittelbar an ihre Füße übersetzte. Glückshormone durchströmten elektrisierend ihre Adern. Sie tanzte und wiegte sich im Rhythmus mit Einstein auf dem Arm, ohne einen weiteren Gedanken zu verschwenden, ohne eine weitere negative Regung zu verspüren. Sie tanzten durch den Moment und mit ihm, allen Ängsten davon.

Kapitel 7

Mina kannte die Umgebung, aber es fühlte sich trotzdem so an, als wäre sie zum allerersten Mal hier. Sie wusste noch ungefähr, wo Finn wohnte, musste aber noch nie allein zu ihm laufen, hatte sie doch sonst immer Begleitschutz von ihm persönlich gehabt. Die Dunkelheit hatte sich bereits über die Stadt gelegt und mit ihr ein kühler Schleier, der die Temperaturen des Tages unter sich begrub. Es roch nach Regen. Ihr Bauch zeterte und ziepte. Es zuckte und zappelte in ihrem Kopf, aber insgesamt war die abwartend abwehrende Stimmung vom Mittag einer zurückhaltend euphorischen Neugierde gewichen.

Endlich. Der Wohnblock. An diesem hatte sie sich den ganzen Weg über orientiert, denn er überragte in seiner grauen kalten Hässlichkeit alle anderen Häuser und half ihr so, sich in Obertshausen zurechtzufinden. Finn wohnte genau gegenüber und hatte somit die schönste Aussicht der Stadt. Schon in der Nebenstraße hörte sie laute Musik und Geschwätz von hauptsächlich männlichen Stimmen. Sie bog in die Zufahrt des Grundstücks, von dem die Geräuschquelle stammte, durchquerte die lange Einfahrt und fand die Geburtstagsgesellschaft hinter dem

Haus von Finns Oma vor. Als Mina um die Ecke lugte, erblickte sie im Halbdunkeln der Kerzenbeleuchtung einige bekannte Gesichter, aber auch völlig fremde Gestalten, die sie verlegen musterte. Die Menschen, deren Physiognomie ihr bekannt vorkamen, schienen erstaunt zu sein über ihre Anwesenheit. Einige begannen zu tuscheln und die weniger bekannten Zeitgenossen gafften sie an. Hatte sie etwas im Gesicht? So intensiv, wie sie angestarrt wurde, stimmte etwas mit ihrem Aussehen nicht. Sie unterdrückte den Drang, ihr Gesicht abzutasten, denn das würde noch merkwürdiger wirken. »Vielleicht hätte ich mich doch schminken sollen«, ging es ihr durch den Kopf. »Vielleicht hätte ich doch etwas anderes anziehen sollen.« Am liebsten wäre sie direkt wieder gegangen, aber sie stand dort wie festgefroren. Sie hoffte, sie machte einen weniger seltsamen Eindruck, als sie sich fühlte und betete Finn oder irgendjemand, der sie kannte, würde sich erbarmen und zu ihrer Rettung eilen.

Es war Finn, der sie erlöste. Er schien zurückhaltend, aber erfreut zu sein und umarmte sie, wie er es stets getan hatte. Als wäre es das letzte und wichtigste Mal, dass sie sich sahen und wie immer schien es, als steckte er alle Zuneigung, die er zu geben hatte, in diese Botschaft. Mina genoss jede Sekunde dieser Berührung, als wäre sie eine Tasse warme Schokolade vor einem flackernd heißen Kaminfeuer, nach einem langen Spaziergang in einer frostig idyllischen Winterlandschaft. Da war es, das Gefühl von Zuhause.

»Alles Gute zum Geburtstag«, flüsterte Mina in Finns Umarmung hinein.

»Danke schön!«, antwortete er freudig, nachdem sie sich aus der Umarmung gelöst hatten.

»Schön, dass du kommen konntest. Ich glaube viele hier wirst du noch kennen, aber es gibt auch einige neue Gesichter.« Finn drehte sich schwungvoll um und zeigte auf eine, der beiden aufgestellten hölzernen Sitzgarnituren. »Auf dieser Seite sitzen meine Arbeitskollegen.«

»Hallo Finns Arbeitskollegen«, winkte Mina in die Runde. Die Kollegen nickten, lächelten und widmeten sich prompt scheinbar wichtigeren Dingen. Mina blieb es aber nicht verborgen, dass sie während der Vorstellungsrunde weiterhin genauestens und vermutlich im Glauben unauffällig zu handeln inspiziert wurde.

»Naja und die anderen kennst du ja«, schloss Finn das kurze Briefing ab. Mina lächelte in die Runde. Erst jetzt fiel ihr auf, dass sie noch ihren Rucksack auf dem Rücken trug, in dem ihre Schlafsachen und Finns Geschenk aufbewahrt waren.

»Wohin damit?«, fragte sie schüchtern. Finn gab ihr mit einer Kopfbewegung zu verstehen, dass sie ihm folgen solle. Die beiden betraten das Haus seiner Oma. Finn hatte oben im zweiten Stock den Dachboden zu einem Hobbyraum umgebaut. Der Raum wirkte großzügig und offen gestaltet, obwohl er auf zwei Seiten Dachschrägen aufwies. Die Eingangstür befand sich gegenüber der Giebelseite des Hauses, welche mittig ein Fenster hatte. Ein riesiges Sofa stand im Zentrum des Raums und füllte ihn größtenteils aus. Eine Bar schmückte die rechte Seite des Zimmers und befand sich, platzsparend die Schräge eingrenzend, orthogonal zu einem Tischkicker. Im linken Abschnitt des Dachbodens war ein grauer Sitzsack und ein optisch zur Couch passender, breiter Riesen-Hocker zu finden. Die Wand der Giebelseite war mit weißen Regalen zugestellt, die lediglich das Fenster aussparten und allerlei Filmutensilien, Requisiten und Filme enthielten. Mina erinnerte sich noch genau an diesen Raum, denn hier war sie, im Zusammenhang eines schiefgelaufenen Verkupplungsversuchs, das erste Mal auf Finn getroffen. Hier war einer der wenigen Räume überhaupt, in denen sie sich direkt wohl gefühlt hatte, denn das Farbkonzept war harmonisch aufeinander abgestimmt. Sie konnte kaum glauben, dass diese Räumlichkeit von einem Mann eingerichtet worden war. Von anderen männlichen Bekanntschaften kannte sie nur spartanisch orientierte Einrichtungen.

Links neben der Tür zum Zimmer befand sich eine schwarze unscheinbare Hühnerleiter, wie man sie aus Bauernhäusern kannte. Diese führte zu einer Erhöhung, auf der sich ein Matratzenduo aneinanderschmiegte. Diese Schlafgelegenheit wurde von zwei Dachschrägen eingerahmt und von einem kleinen Fenster an der Hausaußenwand geschmückt. Durch dieses, so hatte sich Mina sagen lassen, fielen morgens die ersten Sonnenstrahlen und halfen den dort Schlafenden in den Tag zu starten.

»Wo kann ich meinen Rucksack am besten abstellen, damit er nachher niemanden stört?«, fragte Mina, die den Raum bestaunte, als sähe sie ihn zum ersten Mal. Finn machte sich daran zu schaffen die Kissen auf der

Couch zu ordnen und antwortete ihr nebenbei, dass sie ihre Sachen oben verstauen könne, denn dort würde im Laufe des Abends kein anderer der Geburtstagsgäste drüber stolpern. Er drehte sich um und lächelte sie an.

»Da oben ist der Bereich für ganz spezielle Übernachtungsgäste«, neckte er sie spielerisch. »Also, wie besprochen kannst du dann dort oben schlafen und ich schlafe auf dem Sofa oder eben drüben in meinem Schlafzimmer. So wie du dich am wohlsten fühlst.« Er wendete sich wieder den Sofakissen zu.

»Danke, dass ich hier übernachten darf. So kann mein Papa ruhiger schlafen und muss sich keine Sorgen machen, dass ich heute Nacht auf den Rückweg geklaut werde.« Mina kletterte die Leiter zur Hälfte empor und legte ihren Rucksack auf der Ebene ab.

»Und für Kathrin ist es auch wirklich ok, wenn ich hier übernachte?« Sie hatte ein wenig das Gefühl, in die Privatsphäre von Finn und Kathrin einzudringen. Sie kletterte die Leiter wieder herunter. Unten angekommen wartete Finn aufbruchsbereit auf sie und versicherte ihr, er habe das mit Kathrin abgesprochen. Er beteuerte, seine Freundin vertraue ihm und freue sich, dass Mina und er sich wieder angefreundet hatten. Mina war erleichtert und ein wenig irritiert darüber, wie gelassen Kathrin die ganze Situation sah. Sie war sich nicht sicher, ob sie in so einer Konstellation, mit entsprechender Vorgeschichte, ebenso gelassen bleiben könnte. Sie blickte Finn an und nickte.

»Ziemlich cool, dass sie das so locker sieht.«

»Ja, ziemlich cool«, antwortete Finn, senkte seinen

Blick und gab Mina mit einer Handgeste zu verstehen, dass sie vorausgehen solle.

Unten angekommen trennten sich die beiden ohne weitere Worte. Finn setzte sich zu seinen Arbeitskollegen und Mina begrüßte nun die bekannten Gesichter ausgiebiger. Die meisten kannte sie sogar länger als Finn, denn sie hatten zusammen die Oberstufe besucht. Dennoch war auch zu ihnen der Kontakt abgebrochen, als Finn nicht mehr als Bindeglied fungierte. Die einzige Ausnahme war Isabell. Mina und sie hatten im Matheleistungskurs nebeneinandergesessen und auch über den Schulabschluss hinaus regelmäßig Kontakt gehalten. Isabell war tatsächlich einer der Gründe, weshalb Mina heute überhaupt aufgetaucht war.

»Mit dir habe ich ja echt gar nicht gerechnet«, gab Isabell ihr zu verstehen, als die beiden sich zur Begrüßung umarmten. Mina umarmte auch die anderen fünf, die um sie herumsaßen und setzte sich anschließend neben Isabell auf die Bank.

»Versteh mich nicht falsch, ich freue mich, dass du hier bist. Aber wie kommt's? Ich dachte du und Finn hättet keinen Kontakt?«

Mina bemerkte wie ihre Bekannten ihre Lauscher auf Empfang stellten und versuchte möglichst diplomatisch zu antworten: »Ja, das stimmt. Wir hatten die letzten Jahre nur selten Kontakt. Zu Geburtstagen oder eben mal kurz, um herauszufinden wie es dem anderen geht, aber seit ein paar Wochen schreiben wir wieder regelmäßig und haben uns auch ein paar Mal getroffen.«

»Echt? Ist ja nice. Aber ihr hättet ja ruhig mal Bescheid sagen können, dann hätte ich mich angeschlossen«, äußerte sich Isabell in einer interessanten Mischung aus Freude und gespielter Empörung.

»Wir haben nichts Besonderes gemacht, waren Spazieren und am See. Haben ein bisschen die Sonne genossen. Du hast also nichts Wichtiges verpasst«, gab Mina mit einem Hauch von Sarkasmus zu verstehen und hoffte, dass die Fragerunde über ihr Verhältnis zu Finn damit abgeschlossen war. Ihr war es unangenehm darüber zu sprechen. Vielleicht, weil sie Angst hatte für Spannungen zwischen Finn und Kathrin zu sorgen, obwohl diese ja allen Anschein nach entspannt damit umging. Aber auch, weil sie sich ihrer Position in dieser Gruppe, in dieser sozialen Konstellation nicht bewusst war. Ihr Platz in dieser Gruppe war immer über ihr Verhältnis zu und mit Finn geprägt gewesen, aber nun da die beiden »nur« Freunde waren, war sie sich nicht mehr sicher, wo sie hingehörte und wer ihre Bezugsperson war. Freunde waren sie damals auch gewesen, aber anders. Mina runzelte die Stirn. Irgendwie verwirrte sie diese Situation. Damals war Finn für sie nur ein Freund, weil es von ihrer Seite keine andere Option gab. Sie war zu der Zeit mit Tobi zusammen gewesen. Heute fühlte sich die Freundschaft anders an. Potenzielle Gefühle waren von ihrer Seite nicht verboten und sie hatte sich dabei erwischt, wie sie darüber nachdachte. Einfach, weil sie es konnte.

Sie betrachtete die Personen um sie herum. Fredi und Flo, Finns beste Freunde, deren Eltern bei der Namensfindung wenig Fantasie an den Tag gelegt haben mussten und mit denen sie zusammen im Religionsunterricht gesessen hatte. Flo sah genauso aus wie früher. Groß, blond, kränklich, ein bisschen verwirrt und vor allem dünn. Fredi sah wesentlich erwachsener aus, als damals und um einiges attraktiver. Er schien zu trainieren und hatte breitere Schultern bekommen. Selbst Isabell, die ein halbes Jahr jünger als sie war, machte einen deutlich reiferen Eindruck. Mina hatte nicht das Gefühl, dass sie sich in den letzten Jahren in ihrem Erscheinungsbild verändert hatte und fühlte sich nun in der Runde zurückgeblieben. Alle anderen waren erwachsen geworden und das fand sie nicht nur erschreckend, sondern einschüchternd. Besonders Finn hatte sich stark verwandelt. Er hatte im Vergleich zu früher ein völlig verändertes Auftreten, aber nicht, weil er so anders aussah. Zugeben der Dreitagebart und die kürzere, sportlichere Frisur standen ihm gut, auch die breiteren Schultern trugen zur neuen, besseren Optik bei. Nein, was ihn wirklich veränderte, war nichts, was man optisch wahrnehmen konnte.

»Wie läuft's in der Uni?«, fragte Isabell und riss Mina damit aus ihrem Gedankengang. Sie setzte sich aufrecht hin und rückte ihren Po auf der Bank zurecht.

»Es läuft stetig vor sich hin«, erklärte Mina freudig stotternd. Blickte auf den Tisch, zu Isabell, wieder auf den Tisch und fügte hinzu: »Nächste Woche habe ich meine Bachelorverteidigung und bin dann endlich durch.« Sie kratzte sich nervös an der rechten Wange. Es musste ja keiner erfahren, dass dies schon der zweite Anlauf war, also immer schön souverän bleiben.

»Das ist ja cooli. Und um was ging es in deiner Thesis?«, fragte Isabell.

»Ist ein bisschen schwer zu erklären«, war Minas Antwort. Isabell nickte und Mina fuhr leicht aufgeregt fort: »Ich habe in meiner Arbeit untersucht, inwiefern der Austausch von bestimmten Aminosäuren, an ganz bestimmten Stellen in einem Enzym, zu einer Funktionsänderung und oder zu einer veränderten Lokalisation in der Zelle führen.«

Sie sah Isabell bestätigungssuchend an. Ihr blickten aber nun nicht nur zwei fragende Augen entgegen, sondern sechs, denn Flo und Fredi hatten sich in das Gespräch eingeklinkt.

»Okay, also ein Enzym macht aus einer Substanz A, Substanz B. Dafür hat es ein aktives Zentrum, also eine Stelle, an der die chemische Umwandlung geschieht. Ein Enzym ist ein Protein. Das heißt seine dreidimensionale Struktur und seine Funktion werden durch seine Aminosäuresequenz bestimmt. Diese Aminosäuresequenz wird über die DNA-Sequenz definiert. Drei Basenpaare werden als ein Codon bezeichnet und codieren dabei immer für eine Aminosäure. Verändert man ein Codon, so wird eine andere Aminosäure in das Protein eingebaut. So kann man über Veränderung der DNA Veränderungen im Enzym hervorrufen.« Sie holte tief Luft und referierte weiter: »Es gibt in Enzymen bestimmte Stellen, an denen durch die Reihenfolge der Aminosäure eine Art Adresse eingespeichert ist und das Protein so vom Zellapparat an bestimmte Orte transportiert wird. Ich habe in meiner Arbeit untersucht, ob eine Veränderung dieser Adresse, eine Veränderung des Aufenthaltsortes herbeiführt.« Minas Augen strahlten, während sie von ihrer Arbeit berichtete. Erst als sie in die immer noch überfordert wirkenden Gesichter der anderen sah, verblasste ihre Euphorie und wandelte sich zu Traurigkeit. Ihre Freunde, oder besser Finns Freunde, blickten sie mit zerknitterten Gesichtern an. Unverständnis stand zwischen ihren Stirnfalten geschrieben. Mina fühlte sich hilflos. Lag es an ihr oder dem Thema, dass die Stimmung gekippt war? Wieso konnte niemand in ihrem Umfeld ihre Begeisterung teilen? War sie seltsam, weil sie die Biologie so liebte? Dort war alles logisch. Auf A folgte B und falls dies nicht der Fall war, so gab es eine rationale Erklärung, weshalb die Natur das genauso gemacht hatte und nicht anders. Sie liebte die Naturwissenschaft, denn auf Naturgesetze konnte man sich verlassen.

Um die unangenehme Situation zu entspannen, setzte sie ein Lächeln auf, winkte ab und wechselte das Thema. Sie kamen auf die Berufe der anderen zu sprechen, was sie aber nur mäßig interessierte. Generell war Mina bestrebt Gesprächen aufmerksam zu lauschen und sich möglichst alles Relevante und potenziell Wichtige zu merken. Man konnte nie wissen, wann einem Informationen von Vorteil sein würden und vor allem, wann sie einem Sympathiepunkte verschaffen konnten. Interesse an ihren heutigen Gesprächspartnern, abgesehen von Isabell, hatte sie nicht. Sie war sich nicht sicher, ob sie hier psychopathische Züge an sich entdeckte oder, ob dies ein natürlicher Abwehrmechanismus war, um sich emotional nicht allzu sehr zu involvieren. Ihr war bewusst, bräche der Kontakt mit Finn nochmals ab, so wären auch diese Interaktionen Geschichte. Deshalb dauerte es nicht lange, bis sie aus dem aktiven Gesprächsgeschehen hinaus in eine passive Beobachtungsposition überging.

Nach und nach trudelten weitere Unbekannte ein. Alle begutachteten sich zunächst gegenseitig, bevor sich der Zugehörigkeit entsprechend Grüppchen bildeten, von denen Mina keiner angehörig war. Sie saß auf der Holzgarnitur und starrte ins Leere, denn ihre Sitznachbarn hatten ihr den Rücken zugedreht und Finn war verschwunden. Sie fühlte sich allein. Nicht, dass sie das nicht selbst zu verschulden hatte, aber je mehr Menschen sich aneinanderreihten, desto einsamer kam sie sich vor. Es fiel ihr schwer, im Halbdunkeln des Kerzenscheins die Mimik und Gestik der Schattenwesen richtig zu deuten und es ängstigte sie, wie sie lachten und grölten. Ihr Bauch meldete sich zu Wort und kommunizierte ihr unmissverständlich, dass er in dieser Situation nicht länger verharren wollte. Zunächst zogen die Krämpfe nur lokal an ihrer unteren linken Rippe und gaben ihr Warnschüsse und Zeit einen Ausweg zu finden, aber Mina weigerte sich aus dieser Situation zu fliehen.

»Wenn ich immer vor meinen Ängsten weglaufe, wird es nur von Mal zu Mal schlimmer werden«, redete sie sich ein, um ihren Willen zu stärken. Sie versuchte aufrecht sitzen zu bleiben, sich nichts anmerken zu lassen und nippte an ihrem Wasser, um ihren Verdauungstrakt abzulenken. Ihre Absichten wurden nicht erhört. Im Gegenteil. Fredi war aufgefallen, dass sie bisher den ganzen Abend nur Wasser getrunken hatte und nutzte diesen Moment, um ihr ein alkoholisches Getränk anzubieten.

»Möchtest du nichts Anständiges trinken? Oder trinkst du immer noch überhaupt keinen Alkohol, so wie früher?«, fragte er herausfordernd. Mina wusste, er meinte es nur gut und wollte höflich sein, aber sie fühlte sich von dieser Frage schon immer in die Enge getrieben. Die Krämpfe zogen inzwischen über die Nervenbahnen vom Bauchnabel aus in Finger und Fußzehen und führten zu stechenden Schmerzen, die in anschließender Taubheit der betroffenen Extremitäten resultierten. Sie musste sich wirklich beherrschen das Gesicht nicht zu verziehen, doch scheinbar gelang ihr das nur suboptimal. Sie lehnte die Spirituose mit der Begründung ab, dass sie vorhin eine Kopfschmerztablette genommen habe. Worauf hin sich Fredi stumpf nach ihrem derzeitigen Befinden erkundigte: »Geht's dir jetzt besser?«

Mina wurde warm und kalt. Beides abwechselnd und irgendwie gleichzeitig. Schauer an Temperatureskapaden durchzogen sie.

»Ja, alles Bestens. Ich glaube ich habe nur gerade einen kleinen Tiefpunkt.« Sie gähnte demonstrativ. Fredi lachte und gab ihr nickend seine Zustimmung. Sie erhob sich und versuchte ihre langen Beine irgendwie unter dem Tisch hervor, an der Bank und ihren Sitznachbarn vorbei zu manövrieren. Akrobatisch wie Mina war, hatte sie sich mit der Eleganz einer hinkenden Stabheuschrecke zwischen Isabell und der Bierzeltgarnitur herausgeschält und rückte nun zunächst ihre Kleidung zurecht. Sie musste einen kurzen Augenblick durchatmen, ihrem

Bauch Zeit geben sich wieder zu beruhigen, um dann der vorherrschenden Stimmung gerecht werden zu können. Das Bad war ihr erwählter Rückzugsort. Sie fand, dass sie sich das gut ausgetüftelt hatte. Zum einen ließ sich mit einer leeren Blase besser denken, zum anderen war es leichter sich zu entschuldigen, weil man auf Toilette musste, als sich wegen eines anstehenden Panikanfalls davonzuschleichen. Außerdem hatte sie einen Faible für Bäder, denn ein Badezimmer sagte viel über einen Menschen und seinen Lebensstil aus. Am besten gefielen ihr solche, die mit warmen Farben und Teppichen eingerichtet waren. Häufig waren sanitäre Anlagen, selbstverständlich der Hygiene halber, steril und kalt. Bedachte man jedoch wie viel Zeit ein Mensch, besonders einer mit Darmerkrankung, auf der Toilette verbrachte, so rückte eine warme beruhigende Einrichtung doch erheblich in den Mittelpunkt der Prioritäten.

Während ihres inneren Vortrags über Bädervorlieben, hatte ihr Gedächtnis den Weg zum Gäste-WC automatisch gefunden. »Ein sicherer Rückzugsort ist dies nicht«, dachte sich Mina, als sie den knapp ein Quadratmeter großen Raum betrat. Die Wände waren grau und unverputzt. Die Wasser- und Heizungsrohre lagen blank und es war kalt. Das erhöhte und vergitterte Fenster, das direkt in Richtung der feiernden Gäste lugte, stand offen und würde jedes ihrer Geräusche schallend nach draußen tragen. Nicht gut, gar nicht gut. So konnte sie sich unmöglich ihrer uretischen Endprodukte entledigen. Sie musste das Ganze auf später verschieben. Dennoch, der kurze Exkurs aus dem Partyumfeld heraus tat gut und ihr Bauch begann sich zu beruhigen. Sie setzte sich mit angezogenen Knien auf den geschlossenen Klodeckel und entschied, sicherheitshalber noch ein paar Minuten in der Enge dieses Bads zu verweilen. Dort draußen waren zu viele Leute. Hatte sie was gegen Menschen? Sie war sich nicht sicher. Hassen wäre zu weit gegangen, lieben auch und Neutralität so oder so. Sie war sich ihrer Meinung, über die breite Masse nicht zweifelsfrei bewusst. Die wenigsten Menschen waren ihr sympathisch und die meisten fand sie eklig. Manchmal sogar sich selbst. Die Vorstellung, der Organismus, das Skelett und die Organe waren mit einer Art fleischigen Plane überzogen, welche dauerhaft Schweiß und Geruchsstoffe sezernierte und auf der Milliarden von Kleinstlebewesen kolonisierten, ließ sie schlucken. Sie ekelte sich davor. Allein vor der Tatsache, wie Haut aussah und sich anfühlte. So weich, rosig, warm und empfindlich verletzlich. Mina verstand ihre Gedankengänge häufig selbst nicht und fragte sich, inwieweit andere über solche Sachen nachdachten. Ob andere überhaupt nachdachten. In diesem Moment war sie sich sicher, sie mochte Menschen nicht so besonders gerne. »Klasse Mina, das sind ja die besten Voraussetzungen, um da jetzt wieder raus zu gehen«, hörte sie eine ihrer inneren Stimmen sagen. Sie zuckten mit den Schultern, um dieser zu signalisieren, dass das jetzt auch nicht zu ändern war. Würde sie zu lange wegbleiben, kämen die Menschen draußen, vorausgesetzt sie hatten Minas Abwesenheit bemerkt, auf den Gedanken, sie wäre mit der Entleerung ihres Verdauungstraktes beschäftigt gewesen, und das wäre ihr zutiefst unangenehm.

Sie sprach nicht sonderlich gerne über ihre Krankheit, denn ihr Gegenüber brachte sie dann mit unschönen Stichworten wie Fäkalien, Durchfall und Blähungen in Zusammenhang. Und mal ehrlich, wer wollte das schon. Verdauung war in der Gesellschaft ein Tabu-Thema und das würde sich vermutlich nicht ändern. Am Anfang hatte sich Mina deswegen vor sich selbst geekelt, hatte das Gefühl gehabt, immer nach Toilette zu riechen, da sie dort den Großteil ihrer Freizeit verbrachte. Sie hatte sich von ihrer Krankheit eingeschränkt gefühlt und fühlte sich noch immer so. Doch nach nun mehr fünf Jahren mit ihrem ständigen Begleiter namens Colitis ulcerosa, lernte sie langsam wie sie die Krankheit, als Teil von sich selbst akzeptieren konnte und worauf sie im Alltag zu achten hatte. Zumindest hatte sie das Gefühl von Kontrolle über ihren Körper immer mal wieder gespürt und das gab ihr Grund zur Hoffnung. Mina stand auf und sah in den Spiegel, der sich unüblicher Weise über der Toilette und nicht über dem Waschbecken befand. Er war gerade mal groß genug, um ihr Gesicht abzubilden und sie versuchte sich Mut zuzusprechen, um wieder rauszugehen. Niemand würde sie auslachen und niemand würde erfahren müssen, welches Päckchen sie mit sich herumtrug, wenn sie es nicht preisgeben wollte.

Sie öffnete die Tür und trat hinaus.

Die kühle Abendluft, inzwischen war es fast 23 Uhr, schlug ihr entgegen und zwang sie zu einem Niesen. Erst vor kurzem hatte sie gelesen, dass der Trigeminus-Nerv, welcher Ausläufer in Wange und Kiefer hatte, bei plötzlichem Kälteempfinden einen Niesreflex auslösen konnte. Sich die Augen reibend, bog sie um die Ecke und stand erneut vor der angetrunkenen Gesellschaft. Es roch nach Bier und hartem Alkohol. Mina kannte diesen Geruch gut, schließlich arbeitete sie im Labor mit 80-prozentigem Ethanol. Er machte ihr auch wenig aus, wirkte er doch stechend beruhigend. Der Geruch von Bier dagegen, kam ihr einnehmend, alle anderen Duftmoleküle verdrängend, entgegen und roch überwältigend penetrant. Eine süßlich herbe Duftwolke schwebte in der kühlen, nach Sommer riechenden Abendluft, fing sich unter der Überdachung und erschwerte ihr das Atmen unnötig. Hopfen gehört zur Familie der Cannabisgewächse und das, so machte sich Mina immer wieder klar, war auch der Grund, weshalb sie weder Humulus humulus noch Cannabis gerne roch. Zu intensiv und stechend war der Geruch dieser Pflanzen.

Da stand sie nun die Luft schnüffelnd, wie ein Hund und sich umblickend, wo sie sich dazu gesellen konnte. Finn hatte unterdessen ebenfalls den Weg zurück zur Feier gefunden und sich am Rand einer Bierzeltgarnitur neben Fredi niedergelassen. Er blickte Mina an, drehte seine Beine unter dem Tisch hervor und klopfte mit seiner rechten Hand einladend auf seinen Oberschenkel. Mina musste unweigerlich grinsen. Mit dieser Geste hatte sie zwar nicht gerechnet, aber sie kam ihr gelegen, denn es wurde förmlich von Minute zu Minute kälter. Ein wenig von Finns Körperwärme konnte da nicht schaden. Wenngleich ihr die Nähe zu ihm nie unangenehm gewesen war, folgte prompt eine Meldung ihres Gewissens, ob es moralisch vertretbar war, sich auf seinen Schoß zu setzten. Er hatte eine Freundin. Mina grübelte, während sie Finns Einladung Folge leistete. Sie wurde ruhiger. Alle wussten, dass zwischen den beiden nichts laufen konnte und dass dies rein freundschaftlich war. Schon damals hatte Sie häufig auf Finns Schoß gesessen und zu diesem Zeitpunkt war sie in einer Beziehung gewesen. »Also Mina, ist doch gar nichts dabei«, versuchte sie sich zu beruhigen. Sie konnte nicht verstehen, weshalb eine kleine Geste bei ihr zu einer derartigen Verwirrung führte. »Immer schön rational bleiben«, ermahnte sie sich selbst. Unsicher versuchte sie ihren Hintern einigermaßen elegant auf Finns Beinen zu platzieren, ihre Beine unterzubringen und möglichst wenig Gewicht auf ihre lebende Sitzgelegenheit zu verlagern. Sie war angespannt und sie saß unbequem. Ihr Sitzbein schien sich einen Weg durch Finns Oberschenkel bohren zu wollen und sie hatte plötzlich das Gefühl, dass sich ihr Körpergewicht verdreifacht hatte. Ihre Beine zitterten leicht unter der Anspannung der Situation und unter der Anstrengung der Muskelkraft. Wohin sie ihre Arme und Hände legen sollte, war ihr auch ein Rätsel. »Wie unangenehm«, dachte sie sich und sah sich in der Gegend um. Isabell saß ihr Gegenüber und lächelte. Ihr schien diese Konstellation zu gefallen und so zückte sie ihr Handy, um den Moment für die Nachwelt festzuhalten. Mina versuchte, tapfer zu lächeln und sich nicht anmerken zu lassen, wie unwohl sie sich fühlte. Nicht nur, dass sie nun höher saß als alle anderen, sie spürte Finns Atem in ihrem Nacken, was sie unwillentlich erröten ließ.

Langsam entkrampfte ihre Muskulatur. Finns Atemfrequenz wirkte sedierend und half ihr, sich zu entspannen. Nach und nach glitten die Menschen ihres Umfelds in den Hintergrund ihrer Wahrnehmung. Die Geräusche um sie herum wurden dumpfer, weniger grell, laut und einnehmend. Auch ihr Po schien den richtigen Platz gefunden zu haben. Sie atmete langsamer und tiefer und war eingehüllt in Finns Geruch. Er umgab sie bei jedem Atemzug und durchströmte ihre Poren wie das erste Mal Einatmen, nach dem Auftauchen aus dem Wasser. Sie entglitt der Realität, als sie durch einen elektrischen Impuls plötzlich zurückgerissen wurde. Finn hatte seine Hand auf ihren Oberschenkel gelegt und die Wärme dieser Berührung löste zweierlei Reaktionen in Mina aus.

Rückblenden zu den Abenden von früher, als die beiden genauso dagesessen hatten. Als zwischen ihnen eine für sie damals unerklärliche Nähe und Anziehung bestand. Sie konnte sich noch genau an dieses Gefühl erinnern, wie Finns Hand immer weiter Stück für Stück ihren Oberschenkel empor glitt und beide so taten, als wäre dies purer Zufall und als würden sie diesen Prozess nicht wahrnehmen. Es war unausgesprochenes Gesetz, dass dies alles nicht verwerflich war, solange sie nicht darüber sprachen. Solange man diese Berührungen noch irgendwie unter freundschaftlich verbuchen konnte.

Diese Rückblende ließ wohlig warme Gefühle in ihr aufkeimen, die jedoch schnell von ihren Schuldgefühlen unterdrückt wurden. Sie machte sich noch heute Vorwürfe, damals in der Beziehung mit Tobias, der Einfachheit und Angst halber, geblieben zu sein und so sich und

Finn gequält zu haben. Ihr Verhältnis zu Finn hatte immer einen bittersüßen Beigeschmack gehabt und sie hatte nie den Mut aufbringen können, ihre Gefühle zu zulassen und ihre Anziehung zu verstehen.

Die zweite Reaktion, die durch die Wärme dieser großen Künstlerhand, mit langen Fingern und muskulöser Erscheinung in ihr ausgelöst wurde, war Mina im Zusammenhang mit Finn völlig neu. Die Wärme, die von seiner Hand ausging, wanderte langsam, mit jedem ihrer Herzschläge weiter empor in Richtung Bauchnabel und zog ein kribbelndes Gefühl nach sich. Tausend winzige Ameisen, die ihr Bestes gaben, um jede ihrer Körperzellen mit einer Massage zu verwöhnen. Mina spürte wie ihre Nerven ihre Sensitivität erhöhten, jede minimale Positionsänderung der Hand wahrnahmen und unweigerlich mit den heftigsten Impulsen reagierten, die sie je im Zusammenhang mit einer Berührung vernommen hatte. Ihr stockte der Atem, ihr Herz schlug so schnell, dass nicht ausreichend Sauerstoff ins Blut diffundieren konnte, bevor es die Lunge wieder verließ. Gänsehaut flutete ihren Nacken und breitete sich bis zu ihren Schienbeinen aus. Sie spürte, wie ihre frisch rasierte Beinbehaarung aus den Poren empor an ihrer Jeans kratzte. Alles, was sie zuvor in ihrer Entspannung gedämpft wahrgenommen hatte, war nun erstaunlich intensiv. Sie war wie in einem Rausch, auf Adrenalin. In ihrer Intimgegend wurde es heiß und pulsierte. Ihre Gesäßmuskulatur verspannte sich und sie sprang ohne Vorwarnung auf.

»Ähm, ich hab ganz plötzlich großen Appetit«, sagte

Mina mit erröteten Wangen und belegter Stimme zu Finn und den anderen. Diese sahen sie entsetzt an.

»Soll ich jemanden etwas mitbringen?«, fragte sie in die Runde, um ihren hastigen Aufbruch zu kaschieren.

»Verdammt, verdammt, verdammt«, dachte sie, als sie langsam an den Tisch mit den Snacks ging. Wenn es das war, was sie glaubte, dann wäre es das absolute Worstcase-Szenario. Noch immer rang sie nach Luft, als ihr zunehmend dämmerte, dass die ausschließlich freundschaftlichen Gefühle für Finn hinfällig waren. Sie musste jetzt einen klaren Kopf bewahren. Es war nicht schlimm, sich von ihm angezogen zu fühlen. Aber nun wusste sie, dass sie sich von Finn fernhalten musste. Zunächst. Es war fast Mitternacht. Sie war müde und da konnten niedere Bedürfnisse schon mal die Überhand gewinnen, während der klare Verstand eintrübte. In einem Bericht hatte sie letztens erst gelesen, dass sich zunehmende Müdigkeit in der Nacht pro Stunde etwa wie 0,1 Promille anfühlen würde. Demnach, sie war zwei Stunden über ihrer normalen Schlafenszeit, besaß sie fast 0,2 Promille und das konnte für einen in Abstinenz lebenden Menschen schon leicht zu viel sein. Den Rest des Abends würde sie sich einfach ein wenig von Finn absetzen und in Gesellschaft von anderen verbringen. Morgen, ausgeschlafen, bei Sonnenschein und klarem Verstand würde die Sache schon wieder ganz anders aussehen. Da war sie sich sicher.

Kapitel 8

Sie blickte an sich hinab und hörte, wie es auf dem Dachboden polterte. Es war eine gute Idee gewesen, die Feier nach drinnen zu verlegen. Zuerst. Solange, bis ihr klar wurde, dass sie sich in diesem Raum vor Finn nicht verstecken konnte und sich eingeengt zwischen Isabell und Flo wiederfand. Aus dieser Konstellation hatte sie sich soeben herausgeschält und die Flucht in Richtung WC ergriffen. Nun saß sie hier und kämpfte mit ihrer Nervosität. Die Schritte auf der Treppe über ihr kamen immer näher und ihre Blase weigerte sich, ihren Urin der Kanalisation zu überlassen. Mina lachte selbstironisch in sich hinein. Es war nur konsequent, dass ein nervöser Mensch auch eine nervöse Blase sein Eigen nannte. Sie atmete tief ein und schaffte es so, sich immerhin soweit zu beruhigen, dass sie ihren Toilettengang abschließen konnte, bevor die anderen das Erdgeschoss erreicht hatten. Sie wusch sich die Hände, blickte in den Spiegel und appellierte an ihre rationale Seite, Vernunft walten zu lassen. Sie hatte seine intensiven Blicke gesehen. Den Ausdruck in seinen Augen, den sie beim anderen Geschlecht häufiger wahrnahm, aber immer als unangenehm empfunden hatte. Selbst als Finn bemerkte, dass er ertappt war, hatte er seinen Blick nicht gesenkt und sie mit glitzernden Augen angesehen. Wie sollte sie damit umgehen? Sie konnte doch nicht dauerhaft vor ihm flüchten, auch wenn ihr dieser kleine Zufluchtsort immer sympathischer wurde. Aber sie würde wieder mit ihm konfrontiert werden. Schließlich wohnte er hier. Sie könnte nach Hause gehen, mitten in der Nacht, doch die Vorstellung davon allein am Bahnhof zu stehen schreckte sie ab. Außerdem wüsste sie nicht, wie sie ihren plötzlichen Abzug erklären sollte. Sie konnte ja schlecht sagen: »Sorry, ich kann keine Sekunde mehr bei dir bleiben, geschweige denn bei dir übernachten, weil ich fürchte, dass wir dann etwas moralisch Verwerfliches tun würden.« Sie musste da jetzt durch. Sie würde sich von ihm fernhalten.

Als sie die Tür öffnete, stand Finn im Flur und lächelte sie an.

»Wir haben gerade spontan beschlossen, jetzt noch mal in den Waldpark zu gehen«, gab er Mina zu verstehen und streckte ihr ihre Jacke entgegen.

»Das ist doch deine Jacke, oder?«, zwinkerte er ihr zu, denn er wusste genau, dass die grüne Softshell-Jacke nur ihr gehören konnte.

»Oh, okay. Danke, lieb von dir«, äußerte sich Mina verdutzt und drehte ihren Kopf zur Seite, um seiner alkoholgeschwängerten Fahne zu entkommen.

»Wo sind denn alle?«

»Die warten draußen auf uns.« Er streckte ihr abermals ihre Jacke hin. Seine Bewegungen waren dabei holprig und grobmotorisch.

Betrunkene Menschen waren ihr ein Graus, denn sie konnte sie nicht einschätzen. Was sie wahrnahmen, wie sie dachten und inwiefern dort noch der übliche Charakter innewohnte. Ihre Handlungen waren unvorhersehbar und tollpatschig. Finn lächelte sie an und legte seine Hand auf ihre Schulter.

»Ich bin wirklich froh, dass du heute gekommen bist«, nuschelte er ihr zu. Mina wollte dieser Situation entfliehen, nickte und griff sich mit einer Hand ihre Jacke, während sie sich an ihm vorbei zwängte, um nach draußen zu kommen.

Im Freien schlug ihnen der Duft von Sommer und einem entfernten Gewitter entgegen. Die Umgebung brodelte, erhitzt vom noch heißen Asphalt und von der Feuchtigkeit des Abends getränkt. Die anderen waren bereits etwas vorausgelaufen und so beeilten sich die beiden, um aufzuschließen. Obwohl der Himmel Wolken behangen war, bahnte sich das weiße Licht des Vollmondes seinen Weg zu ihnen und ließ die Umgebung in kühlem Glanz leuchten, sobald sie aus dem Kegel der Straßenlaternen traten. Sie schlenderten die Bürgersteige entlang, immer den Stimmen ihrer Freunde nach. Die frische Luft versetzte Minas Sinnen einen Energieschub und sie fühlte sich elektrisiert. In der Ferne hörte man die Natur leise grummeln und sich durch gleißende Blitze bemerkbar machen. Als sie eine Kreuzung passierten, blieb Mina unvermittelt stehen. Sie sah die endloslang wirkende

Straße hinab und wie an ihrem Ende das Wetter mit der Nacht um die Vormachtstellung kämpfte. Sie schloss die Augen, nur für einen kurzen Augenblick und atmete den Moment. Schuf ein eigenes inneres Bild, als Erinnerung an dieses Meisterwerk der Natur. Auch Finn war neben ihr stehen geblieben.

»Komm, wir müssen weiter«, flüsterte er, sie mit großen Augen betrachtend. Mina hatte ihn in der Peripherie kommen sehen, erschrak aber trotzdem als er ihre Hand nahm. Sie blickte ihn an, lächelte und nickte. Sie war froh, als er sie daraufhin wieder losließ, fühlte aber dennoch wie die Wärme, die von Finns Hand ausgegangen war, nun in eine Unterkühlung genau dieser Stellen überging. Ihre Hand kam ihr leer und fremd vor und dies führte unmittelbar dazu, dass sie Finns Hand in ihrer vermisste.

Die beiden setzten ihren Ausflug zum Waldpark fort. Obwohl sie der kleine Zwischenstopp Zeit gekostet hatte, waren die anderen schnell eingeholt. Finn sah Mina beim Laufen, insofern man das tollpatschige Watscheln als Laufen bezeichnen konnte, immer wieder an. Er wirkte glücklich, fast wie ein kleiner Junge, der aufgeregt zur Eisdiele lief, um sich mit seinem Taschengeld ein großes Eis zu kaufen.

»Das Glück ist mit den Dummen«, kam es Mina in den Kopf. Doch sie ermahnte sich sofort. Er war nicht dumm, nur betrunken. Vielleicht würde es ihr auch guttun etwas abzuschalten und loszulassen. Aber dies bedeutete die Kontrolle zu verlieren und es gab nichts, was sie sich mehr wünschte und benötigte, als die Kontrolle über ihren Körper. Es wäre töricht, ihre Selbstbeherrschung aufs Spiel zu setzen, nur um einen solchen Geisteszustand zu erreichen. Was alles passieren könnte!

Sie unterbrach den Prozess ihrer Hirnwindungen noch während der Initiation des Denkvorgangs, denn es war mitten in der Nacht und ihr nicht alkoholischer Pegel musste inzwischen bei 0,4 Promille angelangt sein. Nachdenken wäre in diesem Zustand wenig zweckmäßig. Außerdem waren sie nun mehr am Waldpark angekommen und sie wollte die Zeit nicht grübelnd in der Ecke stehend verbringen. Ein rot-weiß gestreiftes Drängelgitter, das im Schatten der Nacht von einem grauen Schleier überzogen war, markierte einen Eingang. Links und rechts des Gitters erhoben sich Hecken und Büsche, die den Waldpark natürlich einzäunten. Noch während sie durch das Umlaufgitter schlüpfte, spürte Mina, wie die Luft wärmer und feuchter wurde. Ein eigenes Mikroklima sammelte sich unter dem Laubdach der riesigen Bäume, die sich in der Dunkelheit versteckten. Der Park war trotz Vollmond so dunkel, dass alles außerhalb eines Radius von etwa drei Metern lediglich tiefschwarz wahrzunehmen war. Finn und seine Freunde zückten ihre Handys und nutzen diese als Taschenlampe. Mina hielt es für unnötig ihr Handy zu bemühen und entschloss sich weiterhin in Finns Nähe zu bleiben. Sie liefen einige Minuten durch raschelndes Gras und knackende Baumsamen, durchquerten einen knirschend weichen Sandkasten und erreichten schließlich den Eiffelturm. Dieser hatte tatsächlich leichte Ähnlichkeiten mit dem Original, war aber eine Miniaturausgabe in Form eines Klettergerüsts.

Blaue Drahtseile waren zwischen roten Plastikkugeln gespannt, die die Eckpunkte markierten und von denen weitere Drahtseile in alle Richtungen weiter verliefen. Sie spannten eine Art dreidimensionales Spinnennetz aus Draht und Plastik. Die Freunde machten der Metapher alle Ehre und kletterten den Eiffelturm, in einer Hand nach wie vor ihr Handy haltend, spinnengleich empor. Mina und Finn blieben am Boden zurück und belächelten das Kletterspektakel. Minas Knie begannen vor Lachen zu zittern. Hinzu kam, dass ihr die Feuchtigkeit der Luft in die Knochen zog und es ihr durch den aufrauenden Wind fröstelte. Die zitternden Knie waren vermutlich eine Kombination aus allem, geschuldet waren sie aber vor allem Finn. Obwohl sie sich angespannt fühlte und sich solch einer Situation freiwillig niemals ausgesetzt hätte, so schaffte er es trotzdem sie mit seinen Bewegungen, Blicken und Worten zum Lachen zu bringen. Sie war sich also nicht sicher, ob sie sich in diesem Moment unwohl und gestresst fühlte oder, ob die neuen Emotionen im Zusammenhang mit Finn, diese Aufregung in ihr auslösten. Finn bemerkte, dass Mina mit verschränkten Armen zitternd dastand und bot ihr seine Jacke an. Sie lehnte dankend ab, denn sie wollte nicht, dass er fror. Seine Antwort auf ihre Abweisung war ein schüchternes Lächeln. Dann trat er näher und umarmte sie liebevoll. Mina erwiderte die Umarmung und schloss die Augen. Ihr Kopf passte perfekt an seine Schulter und sie konnte sich in die Wärme fallen lassen. Sie atmete tief ein und spürte gleichzeitig, dass auch Finn den Geruch ihrer Haare inhalierte. Seine Körpertemperatur umnebelte sie und sein Duft legte sich wie eine schützende Decke um sie herum. Jeder Atemzug ließ sie ein Stückchen weiter in die Unwirklichkeit entschweben und sie spürte, wie nicht nur die theoretischen Promille griffen und ihr schwindelig wurde. Ihre Muskulatur begann sich zu entspannen. Sie hätte für immer so stehen bleiben können. So musste sich das Paradies anfühlen. Als sich das Gefühl der Umarmung schlagartig änderte, wurde Mina ohne Vorwarnung aus ihrer Entspannung gerissen. Sie konnte es sich nicht erklären, aber die zuvor Ruhe ausstrahlende Berührung, wechselte in eine konzentrierte Anspannung. Ihr Herz begann schneller zu schlagen und sie fühlte, wie sich ihre Muskeln kontrahierten. Die zuvor sanfte Umarmung wurde fester, gewollter, begieriger. Plötzlich spürte sie wie Finns Hände, die bis vor einer Sekunde noch ihre Taille umschlossen hatten, zunächst langsam Richtung Wirbelsäule wanderten. Graduell, schüchtern, aber dennoch bestimmt. Sie hinterließen eine Spur von thermodynamischem Ungleichgewicht, wie sie es an der Kreuzung bereits verursacht hatten. Die erregende Wärme wisch einer prickelnden Unterkühlung, gefolgt von gänsehautartiger Lust, deren Herkunft Mina nicht ausmachen konnte. Passierte das hier gerade wirklich? Ihr Atem stockte und ihre Hände, die Finns Schulterblätter schmückten, umklammerten den Stoff seiner Jacke, als seine Hände von der Mitte ihres unteren Rückens den Weg in Richtung Steißbein suchten. Ihr Körper krümmte sich vor freudiger Erwartung intuitiv ins Hohlkreuz. Sie wagte es nicht aufzublicken und verbarg ihr Gesicht weiterhin an seiner Schulter. Seine Fingerspitzen berührten nun mutiger die oberen Breiten ihres Poes. Ihr gesamter Körper begann zu kribbeln und ihr Herz vibrierte. Ihr Atem flüchtete und sie kämpfte mit ihrem Herzschlag um jeden Atemzug, sodass sich alles anfing zu drehen. Alles, außer Finn. Mina blickte nach oben und sah nur ihn. Seine Augen unmittelbar vor ihrem Gesicht. Sie strahlten und glitzernden als hätte man ganze Galaxien in ihnen verewigt. Er lächelte sie an mit diesem leicht schrägen Lachen, dem sie einfach nicht widerstehen konnte. Sein warmer Atem streichelte ihre Wangen und seine Körperzellen erschufen ein Magnetfeld, dessen Anziehung sie sich nicht widersetzen konnte. Finn sah immer wieder zwischen ihren Augen und den Lippen hin und her. Er schien sich nicht entscheiden zu können, schien nicht einordnen zu können, was sie gerade dachte. Dabei dachte sie nichts, absolut nichts. Dieser Moment, der nur wenige Sekunden alt war, ließ ihr keinerlei Raum zum Denken. Noch bevor sie die Konsequenzen ihres Handelns einordnen konnte, hatte Finn seine Lippen schon auf ihre gelegt und hauchte ihr mit diesem Kuss nicht nur Leben ein, sondern entmündigte sie jeglicher Entscheidungsfreiheit.

Kapitel 9

Die Augen noch geschlossen holte sie tief Luft und ließ diese mit einem sanften Seufzer wieder entweichen. Ihren Kopf legte sie in den Nacken, zog die Schultern nach unten und streckte ihren Körper vom Kopf bis zu den Zehenspitzen. Sie fühlte sich großartig. Wann sie sich das letzte Mal so entspannt gefühlt hatte, konnte sie bei bestem Willen nicht sagen. Es war warm und kuschelig und die Sonne schien auf ihre Haut. Sie hatte ein Gefühl von innerem Frieden und inhalierte ihr Wohlbefinden. Der körperlichen Entspannung ergeben, döste sie noch ein paar Minuten vor sich hin und genoss die Atmosphäre, die Wärme und die Berührung. Moment. Berührung? Oh Gott! Im Halbschlaf dämmerte ihr langsam, wo sie war und vor allem, bei wem sie war. Erst jetzt bei vollem Bewusstsein vernahm sie den warmen Arm um ihre Taille und verdammt, erst jetzt spürte sie sehr viel nackte Haut. Ihre erste Reaktion war, sich zu versteifen. Die Ruhe wich Panik und das Gefühl von Wohlbehagen wich Schuld. Was hatte sie letzte Nacht getan? Sie kämpfte mit ihrem Körper um die Vorherrschaft, denn dieser fand die Situation noch immer angenehm und konnte ihre geistige Entrüstung nicht nachvollziehen. Finns warme Haut verführte zur Entspannung und ihr Körper stellte massenhaft Oxytocin her, das ihren Kopf betäubte. Ihre Gedanken kreisten, flohen, hüpften, aber eine klare Einsicht über die Geschehnisse vergangener Nacht, blieb ihr verwehrt. In den Fragmenten ihrer Erinnerung vernahm sie ein schweres Atmen. Atmung, Küsse, leises Stöhnen. Immer wieder drängten sich diese Geräusche in den Vordergrund ihres Bewusstseins. Abwechslung erhielten sie durch wiederkehrende Bilder von Händen auf ihrem Körper, ihren Händen auf einem männlichen Körper und dem Geruch von glühender, angeschwitzter Haut. Mina schüttelte den Kopf. Das konnte nicht wirklich passiert sein. Vielleicht hatte sie das alles geträumt. Vielleicht waren dies nur Streiche ihrer Psyche. Sie konnte sich nicht sicher sein, denn die Bilder, Töne und Gerüche in ihrem Kopf wirkten unglaublich real, unfassbar nahe und vor allem unbeschreiblich schön. Hinter sich vernahm sie nun einen geräuschvollen Atemzug von Finn und spürte, wie auch er sich streckte. Was sollte sie sagen? Was würde er sagen? Sie versuchte unterdessen, so still wie möglich liegenzubleiben. Sie hegte die vage Hoffnung, er wäre von den Kuschelhormonen ähnlich zugedröhnt wie sie und würde einfach weiterschlafen. Finn zog sie im Halbschlaf rücklings an sich heran. Bei Tageslicht sah es hier oben in der geheimen Ebene ganz anders aus. Weniger romantisch, aber dennoch einladend. Um die Matratzen herum war grauer Teppich ausgelegt und die Dachschrägen waren weiß gestrichen. Auch hier oben wurden farbliche Akzente mit grünen

Accessoires und grasgrüner Bettwäsche gesetzt. Finn hatte nicht zu viel versprochen, als er ankündigte, man würde von den Sonnenstrahlen geweckt werden. Ihr war noch immer nicht klar, wie sie auf diese Situation reagieren und welche Konsequenzen sie aus dem Geschehenen ziehen sollte. Aber wie konnte sie das auch wissen, wusste Sie nicht einmal, was überhaupt passiert war. Das Letzte, woran sie sich aktiv mit großer Sicherheit erinnern konnte, war, wie sie an einen Baum gelehnt Finn küsste. Wie er es geschafft hatte ihre Welt, ihre moralischen Ansichten und alles, was sie über ihren Körper zu glauben pflegte, innerhalb kürzester Zeit in ein Trümmerfeld zu verwandeln. Sie wollte sich nichts vormachen. Es war ihr vor vier Jahren schon klar gewesen, dass es irgendwann soweit kommen würde, nein kommen musste. Aber wer hätte erahnen können, dass sich ein Kuss von Finn, dem Finn mit dem sie eine Beziehung für unmöglich gehalten hatte, so gut, so richtig und vor allem so intensiv erregend anfühlen könnte. Aber genug davon. Sie musste sich erinnern, was nach dem Kuss passiert war. Langsam und zäh kamen die Erinnerungen zurück.

Die beiden hatten hinter dem Baum gestanden und sich abseits der Blicke der anderen geküsst. Im Hintergrund war das Grummeln des Gewitters zu hören gewesen. Zunächst weit weg, doch die Wut der Natur war unerwartet schnell über den Waldpark gezogen und so dauerte es nicht lange, bis sie alle inmitten des Gewitters standen. Eilig verabschiedeten sie sich voneinander und jeder schlug seinen Heimweg getrennt an. Mina und

Finn waren den Weg nach Hause zurückgerannt, durch den strömenden Regen, umgeben von Donner und Blitzen und den unschuldig warmen Lichtkegeln der Straßenlaternen. Quer über die leere Kreuzung, erneut die Bürgersteige entlang. Sie hatten gelacht und gekeucht vor Anstrengung. In diesem Moment hatte sie sich lebendig gefühlt. Bei Finn angekommen, waren die beiden triefend nass die Treppen zum Dachboden hoch geschlendert. Laut lachend, spottend, flirtend.

Wieder nahm sie hinter sich ein leichtes Seufzen wahr und spürte nun, wie sich Finns Arm anspannte. Der regelmäßig langsame Atem eines Schlafenden, wurde durch eine schnellere Atmung ersetzt. Finn hob seinen Arm von Minas Taille, um ihn nur Sekunden später, von ihrer Schulter über ihren Oberarm nach unten gleiten zu lassen.

»Guten Morgen«, hauchte er Mina mit verschlafener Stimme zu und sein warmer Atem, ließ sie erschauern.

»Guten Morgen«, gab sie zögernd, noch mit sich selbst fechtend zurück und drehte sich so, dass sie ihn anblicken konnte. Sie sah ihm tief in die Augen und versuchte möglichst selbstbewusst zu wirken. Dabei war sicheres Auftreten noch nie ihre Stärke gewesen. Besonders nicht in Situationen, in denen sie sich zum ersten Mal befand. Sie fühlte sich furchtbar. Und das zu Recht. Auch wenn sie sich an viele Einzelheiten im Moment nicht erinnern konnte, so hatte sie Finns Kuss doch erwidert und vor allem genossen. Ihr schlechtes Gewissen war omnipräsent und beschlagnahmte die gesamte Prozessorleistung ihres Hirns für sich. Egal wie müde sie gewesen war, egal wie sehr sie sich von ihm angezogen gefühlt hatte und völlig egal, dass er den ersten Schritt getan hatte, sie hatte es zugelassen und das war in Anbetracht der Situation absolut verwerflich gewesen. Sie wollte sich gar nicht ausmalen, wie schuldig sich Finn fühlte und wie schrecklich sich Kathrin fühlen würde.

Die beiden lagen sich mit verschlungenen Blicken gegenüber. Mina spürte, wie sich Tränen ihren Weg empor ans Tageslicht suchten. Ihr Blick wanderte zwischen Finns Augen hin und her und sie schluckte schwer, als sie den aufbrausenden Fluss einzudämmen versuchte. Sie hatte es geliebt. Jede einzelne Sekunde des Kusses, des Wettlaufs durch den Regen und jeden Moment des Gefühls Finn so nahe zu sein, aber sie wusste, dass sie es nicht lieben durfte. Vor allem, dass sie Finn nicht lieben durfte.

»Es tut mir leid«, flüsterte sie tränenerstickt und konnte dem Druck nicht mehr standhalten. Ihre Sicht verschwamm und sie spürte heiße Tränen ihre Wangen hinunterlaufen, als sie sich aufsetzte, um der Situation zumindest ein wenig zu entfliehen. Finn lag da wie in Form gegossen und blickte Mina an. Er schien zu überlegen, was er sagen sollte. Er wirkte viel zu gelassen und zu entspannt. Er hatte schließlich seine Freundin betrogen. Ihre Stimmung änderte sich schlagartig, von einer sich schuldig anfühlenden Verzweiflung zu Zorn. Wie konnte er nur! Vielleicht hatte sie Finn all die Jahre falsch eingeschätzt. Unverständnis machte sich breit.

»Mina, ich...«, setzte er zu einer Erklärung an, wurde aber prompt von der aufbrausenden Wut Minas unterbrochen.

»Nein Finn, lass einfach gut sein!«, fauchte sie ihn mit einem verletzten Unterton an und entfernte seine Hand, welche er besänftigend auf ihr Knie gelegt hatte. Sie fühlte sich ausgenutzt, vorgeführt und vor allem verletzlich angreifbar. Ihre Tränen rannen über ihre Wangen, ihr Kinn und tropften dann abgekühlt, wie kleine Kieselsteine, auf ihr Dekolleté. Erst in diesem Moment fiel ihr auf, dass sie noch Unterwäsche trug. Sie war dankbar dafür, war es doch der Hinweis, nicht so weit gegangen zu sein, wie ihre bruchstückhaften Erinnerungen es andeuteten. Zuvor hatte sie sich emotional angreifbar gefühlt, aber nun spürte sie zusätzlich das Gefühl körperlichen Schams, des Ekels und der Abscheu, die mit dem Gedanken an die verletzlich nackte Präsentation ihres Körpers einherging. Sie hoffte, Finn würde seinen Blick nicht nach unten streifen lassen und ihr weitere unbehagliche Empfindungen ersparen. Sekunden vergingen wie Stunden und für Mina war dies eine Zeit voll Qualen und Selbsthass. Ein Momentum gedrängt mit Stress und Verwirrtheit. Sie blickte Finn an, gelähmt und in der Zeit gefangen, unfähig eine Entscheidung, einen klaren Gedanken zu fassen. Sie war gefesselt von seinem Anblick, seinen nun Traurigkeit und Mitleid ausstrahlenden Augen und dem vorherrschenden Geruch. Ihre Gefühle wechselten zwischen Abscheu, Wut, Angst, Trauer und Zuneigung, Anziehung hin zu Verzweiflung innerhalb eines Wimpernschlags. Sie wollte gehen. Sofort! Aber alles in ihr wollte bleiben, in den Arm genommen werden und hören, dass sie hier genau richtig sei. Zumindest für den Moment. In ihrem Kopf nahm sie ein elektrisches

Summen wahr. Ihr Verdauungstrakt schien das Surren aufgenommen und die Schwingungen verstärkt zu haben. Ihr Darm pulsierte schmerzhaft und sie spürte, wie ihr Magen sich sauer zusammenzog. Sie blickte an sich herunter und sah ihre Bauchdecke vibrieren. Instinktiv verschränkte sie ihre Arme vor ihrem Körper. Als sie wieder aufsah, hatte sich Finn ebenfalls erhoben und seine Hand erneut auf ihr Knie gelegt. Sein Gesicht verschwamm zu einer Grimasse, deren Proportionen von Picasso geschaffen worden sein konnten und pochte ihr, ihren Herzschlag interferierend, entgegen. Als Finn oder das, was von ihm übrig war, den Mund öffnete, erblickte Mina ein tiefschwarzes Loch in seiner Grimasse, welches sich orthogonal zu seinem Gesicht, im Umfang vergrößerte und wieder schrumpfte. Mina konnte nicht verstehen, was Finn von sich gab. Die einzelnen Worte klangen, als hätten sie einen Stimmenverzerrer durchlaufen, der ihre Schallfrequenz dermaßen erniedrigte, sodass sie in ihrer Dehnung an Bedeutung verloren. Sie starrte ihn mit großen, leeren Augen an. Ihre Miene war paralysiert. Unvermittelt schüttelte sie ihren Kopf. Das Zucken ging reflexartig in den restlichen Körper über und ließ ihre Bewegung wie das Schütteln eines nassen Hundes wirken. Diesem Vergleich ähnelnd warf sie jegliche Emotionen, alles Empfinden von sich ab und kehrte zurück in die Rationalität. Ohne weitere Verzögerung und ohne Finn eines weiteren Blickes zu würdigen, krabbelte sie, ihm den Allerwertesten zugewandt, zum Ende der Empore. Dort wendete sie und kletterte die Hühnerleiter mit zitternden Beinen rückwärts hinunter. Unten angekommen richtete sie ihre Unterwäsche und versuchte möglichst schnell ihre Kleidung zusammenzusuchen, die im gesamten Raum verteilt lag. Sie schmückte den Fußboden, als unverkennbares Indiz über das, was letzte Nacht passiert sein musste. Mina beeilte sich die Kleidungsstücke einzusammeln und hineinzuschlüpfen, bevor Finn die Ebene verließ und die Leiter hinabgeklettert war. Ihre Bluse war verknittert und hatte diesen typisch feucht muffigen Geruch an sich, den Wäsche annahm, wenn sie nicht ausreichend belüftet trocknete. Ihre noch feuchte Jeans fand sie über der Sofalehne. Mina fädelte ein Bein nach dem anderen in die klebenden Stofftunnel und versuchte sich hüpfend und Hüfte schwingend in die Hose hinein zu manövrieren. Unterdessen suchten ihre Augen das Zimmer nach ihrem Handy ab. Sie konnte sich nicht daran erinnern, wo sie es gestern gelassen hatte. Gedanklich ging sie die Liste der essenziellen Kleidungsstücke ab. Bluse, Jeans, Socken, Schuhe. Schuhe. Wo waren ihre Schuhe? Intuitiv begab sie sich in Richtung Ausgang und fand dort, nebst ihren Schuhen ihr Mobiltelefon. Warum auch immer sie es in ihren rechten Sneaker gepackt hatte. Finn war unterdessen die Leiter heruntergeklettert und hatte sich eine Hose angezogen. Mina blickte auf ihr Handy. Es war bereits halb drei. Um Himmels Willen, hatten die beiden lange geschlafen. Unter der Uhrzeit sah sie mit Schrecken, dass sie fünf Anrufe ihrer Mutter verpasst hatte. Das konnte nichts Gutes bedeuten. Also beeilte sie sich in ihre Schuhe zu schlüpfen. Finn kam zu ihr, lediglich mit einer schwarzen Hose bekleidet, die ihm zu Minas

Bedauern überaus schmeichelte. Er umfasste ihre Taille, während sie hektisch versuchte, die mobilen Daten ihres Handys zu aktivieren. Sie besah ihn kurz und abschätzig, bevor sie ihren Blick wieder senkte.

»Mina, wir sollten reden. Ich muss dir unbedingt was sagen.« Finns Stimme war immer noch belegt und klang kraftlos verzweifelt. Er sah sie mit großen, bittenden Augen an. Gerade als sie Luft holen wollte, um ihm zu antworten, sah sie, wie eine Nachricht auf ihrem Display aufleuchtete.

»Einstein hat scheinbar starke Schmerzen. Er übergibt sich und hat blutigen Durchfall. Wir fahren gleich in die Tierklinik. Komm sofort nach Hause!« Ihre Mutter hatte ihr die Nachricht in der Nacht geschrieben. Minas Bauch verkrampfte sich stärker. Einstein war etwas zugestoßen. Es ging ihm schlecht und sie war nicht für ihn da gewesen. Die Situation mit Finn war zu viel und ihre Sorge um ihren Hund tat ihr Übriges. Sie war nicht bereit, sich jetzt mit Finn auseinanderzusetzen. »Ich muss gehen. Irgendwas ist mit Einstein«, sagte sie, ihre Tränen unterdrückend. Sie versuchte ein Lächeln aufzusetzen, nahm ihren Rucksack und verließ den Dachboden, ohne sich ein weiteres Mal umzudrehen. Einstein brauchte sie.

Kapitel 10

Noch während sie in Richtung Badezimmer rannte, dachte sie darüber nach, dass dies hier Karma sein musste. Sie hatte Einstein im Stich gelassen. Zum Glück war ihm nichts Ernsthaftes passiert und er war noch am selben Tag aus der Tierklinik entlassen worden. Ein blutender Darm war keine Kleinigkeit, da sprach sie aus Erfahrung, aber er hatte es gut weggesteckt. Er war tougher als sie und rannte schon wieder freudig umher. »Es geht ihm soweit gut!«, versuchte sie sich immer wieder beruhigend vorzusagen. Sie hätte es sich nie verzeihen können, wenn ihm etwas passiert wäre. Ihr Darm dagegen schien es ihr aber definitiv krummzunehmen und bestrafte sie umgehend für die letzte Nacht. Für Einstein und Finn. Für Spaß und das Leben.

»Einstein, schneller!«, rief sie ihrem kleinen Freund flehend zu. An der Tür wartete sie hibbelig, bis das Fellknäuel angeflitzt kam, lobte ihn und schloss möglichst schnell die Tür des Gäste-WCs. Ihr Bauch krampfte und stehen war ihr inzwischen nur schwer möglich. Das primäre Ziel war die Toilette, aber Einstein verlangsamte sie, da er freudig zwischen ihren Beinen rumwuselte.

Dringend war die Sache bereits vor 30 Sekunden, jetzt ging es um Leben und Tod. Der Klodeckel war wie immer geschlossen, was sie, wie immer, Zeit kostete. Mit ihren, vor Schmerzen und Anstrengung zitternden Fingern, gelang es ihr nur mühsam dieses Hindernis aus dem Weg zu räumen. Endlich geschafft. Es polterte, als ihr die Schwerkraft zum Verhängnis wurde und der Deckel ihr auf den letzten Zentimetern aus ihren schwitzigen Händen, direkt in Richtung Erdmittelpunkt entglitt. Für die Erdanziehung hatte sie gerade keine Zeit. Auf ein Neues. Endlich schaffte sie es, auch den Knopf ihrer Hose zu öffnen, diese ebenfalls der Gravitation zu überlassen und ihren Hintern auf der unbequemen Kuhle zu platzieren. Ihre Poknochen schmerzten von den vorherigen Toilettengängen, denn wer immer sich Größe, Rundung und Weite der Klobrille ausgedacht hatte, orientierte sich nicht an ihrer Anatomie. Wo sie zu Anfang des Tages noch eine annähernd durchschnittlich menschliche Kontrolle über den Ringmuskel am Ende ihres Verdauungsorganes hatte, besaß sie jetzt, etwa 15 Darmentleerungen später, die willentliche Steuerungsfähigkeit einer Venusfliegenfalle. Sobald ihr Podex die Berührung mit dem kalten Porzellan vernahm, gab es kein Halten mehr und der Entleerungsreflex wurde unwillkürlich ausgelöst. Nach kurzem Aufatmen das Schlimmste verhindert zu haben, entschied sich ihr Körper dazu, dass dies genug Sauerstoff für einen Tag sei. Er verkrampfte sich dermaßen intensiv, dass sie nicht mehr in der Lage war einzuatmen. Ausgehend von ihrem Darm spürte sie penetrierende Stromimpulse ihre Nerven stimulierend in die Peripherie jagen, die zu stechenden Schmerzen in Knochen und Muskulatur führten. Eine enorme Kraft mit großem Ausbruchswillen durchströmte ihre Blutgefäße und ließ ihr Herz zunächst schneller und kräftiger schlagen, bis es an Überanstrengung zu schrumpfen schien und zitternd in ihrer Brust dahin flimmerte. Mina krümmte sich vor Schmerz. Mit ihren Händen suchte sie nach Halt an einem kleinen Heizkörper zu ihrer Rechten, während sie mit ihrer linken Hand ihren Bauch hielt.

Das Gäste-WC war nicht wesentlich größer als das Gästebad bei Finn. Es war mit grau gemusterten Fliesen bedeckt, in denen Mina in den Stunden ihrer Aufenthalte schon Bildchen gefunden zu haben glaubte. Vor der Toilette fand sich, ihre Füße warm umspielend, ein orangefarbener Badvorleger. Dieser und der darauf thronende Einstein waren ihr einziger Trost in diesem sonst kahlen Raum. Nun saß sie hier und starrte die Holztür an, wartend wann die nächste Wehe unerträglichen Schmerzes einsetzen würde. »Immerhin«, dachte sie sich, »kann ich mir so das Workout sparen«, und wurde von ihrem Körper prompt für diesen sarkastischen Gedanken bestraft. Schweißperlen traten auf ihre Stirn und leiteten die nächste Kontraktionswelle ein. Mina umklammerte den Heizkörper, um das Gleichgewicht zu bewahren und nicht ihrem sekündlich aussetzenden Kreislauf zu verfallen. Sie stöhnte, als offenbar gerade Stacheldraht durch ihren Dickdarm gezogen wurde. Sie spürte jede Kontraktion des Schlauchmuskels, jede Bewegung des Inhalts und wie sie an den Wänden reiben musste. Die Zähne aufeinandergepresst versuchte sie nicht zu schreien und nicht zu weinen. Beides gelang ihr nicht wirklich. Auch wenn sie nur einen dumpfen Schmerzenslaut, durch die aufsteigenden Tränenbäche geschuldet. Ihre Wangen brannten von den Tränen wie Feuer, ihr Anus schmerzte nicht minder und die Trocknung beider Gebiete kostete sie erhebliche Überwindung. Sie war am Ende. Sie würde hierbleiben. Für immer. Jeder Schritt war zu viel und den Raum zu verlassen war wenig lohnenswert. Im Laufe des Tages, irgendwann zwischen dem 8ten und 12ten mal dieser Qualen, hatte sie daran gedacht, sich Kissen und Decke hier hineinzulegen und vorerst dieses Rechteck zu ihrem Aufenthaltsort zu erklären.

Erst, als sich ihre Bauchdecke zu entspannen begann, das Gefühl eines Pulses in ihren Körper zurückkehrte und ihre Gedanken nicht mehr um das bloße Überleben kreisten, vernahm sie einen metalligen Geruch und schrak zusammen. Sie kannte diesen Duft und obwohl sie es nicht wahrhaben wollte, wusste sie, noch bevor sie nach unten sah, dass dies nichts Gutes bedeuten konnte. Als sie sich dazu durchrang einen Blick zwischen ihren Beinen hindurch zu wagen, fand sie nichts als rotes Blut. Sie musste nicht nur ihre Tränen, sondern auch einen Würgereflex zurückkämpfen. Geahnt hatte sie es bereits, die Zeichen waren eindeutig, doch bis zu diesem Moment hatte sie einen winzigen Hoffnungsschimmer gehabt. Hatte gehofft, nur eine Magen-Darm-Grippe zu haben, keine ausgewachsene Entzündung. Aber jetzt, da es blutete, waren die Zeichen nicht zu leugnen. Mina erhob sich von ihrem Sitz und bestätigte die Klospülung. Während sie den Grund ihrer Schmerzen in die Kanalisation entließ, verabschiedete sie sich mental von ihrem Alltag, wie sie ihn kannte. Sie sah in den Spiegel über dem Waschbecken, wusch sich die Hände und blickte in leere, kraftlose Augen. Tiefblaue Ringe rahmten das Trauerspiel ein.

»Mina, ist bei dir alles in Ordnung?«, hörte sie ihren Papa durch die Tür stumpf erfragen. Sie schloss die Augen, schluckte, holte tief Luft, öffnete die Augen wieder und antwortete, sich nach wie vor im Spiegel betrachtend: »Ja Papa, alles Bestens.«

Kapitel 11

»Alles Bestens!«, murmelte sie kaum hörbar in den Raum, nachdem sie sich in ihr Zimmer geschleppt und ins Bett hatte fallen lassen. Nur kurz gönnte sie sich körperliche Ruhe. Schon wenige Momente später kramte Mina unter ihrer Matratze nach ihrem Notizbuch. Ihr schossen Gedanken und Gefühle durch den Kopf, Emotionen, die sie erst in Frieden lassen würden, hätte sie sie zu Papier gebracht. Sie öffnete das schwarze, von außen unscheinbar durchschnittlich wirkende Buch und damit die Tür zu ihrer Seele. Es klickte mechanisch, als sie die Mine des Kulis der Welt entblößte. Kurz schloss sie die Augen und horchte in sich hinein, erst dann setze sie den Stift an:

Geheimnis

Als ich in den Spiegel sah, tief in das Braun meiner Augen, konnte ich sehen wie Kraft und Mut, wie das Strahlen und die Freude zunehmend verblassten und sich Trauer und glitzernde Angst voller Selbstvertrauen und ohne Rücksicht auf Verluste den Weg in Richtung Oberfläche bahnten. Wie die tiefe Schwärze meiner Pupillen, die Galaxien an farbigen Träumen des umliegenden Regenbogengebirges einnehmend verschluckten, sobald ich sie zu betrachten versuchte. Ich sah wie Traumtänzer und Hoffnungsträger als Fremde herausgespült wurden und sich in irritierenden Mahnungen, als kleine Bäche ihren Weg in die Realität suchten, nur um Minuten später nie da gewesen und vergessen zu sein. Schon bald konnte ich gar nichts mehr sehen, von all den Erinnerungen übermannt war die Welt nur noch ein unklares Abbild ihrer selbst. Mein feuchter, warmer Atem, vor Verzweiflung entblößt, vernebelte mir als Niederschlag die Sicht auf das grausame Spiel meiner Mimik und gestattete mir so mich nicht vor mir selbst zu verlieren. Als ich erneut in den Spiegel sah, entkräftet, nur oberflächlich atmend, erblickte ich eine Person voller Fremde und Leere, einen Menschen, den ich so nicht kannte und ein einsames Lebewesen, das leise leidend nach Hilfe rief, ohne Hoffnung jemals Gehör zu finden, denn, so wussten wir beide, dies würde unser Geheimnis bleiben.

»Alles Bestens«, wiederholte sie sich selbst hypnotisierend. Immer und immer wieder. Sie versuchte so, sich davor zu bewahren in Selbstmitleid zu verfallen. Wahrscheinlich redete sich aber nur ein, dass alles gut war, um dafür zu sorgen, dass es nicht schlechter wurde. Häufig war Einsicht der erste Weg zur Besserung, doch Mina befürchtete, dass die Einsicht ihres Problems, das Problem selbst darstellte. Versuchte sie all das zu verdrängen, vor ihrem Verstand zu verstecken, um die Erhaltung des Verstandes Willen? Sie war sich nicht sicher und von sich selbst überzeugt, schon lange nicht mehr. Zuneigung suchend legte sie sich auf die Seite, rückte ihr Kissen zurecht, umarmte ihren Kuschelesel ein wenig fester und zog Einstein an sich heran. Über die Jahre hinweg, hatte sie sich vielerlei Sicherheitsmechanismen zusammengesucht und versuchte sich so in einer Welt, die ihr ständig Steine in den Weg zu legen schien, irgendwo festzuhalten. Einstein war definitiv der wichtigste aller Sicherheitsanker und ihr Kuschelesel Snoopy war für sie nachts unentbehrlich. Sie war müde und kämpfte mit sich selbst um den Schlaf. Nicht, weil ihr Körper sie ins Land der Träume führen wollte und sie ihn davon abzuhalten versuchte, sondern, weil das Gegenteil der Fall war. Wie gerne wollte sie schlafen, aber ihre Gedanken und vor allem ihr Organismus waren anderer Meinung. Ihr Bauch schmerzte und Erschöpfung suchte sie nach einem Tag, von wiederholten Sprints in Richtung Badezimmer heim. Ihre Muskeln jedoch wollten der Anspannung nicht entsagen und ihr Körper wartete nur darauf, jede Sekunde aufzuspringen, die Treppen hinunterzueilen und verzweifelt zu versuchen die Toilette zu erreichen, bevor alles in die Hose ging. Sie hatte geistig den größtmöglichen Radius um das WC gezogen und versuchte, diesen auf gar keinen Fall zu verlassen. Das Problem war, dass ihr Zimmer außerhalb dieses Kreises lag und es so immer wieder spannend wurde, ob sie das Rennen gegen ihren Schließmuskel gewinnen würde. Wollte sie schlafen, musste sie es irgendwie schaffen, sich von all dem abzulenken. Sie atmete in Einsteins Fell und versuchte so die Beruhigung zu erfahren, die sie jetzt dringend nötig hatte. Es nütze nichts. So sehr sie diesen Geruch nach Babyshampoo auch liebte, heute, in diesem Moment, war er nutzlos gegen die nervlichen Ereignisse in ihrem körperlichen Behältnis. Ihre Neuronen zogen und sorgten so für schmerzende Muskeln. Keine Schmerzen, die einem Muskelkater entsprächen, stachen oder piksten. Es war eine Art Drücken. Als würde ihr Gewebe anschwellen, so ihre Nerven komprimieren und für ein schmerzhaft betäubendes Gefühl sorgen. Als wollte sie aus der Haut fahren. »Ja, das war die richtige Beschreibung«, lobte sie sich. Diese Situation war im Allgemeinen zum »aus der Haut fahren«, denn sie fühlte sich in ihrer nicht mehr wohl. Nicht nur, dass ihre Muskulatur spannte, drückte und an ihren Nerven zerrte, so dass ihr Körper sich beugte und nach einer Lösung suchte, die nur aus Flucht bestehen konnte. Auch ihr Geist, ihre Psyche wollte fliehen. Weg aus diesem Zustand. Fort aus dieser unbrauchbaren Hülle.

Für Mina waren Körper und Geist keine Einheit. Es war ein notwendiges Übel, dass ihr Geist in diesem Schrotthaufen von Körper wohnen musste. Wie sehr sie sich wünschte, diese beiden Dinge trennen zu können. Sie fühlte sich wie ein kleines Licht, das in der Dunkelheit dieser Hülle aus Schmerz und Überlebensunfähigkeit gefangen war. Mit einem anderen Körper wäre sie zu viel mehr in der Lage. Ihr Organismus, das, was nötig war, um ihren Geist am Leben zu erhalten, war mehr als hinderlich und sie wollte einen anderen, besseren oder zumindest normal gut funktionierenden Körper haben. Ihre Finger krampften und ihre Knochen drückten sich, in egal welcher Lage, unbequem auf die Matratze. Sie wälzte sich hin und her. Zog die Beine an, streckte sie wieder aus. Versuchte Dehnübungen. Setzte sich auf, legte sich wieder hin. Auf den Bauch, den Rücken, jegliche Seitenlagen hatte sie ebenfalls ausprobiert. Unterschiedliche Winkel der Bein- und Armhaltung. »Zum Kotzen«, dachte sie. Ihr war tatsächlich übel. Minuten vergingen und wurden zu Stunden, in denen sie sich nicht nur körperlich um ihre eigene Achse zu drehen schien. Auch ihre Gedanken drehten sich im Kreis und führten sie von einer unschönen Begegnung, zur nächsten unerfreulichen Erinnerung. Intermittierend geriet sie in halbschlafähnliche Zustände, die ihre Ängste und Befürchtungen erschreckend real präsentierten. Sie entschloss sich aufzustehen und tastete an Einstein vorbei, auf dem Nachtisch, nach ihrem Handy. 2 Uhr früh und ein entgangener Anruf von Finn. Sie hatte momentan andere Probleme, als sich irgendwelche dahin gesagten Floskeln anzuhören, die im Zweifel nicht annähernd so gemeint waren. Nun wurde sie wütend, legte ihr Handy lauter als geplant wieder auf ihren Nachttisch und ließ sich rücklings energielos auf ihr Kissen sinken. Aufgeschreckt von Minas vibrationsreichem Aufprall auf der Matratze, hob Einstein seinen Kopf. Zuvor hatte er leise schnarchend geruht und überstreckte nun seinen Kopf wie eine Eule nach hinten, so dass er Mina ein Küsschen geben konnte. Diese wuschelte ihm durch seine weiche Mähne, nahm sein Köpfchen vorsichtig unterhalb der Schnauze in die Hand und drückte ihm ebenfalls einen Kuss auf die Stirn. Sichtlich zufrieden seiner Aufgabe als

Mitarbeiter der Wach- und Knutschgesellschaft sorgfältig nachgekommen zu sein, ließ Einstein sein Köpfchen wieder zwischen die Kissen plumpsen. Mina rutschte bäuchlings an ihn heran und bettete ihren Kopf hälftig auf seinen Rücken und ihrem Kuschelkissen. Einzelne Haare seines Fells kitzelten an ihrer Nasenschleimhaut, wenn sie zu tief einatmete und die Feuchtigkeit ihrer Ausatemluft fing sich lau in winzigen Tröpfchen, im feinen Haarkleid ihres kleinen Begleiters.

»Hab dich lieb kleiner Prinz«, hauchte sie ihm zu und atmete zufrieden ein.

»Vollidiot!«, tönte es.

Mina erschrak und hielt die Luft an. Sie runzelte die Stirn, während sie darüber nachdachte, ob sie vielleicht kurz eingeschlafen war.

»Vollidiot!«, dröhnte es erneut, dunkel und gehässig aus dem letzten Winkel ihres Kopfes. »Ich kann es nicht fassen, wie man ein dermaßen unbrauchbares Stück Dreck sein kann«, setzte die Stimme nach. In ihr zog sich alles zusammen. Lautes Gelächter, in einer anderen, dreckig, aufdringlicheren Stimme, gesellte sich dazu. In ihrem Kopf drehten sich die Gedanken. Sie presste die Augen zusammen und versuchte angestrengt, an was anderes zu denken.

»Denk an was Positives«, versuchte sie sich selbst einzureden. »Etwas Positives.« Kurze Pause. »Einstein!« Vor ihrem inneren Auge erschien ein Bild des braunen Hundes.

»Hahaha", ertönte es und das Bild fiel in sich zusammen. Alles ging schnell, gleichzeitig. Ihre Gedanken rasten schneller, als ihr Verstand die Tonfolgen wahrnehmen konnte. Ihr wurde schwindelig. In ihr herrschte Krieg. Wiederholend warf ihr eine Stimme Beleidigungen an den Kopf, während ihre übliche Erzählerstimme zunehmend zurückgedrängt wurde. Sie versuchte, auf sich aufmerksam zu machen, die Oberhand zu behalten, logisch nachvollziehbar rational zu agieren. Doch das Dröhnen und Gelächter wurde immer lauter und penetranter. Es hallte in ihren Ohren wider, als wäre ihr Kopf eine riesige leere Halle, die nur dazu gemacht war, um Schallwellen optimalen Schwingungsraum zu gewährleisten.

»Mist-Hure«, kreischte mit einer ausgeprägten Aggressivität und Wut, dass es Mina den Atem raubte. Ihr Herz setzte bei jeder neu erdachten Wortphrase für einen kurzen Augenblick aus. In ihrem Körper polterte und donnerte es gegen die durch Hautschichten markierten Absperrungen. Etwas in ihr wollte entfliehen.

»Nein«, sie stöhnte. »Nein, lass mich!«

Bilder schossen in Millisekunden an ihr vorbei. Aufsteigende Unruhe, ein stärker werdendes Nervenziehen und der wachsende Drang laut schreien zu müssen, ließen sie ihre Augen schlagartig öffnen. Minas Magen zog sich zusammen. Ihre Bauchmuskeln kontrahierten wellenartig den Schauern ihrer Furcht folgend. Sie konnte dieses Gefühl keine weitere Sekunde ertragen, denn ihr Herz schien vor Angst aus ihrer Brust türmen zu wollen und sie allein und leer zurückzulassen. Ihre Faust umschloss Einsteins Fell, als könnte er sie retten. Vor was überhaupt? Sie hielt die Luft an und horchte in sich hinein.

Da war nichts mehr. Vorerst beruhigt ließ sie ihren Atem wieder entweichen. Abwartend starrte sie im Dunklen gegen die Decke. Ganz auf ihren Gehörsinn fokussiert. Nichts. Nur das Rauschen ihres Blutes, dessen Fließgeschwindigkeit nur langsam nachließ. Erst als auch ihr Herz verstand, dass sie in Sicherheit war. Falls sie das jemals von sich vor sich selbst behaupten konnte. Sie drehte vorsichtig ihren Kopf zur Seite, um zu überprüfen, ob außerhalb ihrer vorherigen Sichtschneise alles in Ordnung war. Nichts. Nur Einstein. Er schlief, als wäre nie etwas gewesen. Sein beruhigender Atem ließ auch Mina nach und nach entspannen. Seine Ausstrahlung legte sich als Schleier der Ruhe über ihre Muskeln und ihre Gedanken und ließ sie der Anspannung entgleiten.

Stille.

Wie immer alles Bestens.

Kapitel 12

Es quietschte, als die strahlend rote S-Bahn den Bahnübergang querte, an dessen Schranke Mina wartete. Sie brutzelte in der Sonne und spürte, wie Schweißtropfen ihren inneren Oberarm entlang glitten und eine feucht kühlende Spur hinterließen. Unauffällig wollte sie diese Tropfen an ihrem Shirt abstreifen und machte eine zweckmäßige aber durchaus Huhn-ähnliche Bewegung mit angezogenem Arm. Wie bescheuert das wohl aussehen musste? So bescheuert, wie sich auf ein erneutes Treffen mit Finn einzulassen? Was wollte er ihr sagen? Was erwartete sie sich von dem Gespräch? Am schlausten wäre es wahrscheinlich gewesen, das alles zunächst auszuschweigen, besonders wenn man bedachte, was sie letzte Nacht durchgemacht hatte. Leider war sie aber zu neugierig und wollte hören, was Finn dazu zu sagen hatte. Sich direkt heute zu treffen, schien ihr schlauer als wochenlang darüber nach zu grübeln, wie es zukünftig zwischen ihnen weiter gehen würde. Würden sie Freunde bleiben? Wollte sie das überhaupt? Finn war ein Gentleman und hatte ihr angeboten, zu ihr zu kommen. Das kam ihr gelegen, schließlich waren bei ihr Zuhause immer eine Toilette und Einstein als Verstärkung in der Nähe.

Der Bahnübergang öffnete sich. Bevor sie die letzten Meter Richtung Bahnhof einschlug, betrachtete sie sich kurz im Schaufenster der Apotheke zu ihrer Rechten. Autos fuhren auf ihrer linken Seite an ihr vorbei und hinterließen warmen Fahrtwind. Sie war sich nicht sicher, ob sie angemessen gekleidet war. Das war sie im Grunde nie. Mina trat am liebsten natürlich auf und legte darauf auch sehr viel Wert. Schon in der Schulzeit hatte sie die Mädels verabscheut, die mit Aussehen anstatt Charakter punkten wollten. Weiblichkeit ja, überzogene Freizügigkeit nein. Sie beschloss, dass ihr gefiel, was sie heute trug. Einen schwarzen Minirock aus Jeansstoff, mit einer dünnen Strumpfhose und flachen schwarzen Stiefeletten. Der Rock ging an ihrer Taille in ein bunt gemustertes enganliegendes Top über, dass am Rücken einen Ausschnitt besaß. In diesem Outfit fühlte sie sich unschlagbar und zog die Blicke auf sich, darüber war sie sich bewusst. Ihre Haare trug sie zu einem geordneten Pferdeschwanz. Schließlich war das kein Date. Leichtes Make-up, um Hautunreinheiten und Augenringe zu verbergen und Mascara, um die Augen optisch zu öffnen, rundeten das Bild ihrer Meinung nach ab. So konnte sie Finn selbstsicher gegenübertreten. Sie nickte sich bestätigend zu und ging los. Die Erschöpfung der vergangenen Nacht steckte ihr noch in den Knochen. Ihr Darm hatte sich etwas beruhigt und der Drang, ständig auf Toilette zu müssen, hatte Dank des Verzehrs etlicher Bananen ebenfalls nachgelassen. Nichtsdestotrotz wollte

Mina möglichst schnell wieder nach Hause, um für den Fall aller Fälle gewappnet zu sein. Wieso tat sie das überhaupt? Ein Seufzen ließ erahnen, wie wenig Lust sie auf all das hier hatte.

Ein langer, asphaltierter Weg führte zwischen Wohnhäusern und den Bahngleisen zum Bahnhof. Die Stadt hatte sich Mühe gegeben, diesen Weg ansprechend zu gestalten und junge Kirschbäume seitlich auf dem Grünstreifen gepflanzt. Diese waren von Unkraut und Müll umgeben und erweckten eher einen kläglichen, als einladenden Eindruck. Schon von Weitem erkannte Mina Finn an seinem Gang. Seine Körperhaltung war kerzengerade. Er lief, als wären seine Füße ein klein wenig zu groß, um während des Laufes Platz nebeneinander zu finden, mit den Zehenspitzen voneinander weg zeigend. Die Luft über dem Boden flackerte und gab so dem Wiedersehen, das Gefühl einer Gegenüberstellung im Wilden Westen. Zwei Menschen, ansonsten niemand weit und breit, heiße trockene Luft und ein gefährliches Wiedersehen. Es fehlte nur noch Steppengras, um die Szene zu komplettieren. Mina blieb stehen und ließ Finn die übrigen Meter auf sie zukommen. Sie konnte sich nicht entscheiden, was sie tun sollte. Wie sie handeln und sich fühlen sollte. So schaute sie ihn an und lächelte. Schnell senkte sie ihren Blick wieder und runzelte die Stirn, sah ihn erneut an und versuchte seiner Anwesenheit standzuhalten. Er kam selbstbewusst, aber langsam auf sie zu, lächelte sie mit seinem schrägen, völlig übertrieben charmanten Grinsen an und machte nicht die geringsten Anstalten seinen Blick von ihr abzuwenden. Einen

Schritt von Mina entfernt blieb er stehen. Diese ärgerte sich unterdessen, dass er hier so selbstgefällig daher stolzierte und war gleichermaßen beeindruckt, wie schnell er sie mit seinem Lächeln davon überzeugt hatte, dass er in Frieden kam. Einige Sekunden blieb er so stehen und sah ihr tief in die Augen. Sie konnte seinem Blick nur schwer standhalten und funkelte ihn böse an. Der Ausdruck in Finns Augen war alles andere als böse. Analysierend, forschend, ein wenig ängstlich. Na großartig, der Welpenblick.

»Danke, dass du mir die Möglichkeit gibst dir das alles zu erklären«, sagte Finn sich vorsichtig vortastend. Mina antwortete nicht und sah wieder auf den Boden. Was sollte er ihr erklären? Für sie war die Sache eindeutig. Die beiden hatten sich geküsst, hatten miteinander rumgeknutscht und nur in Unterwäsche, im selben Bett geschlafen. Sie waren fremdgegangen. Nein, er war fremdgegangen und sie war ein Teil davon gewesen. »Hmmmm«, war das Einzige, was sie als Antwort über die Lippen brachte. Sie lächelte, hob ihren Kopf, sah ihm in die Augen, wenn auch nur für einen Sekundenbruchteil und drehte sich dann abrupt um, um den Heimweg anzutreten. Er folgte ihr zunächst wortlos. Zwischen den beiden herrschte drückende Stille, die Mina Bauchschmerzen bereitete und sie dazu veranlasste noch schneller zu laufen.

»Wie geht es Einstein?«, fragte Finn mit leichter Verzweiflung, ein Gespräch beginnen zu wollen. Mina wandte sich kurz zu ihm um, sah ihn abschätzig an, denn sie wusste, was er vorhatte. Dann drehte sich wieder weg und antwortete: »Einstein geht es besser. Er hatte wohl starke Bauchkrämpfe in der Nacht und am ganzen Körper gezittert, haben meine Eltern gesagt.« Sie stockte und suchte nach Fassung. Zittrig, aber sich zunehmend fangend, führte sie fort: »Er hatte blutigen Durchfall und war ganz benommen. Meine Eltern dachten schon, er hätte Gift gefressen und sind deshalb direkt in die Tierklinik gefahren.« Mina warf nochmals einen Blick über die Schulter, um zu sehen, wie Finn auf diese Beschreibung reagierte. »Anscheinend hat Einstein eine Disharmonie des Darmmikrobioms. Er hat zu viele gasbildende Bakterien im Darm und scheint sein Futter nicht zu vertragen. So haben sich darmschädigende Bakterien vermehren können und die Darmschleimhaut angegriffen.« Sie spürte, wie es ihr nahezu Freude bereitete, die biologischen Hintergründe dieses emotionalen Dramas zu erläutern. Finn nickte. »Und jetzt? Also was könnt ihr dagegen tun?«, fragte er. »Wir geben ihm jetzt Gram positive Bakterien, die das Ungleichgewicht wieder ausgleichen sollen und ich koche ihm in Zukunft sein Futter«, erzählte sie stolz und lächelte Finn an. Dieser wirkte erleichtert, aber auch amüsiert und hakte nach, was man einem Hund denn kochte.

»Naja, ich habe in den letzten 24h viel recherchiert und konnte einige, darmschonende Zutaten zusammentragen. In Zukunft gibt es für Einstein dann Kartoffeln und Karotten mit Salbei gewürzt und anschließend mit Olivenöl vermanscht und püriert. Ach, und gewolftes Hühnerfleisch, angebraten, dann mit Salz, Rosmarin und Curcuma gewürzt. Dazu gibts Rote Beete und Kokosöl.« Sie nickte bestätigend.

»Ja und bevor du fragst, ich habe das alles ausgiebig recherchiert und überprüft. Salbei, Rosmarin und Curcuma sind entzündungshemmend und gut fürs Immunsystem. Die Öle sind gesund und der Rest ist einfach leicht verdaulich.«

Finn lächelte sie an. Mina lächelte zurück. Sie ertappte sich dabei abermals ihre emotionale Distanz zu verlieren.

»Du liebst diesen Hund wirklich, oder?«, fragte er nun ernster. Mina verlangsamte ihren Schritt, blickte Finn in die Augen und sagte mit strahlendem Gesicht: »Ja, das tue ich. Er ist mein bester Freund.« Finn nickte wiederholt, generell wurde heute viel genickt, und verfiel in nachdenkliches Schweigen. Mina war sich nicht sicher, was genau ihn an ihrer Antwort oder der Situation grübeln ließ, beschloss aber die nun nicht mehr befremdlich wirkende Stille hinzunehmen und lief weiter.

Zuhause begrüßte Einstein Mina und Finn freudig. Sie stellte Finn ihren Eltern vor und bot ihm an, in ihrem Zimmer auf sie zu warten, während sie die Toilette aufsuchte. Die Bananen waren eben doch nur eine Übergangslösung gewesen und sie musste ihrer Nervosität Luft machen. In ihrem Zimmer angekommen, setzte Mina Einstein auf ihr Bett und gesellte sich zu ihm.

»Schön hast du's hier«, sagte Finn, der sie am Fenster stehend erwartet hatte. »Ich habe es irgendwie anders in Erinnerung«, fügte er hinzu.

»Ich habe zwischenzeitlich umgestellt. So gefällt es mir besser als vorher. Irgendwie harmonischer«, gab ihm Mina zu verstehen.

Finn sah sich kurz um und setzte sich dann zu ihr aufs Bett. »Sehr grün alles. Schwer zu übersehen, dass du Biologie studierst bei den ganzen Pflanzen«, sagte er neckisch.

»Jap«, war Minas Antwort, welche von einem dynamischen Nicken begleitet wurde. Sie traute sich nun, da sie allein waren, nicht mehr ihm in die Augen zu schauen, und sah sich deshalb ebenfalls im Raum um. Finn hatte Recht. Grün war die dominierende Farbe ihrer Einrichtung, obwohl nur eine der vier Wände grün gestrichen war. Mina wusste nicht so recht, was jetzt auf sie zukam, welches Gespräch sie gleich erwartete. Das Armband, das zuvor ihr Handgelenk zierte, hatte sie nun zu einem Spielzeug umfunktioniert und drehte die Perlen zwischen ihren Fingern. Ihr eben noch hoch gelobter Minirock wurde ihr in Sachen Variationsreichtum zum Verhängnis, als sie versuchte eine bequeme Sitzposition in ihrem Bett zu finden. Also nahm sie die Bettdecke als Sichtschutz und mummelte sich mit angezogenen Knien, rücklings an die Wand lehnend von der Hüfte abwärts ein. Finn sah sich unterdessen weiter in ihrem Zimmer um und ließ ihr somit die Zeit sich zu sammeln. Erdrückendes Schweigen. Die Situation war angespannt und die Luft wirkte auf Mina zähflüssig wie Sirup, so dass ihr das Atmen zunehmend schwerer fiel. Ihr Herz schlug schnell, im Versuch ausreichend Blut durch ihre Lungen strömen zu lassen und ihr Körper drohte zu überhitzen. Es fühlte sich wie eine Ewigkeit an, als wartete sie auf ein Urteil über Leben und Tod. Finn saß nur wenige Zentimeter von ihr entfernt. Lehnte, wie sie an der Wand und starrte geradeaus. Er schien geistig abwesend zu sein. Sie hörte, wie er immer wieder den Atem anhielt, um ihn dann stoßweise wieder frei zu lassen. Als würde er den nötigen Mut zusammenraffen und ihn dann, im letzten Moment, erneut zurückziehen. Er nickte zu sich selbst, als würde er damit den Startschuss für die Konversation geben wollen, doch er blieb stumm. Gerne hätte sie ihm aus dieser Situation geholfen, aber sie wusste auch nicht, wo sie anfangen sollte. Endlich schien er den inneren Kampf gegen sich selbst gewonnen zu haben, holte tief Luft und drehte seinen Kopf in ihre Richtung. Plötzlich wirkte die Stimmung intensiviert. Wo vorher Unausgesprochenes den Raum zwischen ihnen füllte, nahm der Abstand zwischen den beiden einen drängenderen Zustand ein. Minas Herz blieb augenblicklich stehen.

»Mina, ich weiß nicht so recht was ich sagen soll. Ich bin Zuhause bestimmt hunderte Male durchgegangen was ich dir sagen will, aber jetzt fühlt sich davon nichts mehr richtig an.« Er lächelte schüchtern. Seine Augen wirkten unschlüssig. Traurig, aber dennoch liebevoll. Mina betrachtete ihn aufmerksam und blickte immer wieder von seinen Augen zu seinem Mund. Schließlich antwortete sie vorsichtig mit einem aufmunternden »Okay«. Sie wollte ihm das Gefühl vermitteln, dass hier und jetzt der Ort und der Zeitpunkt war, um offen über die Situation zu sprechen.

»Ähm weißt du, ich habe auch viel über all das und uns nachgedacht«, fügte sie hinzu. Sie war sich noch nicht sicher, was sie wollte. Dies hing zu stark davon ab, welche Richtung von seiner Seite aus kam. Wiederholt suchte er Augenkontakt, um dann schnell wegzuschauen und in die Leere zu starren. Mina war verwirrt.

»Weißt du eigentlich wie unglaublich spannend deine Mimik ist? Selbst wenn du nichts sagst, spricht dein Gesicht Bände.« Finn sah sie an. Sie kannte diesen Blick.

»Wirklich?«, fragte sie interessiert nach.

»Ja, dein Mund zuckt ein bisschen, wenn du nachdenkst und verzieht sich in die verschiedensten Richtungen. Manchmal aus dem Nichts, fängst du dann an zu Grinsen oder je nach Inhalt deiner Gedanken, ziehen sich deine Augenbrauen zusammen und du legst die Stirn in Falten«, schwärmte er. Mina bekam es mit der Angst zu tun. Nicht weil Finn auffiel, was offensichtlich war, wenn man sie etwas besser kannte. Sie erschrak vor dem Gefühl, dass diese Äußerung von ihm in ihr auslöste. Aufregung. Freude. Sie errötete.

»Danke«, gab sie ihm mit einem kurzen Stirnrunzeln zu verstehen, das in ein Lächeln überging, als sie sich dieser Mimik bewusst wurde. Finn setzte sich aufrecht hin und Mina tat es ihm gleich, denn seiner Körpersprache nach musste eine wichtige Information folgen.

»Okay, ich sag es einfach, wie es ist.«

Minas Herz quittierte ihr den Dienst.

»Ich mag dich«, er blickte ihr mit seinen blauen Augen mitten in ihre Seele. Jetzt musste ein »Aber« kommen, da war sie sich sicher.

»Aber, was zwischen uns passiert ist, war eine einmalige Sache«, fügte er ernst hinzu. Mina schluckte. Sie schaffte es nicht, den Augenkontakt aufrechtzuerhalten und musste ihren Blick senken.

»Mina, versteh mich nicht falsch. Du bist großartig und ein Kuss von dir war alles, was ich mir vor vier Jahren erträumt hatte, aber ich bin mit Kathrin zusammen.« Nun musste auch Finn seinen Blick kurz senken. Er wirkte unsicher. In diesem Moment hob Einstein seinen Kopf und knurrte. Finn erschrak. »Wahrscheinlich hat er draußen nur eine Autotür gehört oder einen bellenden Hund«, beruhigte Mina ihn schmunzelnd. Daraufhin schwieg sie erneut.

»Es ist einfach so,« er rang sichtlich mit den Worten, »ich denke du wirst das verstehen, weil du damals mit Tobi in einer ähnlichen Lage warst. Ich mag euch beide, aber ich will die Beziehung, die ich mit Kathrin habe, nicht wegwerfen für etwas ohne Garantie, dass es gut wird«, versuchte er sich zu erklären. Minas Bauch zwickte, aber sie gestatte es ihm nicht, weiter zu intervenieren. Sie wollte dieses Gespräch auf einer rationalen Ebene weiterführen. »Hast du denn mit Kathrin schon darüber gesprochen?«, erkundigte sie sich. Nun wurde Finn unruhig und rutschte von einer Pobacke auf die andere.

»Um ehrlich zu sein noch nicht. Sie ist ja in London und so etwas sollte man vielleicht besser persönlich besprechen.« Finn spielte an seiner Nase herum.

»Ja, da gebe ich dir recht«, stimmte ihm Mina zu, bohrte jedoch nach: »Und wann seht ihr euch das nächste Mal?«

»Ähm…«, er räusperte sich, »Erst in ein paar Wochen.« Beschämt sah er zur Seite. Mina war entsetzt und sagte vorwurfsvoll: »Finn, du willst doch nicht ernsthaft deiner Freundin noch wochenlang vorgaukeln, dass alles im Lot ist?«

»Nein, natürlich nicht.« Empört riss er seine Hand aus seinem Gesicht und seine Nase beinahe mit. Seine Hand ließ er als Verlängerung seiner schwungvollen Bewegung in die Mitte seines Schoßes fallen. Er jaulte spielerisch auf. »Das geschieht mir recht«, lachte er Mina entgegen. Mina lachte mit, freute sich aber insgeheim hauptsächlich darüber, sich nicht zu ihrer Gefühlslage geäußert haben zu müssen.

»Denkst du, wir können trotzdem Freunde bleiben?«, erkundigte sich Finn vorsichtig. »Mist!«, hörte sie sich innerlich fluchen, während sie äußerlich die Nase rümpfte. Selbstverständlich hatte sie alle möglichen Pfade dieses Gesprächs im Voraus, mit sich selbst durchgesprochen und in sich hineingefühlt, was sie wollte. Erprobt, wie sie souverän auf Fragen reagieren könnte, die in eine Richtung führen, in die sie nicht gehen wollte. Lange hatte sie mit sich gehadert, aber allein die Tatsache, wie anders sie in seiner Gegenwart empfand, ließ keinen anderen Schluss zu, als dass sie sich mindestens körperlich von ihm angezogen fühlte, aber wahrscheinliche sogar in ihn verliebt war. Was sie ihm aber auf gar keinen Fall sagen würde. Sie war ja nicht verrückt!

»Ähm…«, begann sie, indes sie mit ihrer Decke in Richtung Bettkante robbte.

»Ja, weißt du…«, fügte sie hinzu, während sie unter dem knarrenden Geräusch des Bettes aufstand und hoffte, dass dieses Knarren ein Stockwerk tiefer nicht fehlinterpretiert würde. »…ich fand was zwischen uns passiert ist wirklich schön...«, immer schön an die Wahrheit halten, sie nur ein bisschen verdrehen, wiederholte sie im Geiste.

»...Für mich war das eine ausgesprochen intensive und überraschende Erfahrung...«, sagte sie ihm mitten ins Gesicht, dreht sich dann aber weg und ging ein paar Schritte durchs Zimmer, während sie ihr Armband wieder über ihr Handgelenk zog »...aber wir wussten beide, dass das irgendwann passieren würde, weil zwischen uns schon immer eine unbeantwortet fragliche Anziehung bestand. Wir waren in dem Moment wahrscheinlich beide von der Müdigkeit, dem Alkohol und dem Augenblick überwältigt, sodass es überhaupt erst dazu kam.« Sie sah ihn an. Pausierte kurz, denn sie musste sich fangen und genau überlegen, wie sie nachfolgenden Satz unmissverständlich formulieren konnte. Sie schluckte und fuhr fort: »Im Grunde kann ich mich an die Details dieser Nacht nicht mal wirklich erinnern.«

Sie wendete ihren Blick ab und ging ein paar Schritte in Richtung des anderen Zimmerendes, einem Spiegel entgegen.

»Es war schön, aber es ist nicht so als hätte ich jetzt spontan Gefühle über Freundschaft hinweg für dich entwickelt«, sagte sie mit Nachdruck, betrachtete sich dabei in ihrer Reflexion und nickte sich bestätigend zu. Ein Gesicht mit funkelnden Augen und dunkelgrüner Hautfarbe blickte ihr entgegen.

»Lügnerin!«, zischte es ihr abfällig durch ihr Denkorgan. Mina schüttelte den Kopf.

»Alles ok?«, frage Finn von der Bewegung aufgeschreckt.

»Ja, alles Bestens. Ohne die Decke fröstelt es mich nur ein wenig«, sagte Mina laut lachend und versuchte, die Situation so wieder aufzulockern. Finn erhob sich nun ebenfalls, ging auf sie zu und legte seine Hände seitlich an ihre Arme. Er sah sie nur kurz so an, wie im Park, bevor er sie geküsste hatte. Doch dann wurde Mitleid daraus. Seine Hände waren beruhigend warm und kribbelten auf ihrer Haut. Mina musste sich beherrschen nicht in Tränen auszubrechen, denn es fühlte sich wie ein Abschied an. Auch sie blickte ihn an und spürte dabei, wie ihr Herz schmerzte, während in ihren Bauch die typischen Schmetterlinge heftig wirbelten und gegen ihre Bauchdecke dotzten. In seinem Blick lagen die unterschiedlichsten Gefühle. Liebe, Nähe, aber auch Angst. Sie hatte Mühe sich auf ihren Beinen zu halten, als er sie an sich zog und versuchte Anspannung in ihren verwelkten Körper zu bringen. Finn umarmte Mina, wie er es schon immer getan hatte. Genauso wie sein Geruch und seine Körperwärme sie ummantelten. Sie atmete tief ein, versuchte mit jeder Körperzelle all das hier aufzunehmen und zu speichern. Ihr Bauch und ihr Herz waren nicht bereit loszulassen. Finn ging einen Schritt zurück und es überraschte Mina, dass auch er zu kämpfen schien. Sanft nahm er ihren Kopf in seine Hände. Minas Atem stockte und ihr Herz schlug in Lichtgeschwindigkeit. Er würde sie doch jetzt nicht küssen? Er näherte sich ihrem Gesicht und gab ihr einen Kuss auf die Stirn. »Ich freu mich, dass wir Freunde bleiben können«, sagte er.

Kapitel 13

»Minaaaaaaa, komm sofort runter«, hörte sie ihre Mama verzweifelt aus dem Erdgeschoss schreien. Solche Angst hatte sie in der Stimme ihrer Mutter noch nie wahrgenommen. Augenblicklich lief es ihr kalt den Rücken runter. Gedanklich bereits auf dem Weg nach unten, war ihr Körper träger als ihr Geist und verweilte mit seinem Blick noch für eine Sekunde auf dem Bildschirm ihres Laptops. Hier hatte sie gerade die Datei ihrer Bachelorthesis geöffnet, um diese in die abschließende Form zu bringen. Als auch ihr Körper die minimale Trägheit überwunden hatte, rannte sie los. Durch den Fadenvorhang des Durchgangs, der ihre beiden Zimmer miteinander verband, über die Türschwelle des Raumes und das Treppenhaus hinunter. Tausende Gedanken, was Schlimmes passiert sein mochte, schossen ihr durch den Kopf, während sie immer zwei Stufen auf einmal hinuntersprang. Sie krallte sich am Treppengeländer fest, um ein mögliches Kuschelsocken bedingtes Ausrutschen zu vermeiden. »Oh Gott, irgendwer ist gestorben«, sagte sie sich. Das Adrenalin schoss durch ihre Adern und versetzte sie in einen Rauschzustand. »Einstein ist tot, schwer verletzt. Das stehe ich nicht durch.« Vor ihrem inneren Auge entstanden Bilder des Grauens, wie ihr kleiner Bolonka regungslos auf der Seite lag. Mit starrem Blick, dem das Leben entglitten war.

»Er ist tot, ansonsten würde meine Mutter niemals so schreien.« Kurz blieb Mina vor der Tür stehen, die das Treppenhaus vom unteren Wohnbereich abgrenzte, und nahm einen tiefen Atemzug. Nur schwer ließen sich ihre Lungen mit Luft füllen. Sie hoffte, auf alles vorbereitet zu sein. Sie öffnete die Tür. Atemlos stand sie am Treppenvorsprung, starrte ins abgedunkelte Schlafzimmer ihrer Eltern. Nichts. Die Angst kroch immer weiter in ihr empor. Ihr Herz schlug ihr aus den Ohren heraus. Sie blickte ins Wohnzimmer. Auch dieses war leer. Nun ging sie in die Küche. Die Luft stand, als hielt die Welt den Atem an. Die Küche war kein besonders großer Raum. Vielleicht vier auf drei Meter. Der Boden war grau gefliest und die Wände waren in einem hellen Beige verputzt. Auf ihrer Linken war bis zur gegenüberliegenden Wand, die ein großzügiges Doppelfenster besaß, alles mit einer braunen Küchenzeile zugestellt. Mittig im Raum stand ein ausladender Glastisch. Hinter diesem sah sie ihre Mutter stehen. Kreidebleich. Sie starrte nach unten auf den Boden und rief immer wieder den Namen ihres Vaters.

»Martin, Martin wach bitte auf.«

Das verzweifelte Flehen brannte sich unauslöschlich in ihr Gehirn ein. Ihre Mutter blickte auf, als Mina herbeigeeilt kam und ein kleiner Hoffnungsschimmer keimte hinter dem Glanz der Angst auf. Regungslos stand sie da und warte auf Minas Reaktion. Minas Kehle wurde eng, ihr Körper spannte sich bis in die letzte Muskelzelle an und sie verfiel in einen Ausnahme-Modus. Etwas, was sie nur selten erlebte, aber das ihr nicht unbekannt war. Ihre Mutter ging zur Seite, um ihr den Zugang zu ihrem Vater zu gewähren. Mina erschrak aufs Neue. Ihr Papa lag bewusstlos auf dem Boden. Ihre Mutter hatte seine Beine erhöht auf dem Esszimmerstuhl gelagert. Sein Kopf war unnatürlich abgeknickt, als wäre er gegen die Wand gefallen und an ihr herunter geglitten.

»Ich war unten im Keller und plötzlich hat es einen lauten Schlag getan«, hörte sie ihre Mama, mit den Tränen kämpfend, berichten. Den Schlag hatte sie ebenfalls vernommen, sich dabei aber nichts weitergedacht. Sie hörte gar nicht richtig zu. Ihr ging alles Mögliche durch den Kopf. Genickbruch, Herzinfarkt, Lungenembolie, Schlaganfall. »Beruhig dich, Mina.« Ihre Hände wurden zittrig, als sie sich nach unten auf den Boden kniete. Sie hatte ihren Papa noch nie so verwundbar gesehen. Bewusstlos, bleich wie ein Stück Papier, mit geschlossenen Augen und kaltschweißigem Glänzen. Seine Jacke wies in der Brust- und Achselgegend dunkle, nasse Flecken auf. Sie fühlte den Puls. Sie versuchte es angestrengt, denn ihr Herz pumpte dermaßen schnell und kräftig, dass sie hauptsächlich ihren eigenen wahrnahm. Doch! Mina konnte ein leichtes Pulsieren feststellen. Das Herz ihres Vaters schlug schwach, aber es schlug. Darauf kam es an. Er war nicht bei Bewusstsein und seine Atmung war flach. Sie machte sich auf das Schlimmste gefasst. Vor ihrem inneren Auge sah sie sich schon rhythmisch auf der Brust ihres Papas herumdrücken.

Mina gestattete es sich, kurz durchatmen. Ihr Herz schlug so laut, dass sie ihre Gedanken nicht hören konnte. Ihre Emotionen wichen nach und nach dem Muster an Verhaltensweisen, die sie während der Ausbildung zum Sanitäter gelernt hatte. Sie funktionierte, aber darüber hinaus dachte sie nicht. »Schmerzreize«, schoss es ihr durch den Kopf. Sie tätschelte die linke Wange ihres Vaters erst leicht. Als er darauf nicht zu reagieren schien, wurden die Berührungen mit der flachen Hand stärker. Seine Stirn zog sich in Falten, seine Augen bewegten sich unter seinen Lidern. Langsam kam er zu Bewusstsein.

»Wo bin ich? Was ist passiert?«, fragte er mit schwacher, belegter Stimme und fasste sich an den Kopf. Schwerfällig setzte er sich auf und lehnte sich wie ein Häufchen Elend an die Wand. Er war nicht ganz bei Sinnen und sein Blick war leer und kraftlos. Mina sah zu ihrer Mutter. »Okay Mama, du bleibst bei ihm, redest mit ihm und achtest darauf, dass er bei Bewusstsein bleibt. Ich rufe den Rettungsdienst«, sagte Mina in einem bestimmenden Tonfall, den sie von sich nicht gewohnt war. Sie rannte ins Wohnzimmer, schnappt sich das Telefon und ließ es fast fallen, weil ihre Hände so zitterten. »Wie war noch gleich die Nummer, verdammt!« Noch während sie darüber nachdachte, schossen ihr die drei Ziffern des Notrufes in den Kopf. Sie versuchte zu wählen, aber ihre Finger schienen in der Aufregung überdimensioniert und verfehlten die Zahlenknöpfe zunächst. Sie hielt die Luft an. Ihre Finger trafen das Ziel. Stille. Atmen nicht vergessen. Sie sah auf das Display. War die

Leitung etwa tot? So viel Pech konnte man gar nicht haben. Sie lief im Wohnzimmer auf und ab, während sie hoffnungsvoll darauf wartete, am anderen Ende des Telefons eine Stimme zu vernehmen. Ihre Atmung beruhigte sich etwas, nur um erneut zu eskalieren, als sie endlich eine männliche Stimme hörte: »Notfallrettungszentrale, mit wem spreche ich?«

Mina stockte kurz. »Ja, hallo. Mein Name ist Mina Möller. Mein Papa ist ohnmächtig vom Stuhl gefallen.«

»Okay Mina, kurz durchatmen. Wir werden deinem Papa helfen«, sagte der Mann am Ende der Leitung seelenruhig. »Mina wo befindet ihr euch gerade?«

Natürlich, wie konnte sie das Schema vergessen. Sie rügte sich selbst und sagte nun gefasster: »Wir wohnen in der Rilkestraße 18 in Rödermark Ober-Roden. Mein Papa ist 52 Jahre alt und er hat Blutdruckprobleme und einen Herzfehler. Bitte kommen sie schnell.«

»Mina erzähl mir bitte, was genau passiert ist«, sagte er immer noch verdammt ruhig. Wie konnte man in so einer Situation nur so gelassen bleiben. Es regte sie auf, dass dieser Mann so entspannt blieb und vor allem so langsam redete. Das war sein Job, schon klar, aber er beruhigte sie damit nicht im Geringsten.

»Mein Papa ist heute Morgen mit grippetypischen Symptomen aufgewacht, nachdem er sich gestern Abend bereits aus dem Nichts unwohl gefühlt hatte. Heute Morgen hat er nichts gegessen, nur einen kleinen Schluck getrunken und wollte sich dann ins Bett legen, um sich auszuruhen. Ach, und er hat stark gehustet. Meine Mama hat mich dann gerufen als er ohnmächtig auf dem Fußboden lag. Kaltschweißig und bleich. Er hatte nur einen schwachen Puls und eine flache Atmung, aber er kam dann wieder zu sich. Jetzt ist er zwar ansprechbar, aber er wirkt verwirrt.«

Sie verloren Zeit. Wenn wirklich etwas mit seinem Herz war, zählt jede Sekunde.

»Okay Mina, sehr gut. Kannst du Wiederbelebungsmaßnahmen?«, fragte der Mann immer noch viel zu gelassen. Langsam wurde sie ungeduldig.

»Ja, selbstverständlich!«, antwortete sie schroff.

»Sehr gut, falls er wieder das Bewusstsein verlieren sollte, legst du ihn bitte sofort in die stabile Seitenlange und überprüfst regelmäßig seine Lebenszeichen«, erklärte der Mann ihr weiter mit dieser unerträglichen Gelassenheit. Mina kämpfte mit sich selbst, nicht wütend zu werden. Auf der anderen Seite wurde sie nervöser, denn würde er so etwas sagen, wenn er nicht davon ausgehen müsste, dass genau dieser Fall eintritt? Sie wusste, wie Wiederbelebungsmaßnahmen gingen, aber sie brauchte jetzt einen RTW mit Equipment und vor allem ein EKG.

»Mina, die Kollegen sind unterwegs«, unterbrach sie der Mann in ihrem Gedankengang. Dermaßen häufig hatte wohl noch niemand ihren Namen in so kurzer Zeit gesagt. Bestimmt war das Vorschrift.

»Bei welcher Krankenkasse ist dein Papa versichert?«, fragte er.

»Ähm, ich, ähm, bei der AOK«, sagte Mina zögernd.

»Okay, und wann ist dein Papa geboren?«, bohrte der Mann am anderen Ende weiter. Das wusste sie nicht. Es fiel ihr nicht ein. An der Stelle ihres Hirns, an der sich die Synapse mit der Information befinden sollte, war alles schwarz.

»Also ich bin 22, das heißt er ist 52. Ja er ist 52! Geburtstag. Ähm, am 29. April. Aber ich weis nicht, ob 67 oder 68. 67, definitiv, 1967!«, stammelte sie vor sich hin.

»Gut Mina, die Kollegen sind unterwegs. Du kannst jetzt auflegen«, sagte der Mann bestärkend. Ohne ein weiteres Wort nahm Mina den Hörer vom Ohr und beendete das Gespräch. Das Display war klebrig, sie durchgeschwitzt. Ihr dicker weinroter Kapuzenpulli war nass unter den Armen und sie konnte ihre Angst förmlich riechen. Sie legte das Telefon beiseite und ging zügig in die Küche zurück. Ihre Mutter stand neben ihrem Vater und ließ ihn nicht aus den Augen. Er hatte ein Glas Wasser in der Hand und inzwischen wieder etwas Farbe bekommen. Noch war die Situation aber nicht gerettet.

»Der Rettungsdienst kommt gleich«, versuchte sie ihre Mutter zu beruhigen. Diese antwortete nicht, sondern sah sie nur an. Mina betrachtete die Situation. Sie musste Platz schaffen. Ihr Vater hatte sich einen denkbar schlechten Ort ausgesucht, um medizinische Hilfe zu benötigen. Deshalb nahm sie den Glastisch und zog ihn mit aller Kraft, die sie aufbringen konnte, zur Seite. Von ihrem Papa weg um 90°gedreht, so dass die Küche besser zugänglich war. Danach suchte sie die Medikamente ihres Vaters und seine Krankenkassenkarte heraus, um sie für die Rettungssanitäter bereitzulegen. Ihr Vater saß noch immer an die Wand gelehnt und zitterte vor Kälte. Mina ging ins Wohnzimmer und holte ihm eine Wohndecke.

Diese wollte er aber nicht annehmen, so ließ sie die Decke einfach neben ihm liegen. »Vielleicht später«, sagte sie sich. Sollte sie ihrer Schwester oben Bescheid geben? Würde sie den Anblick verkraften? Was wenn ihr Vater starb und sie sie nicht gerufen hatte? Sie wusste nicht, ob sie ihr dies zumuten konnte. Nein, Lüge. Sie wusste, dass sie es konnte. Sie wollte nicht. Dieser Moment würde sie noch lange beschäftigen. Der Anblick ihres hilflosen Vaters, der immer ihr unzerstörbarer Held gewesen war. Das konnte sie ihrer Schwester nicht antun. In der Ferne hörte sie schon die Sirenen. Einstein. Den hatte sie komplett vergessen. Der Winzling saß verängstigt in der Ecke und verstand nicht, was gerade geschah. Mina nahm ihn auf den Arm und brachte ihn ins Schlafzimmer. Jetzt konnte man einen wuselnden Hund zwischen den Beinen nicht brauchen. Sie sah ihn an und flüsterte ihm zu: »Hab dich lieb. Alles wird wieder gut!« Anschließend schloss sie die Schlafzimmertür. Wahrscheinlich wollte sie mehr sich als ihn beruhigen. Der Rettungswagen war bereits in Hörweite. Die Sirenen wurden lauter. Sie musste nach draußen gehen, um das Hoftor zu öffnen, damit die Sanitäter mit der Trage und dem Equipment leichteres Spiel hatten. Die Außenluft schlug ihr wie eine eisige Wand entgegen und zwang sie zu einem tiefen Atemzug, der sie gleichzeitig zurück in ihr normales Ich holte. Nun merkte sie erst wie kräftezehrend die Situation für ihren Körper gewesen war und erst jetzt hatten ihre Emotionen wieder freie Hand. Immer noch sockig, betrat sie den gefrorenen Boden. Die Kälte zog sofort in ihre Füße, welche zu stechen begannen. Das war alles zu viel. Natürlich, denn er durfte nicht fehlen, meldete sich nun auch ihr Bauch zu Wort. Ihre Nerven brannten und sie hatte das Gefühl sich gleich übergeben zu müssen. Ihre Bauchdecke kontrahierte. Ihr Magen schien sich ebenfalls zusammenzuziehen. Sie konnte nicht länger an sich halten und musste den Weg zum Hoftor durch einen Schlenker zum nächsten Busch verlängern. Schweißperlen standen ihr auf der Stirn und ihr Kreislauf schickte Hitzewallungen empor. Sie versuchte sich, ihre Arme um ihren Körper verschlungen, selbst Halt zu geben. Jeder Atemzug intensivierte ihre Übelkeit und bewilligte Kontraktionswellen den Weg durch ihren Magen. Die Kälte zog ihr die Beine hinauf und ließ sie nun aus gleich zwei Gründen zittern. Mina versuchte, ihrem oberen Verdauungstrakt beruhigend zuzureden, doch ihre Bemühungen blieben vergebens. Mit den Sirenen im Hintergrund hatte sie keine Chance zu ihm durchzudringen. Noch bevor sie ihren Körper bitten konnte, ihr das jetzt nicht anzutun, war sie aufgewacht.

Völlig erschüttert lag sie im Bett. Einstein hatte seine winzige, weiche Tatze auf ihre Wange gelegt und schabte noch immer an ihr. Offensichtlich wollte er sichergehen, dass sie wach war. Erst als sie leise »Danke, Einstein« flüsterte, nahm er seine Pfote aus ihrem Gesicht und blickte sie ängstlich an. Es war nicht das erste Mal, dass sie so aufwachte. Nicht das erste Mal, dass Einstein sie aus einem schlechten Traum gerettet hatte. Das änderte nichts an ihrem sprintenden Herzen und dem hilflosen Gefühl, mit dem sie dieser Traum als Manifestation ihrer

Erinnerungen immer wieder zurückließ. Sie wischte sich die Tränen aus dem Gesicht und fuhr Einstein sanft über den Kopf. »Ist schon gut mein Schatz.«

Kapitel 14

Aufzug? Treppe? Aufzug. Nein, Treppe! Mina stand in der Eingangshalle des Ärztehauses und kämpfte mit sich, um den Weg in den zweiten Stock. Wenn sie so recht darüber nachdachte, ging es ihr doch nicht so schlecht. Sie hätte gar nicht herkommen müssen. Zuhause, in ihrem Bett, wäre sie schon irgendwie allein damit zurechtgekommen. Sie hätte mit keiner Menschenseele sprechen und auch sonst auf niemanden treffen müssen. Ihr Bauch schmerzte. Mal wieder. Das war ja absolut nichts Neues. Die stechend penetrierenden Schmerzen bei akutem Stuhlgang wechselten sich ab mit dauerhaftem Unwohlsein in der Gegend ihres Gastrointestinaltraktes. Inzwischen war ein gewisser Hintergrundschmerz schon zur Gewohnheit geworden. Hätte sie es bildlich beschreiben müssen, dann wäre ihr Darm ein Schwarzes Loch, das jegliche Energie aus der Peripherie ihres Körpers verschlingt. Theatralisch. Sie hatte keine Kraft für verspieltere, detailliertere Schilderungen und es war auch ganz egal. Sie spürte einen Anflug von Melancholie und Selbstmitleid, aber darauf hatte sie auch keine Lust. Es ergab keinen Sinn zum Arzt zu gehen. Er würde die ewig gleichen Untersuchungen machen, die mit dem ewig gleichen Ergebnis endeten. Nichts.

Sie konnte sich noch genau daran erinnern, wie sie als 16-jähriges Mädchen zu ihrer Hausärztin gegangen war mit dem unangenehmen Anliegen, dass sie aus dem After blutete. Das war ihr alles außerordentlich peinlich gewesen. Allein die Beschreibung der Tatsache. Unangenehm war für diesen Arzttermin das passendste Wort. Wer hat schon gerne einen Finger im Allerwertesten. Als wäre es gestern gewesen, konnte sie sich noch exakt an den Gesichtsausdruck erinnern, mit dem die Ärztin sie nach der erniedrigenden Begutachtung fragte, ob sich Mina sicher sei, dass sie nicht lediglich ihre Periode habe. So demütigend die körperliche Untersuchung war, dies stellte den Höhepunkt an Lächerlichkeit dar. Von dort an begann eine Odyssee an Arztbesuchen. Nach über einem halben Jahr kam sie zu ihrem jetzigen Gastroenterologen. Als Erstes fiel das Stichwort Darmspiegelung, doch sie verwarf diese Idee entschieden. »So schlecht geht es mir nicht, als dass ich mir von einem Fremden einen Schlauch, sonst wo einführen lassen würde«, war ihr erster Gedanke gewesen. »Er würde mich nackt sehen und dann müsste ich sofort den Arzt wechseln«, war der Zweite. Erst als es ihr über die Weihnachtsfeiertage so schlecht ging und sie so schwach wurde, dass sie nicht mehr laufen konnte, wehrte sie sich nicht mehr dagegen.

Seit nunmehr fünf Jahren war sie Patientin bei Herrn Dr. Schmitz. Auch heute war sie auf dem Weg zu ihm, aber ihre Motivation ließ zu wünschen übrig. Sie war immer eine Kämpferin gewesen, aber ihr ging die Kraft aus und alles war nur noch frustrierend. »Treppe!«, entschied sie sich. Die paar Stufen würden ihre Beine noch bewältigen können. Ihr Bauch hatte nach 1,5 Stockwerken keine Lust mehr und krampfte. Genervt setzte sie sich auf eine Treppenstufe und starrte an die Wand. Hass. Über die Jahre hatte sich ihre Krankheit immer etwas Neues einfallen lassen, um Mina zu demütigen und ihr das Leben schwer zu machen. Die Treppe war schön kühl, gerade bei diesen spätsommerlichen Temperaturen. Aus angenehm frisch wurde unangenehm kalt. Ein Schweißausbruch war die Folge. Nichts Neues. Sie verabschiedete sich von der weiß tapezierten Wand, auf der bereits schwarze Fingerschlieren zu sehen waren und setzte ihren Weg schlürfend fort. Im Treppenhaus herrschte Totenstille. Im zweiten Stock wartete ein langer schmaler Flur auf sie, der mit Glasvitrinen ausgestattet war. Jede zeigte andere medizinisch, orthopädisch oder zahnärztlich bestätigte Artikel, auf deren Nützlichkeit arme senile Rentner wahrscheinlich reihenweise schworen. Sie stockte kurz. Heute war sie wirklich nicht zum Scherzen aufgelegt. Senil. Nicht nett. Sie durchquerte den langen Gang. Schon hier wirkte alles so steril und abstoßend, wie es sich für eine Arztpraxis gehörte. Der Flur führte zu einem innenliegenden Hof. Mit hängendem Kopf schlurfte sie der Praxistür entgegen. »Gastroenterologische Gemeinschaftspraxis Rödermark« stand groß auf dem Schild neben der Eingangstür. Unwillkürlich hörte sie in ihrem Kopf die Empfangsdame, wie sie genau diese Phrase immer sagte, fast in melodischen Sprechgesang verfiel, wenn man in der Praxis anrief. »Dass ich die Betonung dieser telefonischen Auskunft so gut kenne, spricht nicht gerade für meine Gesundheit«, schmunzelte sie in sich hinein. »Vielleicht sollte ich darüber nachdenken den Arzt zu wechseln!«, ging es ihr durch den Kopf, als sie die schwarze Praxistür öffnete. Mina lief geradewegs auf eine große traurige Topfpflanze zu, die sich wahrscheinlich auch mehr schlecht als recht behandelt fühlte und durch eine direkt über ihr baumelnde Hängelampe perfekt in Szene gesetzt wurde. Im Hintergrund hörte sie, wie das Telefon ununterbrochen seine Melodie abspielte und so auf sich aufmerksam machte. Ergänzt wurde die Geräuschkulisse vom Piepen eines Pulsoximeters. Dieses wurde Patienten, die die Freude einer Darmspiegelung bevorzugt sediert ertragen wollten, zur Überprüfung der Vitalzeichen an den Finger geclipst. Ja und so, wie es sich gehörte, vernahm jeder, der sich irgendwo in der Praxis befand, die süß eindringliche Stimme von Frau Klett, die ihren Job scheinbar unglaublich gerne machte und jedem Anrufer oder Patienten vor Ort ihre Lust an der Arbeit und am Leben demonstrierte. Solch eine genervte Person hatte Mina bisher selten erlebt. Ihr war es schleierhaft, weshalb man Empfangsdame wurde, wenn man Menschen so extrem hasste. Nicht jeder war für einen solchen Beruf geschaffen, denn nicht jeder hatte das Nervengeflecht, sich den ganzen Tag mit der Inkompetenz und Dummheit von anderen herumzuschlagen. Deshalb versuchte Mina nichts auf Frau

Kletts Griesgrämigkeit zu geben und begrüßte sie angemessen.

»Guten Morgen. Ich habe um 9.15 Uhr einen Termin bei Herrn Doktor Schmitz«, sagte sie freundlich. Die Antwort war wie immer: »Alles klar, es dauert noch einen kleinen Moment. Nimm bitte im Wartezimmer Platz.«

Auf dem Weg ins Wartezimmer kramte sie in ihrer Handtasche auf der Suche nach ihrem Desinfektionsmittel. Das hatte sie als verantwortungsvolle immunsuppremierte Person immer dabei und fühlte sich, gerade in einer Arztpraxis, auf der sicheren Seite es nach Berührung von Türgriffen auch zu nutzen. Noch bevor sie den Warteraum betrat, kippte sie ein wenig der türkisfarbigen Flüssigkeit in ihre Handfläche und atmete zufrieden den beruhigend stechenden Duft des Ethanols ein, während sie es gründlich über Handfläche, Fingerzwischenräume und Unterarme verteilte.

Das Wartezimmer war ein kleiner, mit Teppich ausgelegter Raum, in dem sich an drei von vier Wänden Stühle befanden, die den Patienten dazu einluden, auf dem Absatz umzudrehen und das Weite zu suchen. Immer wieder fragte sich Mina, ob das Personal auch mal auf diesen Dingern Probe gesessen hatte.

»Guten Morgen«, sagte sie freundlich, als sie das Wartezimmer betrat und erntete verwirrte Blicke und Nicken von den anderen Anwesenden. Wenn sie den Herrschaften, die das Rentenalter schon überschritten hatten, ins Gesicht sah, so schien ihre Anwesenheit in ihnen Mitleid hervorrufen. Besonders bedauernd waren ihre Blicke, wenn sie an einer Infusion hing. Vermutlich dachten sie sich, dass Mina noch zu jung war, um krank zu sein. Aber Krankheiten machten keinen Halt vor jungen Menschen. So tragisch das auch war. Nach einem kurzen Blick durch das Zimmer fand sie einen Stuhl, den sie mit guten Gewissen belegen konnte. Ob es eine gesellschaftliche Norm war oder eine individuelle Eigenart, sie achtete sehr darauf, sich bei der Platzsuche immer einen Stuhl zu erwählen, der mindestens einen Platz von einem bereits Belegten entfernt war. Man wollte niemandem zu nahe treten, besonders nicht in einem Wartezimmer beim Arzt. Die alten Menschen – durfte man das so sagen, oder war das respektlos? – saßen vertieft, in die Praxislektüre starrend, da. Hin und wieder räusperte sich der ein oder andere, jemand hustete, aber vor allem wurde geatmet. Es war ein Phänomen, dass Erdenbewohner in einem Raum voller anderer Menschen lauter atmeten. Zumindest hatte Mina den Eindruck, dass es so war. Wenn sie sich jetzt eine halbe Stunde lang das ungesunde, immer wieder von Hustenanfällen unterbrochene Atmen, des Mannes neben ihr anhören musste, würde sie einen Nervenzusammenbruch erleiden. Jeder seiner Luft inhalierenden, leicht raschelnden Züge stach schmerzhaft in ihrem Hirn. Ihr Zentrum für unerträgliche Nervosität war in höchstem Maße erregt. Immer wieder schielte sie kurz zu dem etwa 75 Jahre alten Mann, mit eingefallenen Augen und kränklicher Hautfarbe, hinüber. Ablenkung war die einzige Option, um bei Verstand zu bleiben. Deshalb kramte sie erneut, möglichst leise, in ihrer Handtasche und suchte nach ihrem Handy. Vielleicht hatte ihr Finn geschrieben.

Das Gespräch hatte sie mehr mitgenommen, als sie sich zunächst einzugestehen in der Lage war. Sie hatten nicht gestritten. Es waren keine Tränen geflossen, aber es kam ihr von beiden Seiten berechnend vor, was sie da besprochen hatten. Wäre sie ehrlich gewesen, hätte sie ihm gesagt, dass sie Gefühle für ihn hatte, dass sie ihn in ihrem Leben wollte, aber sie sich nicht sicher war, ob eine Freundschaft zwischen den beiden Bestand hatte. Jemals Bestand gehabt hatte. Der Unterschied zu damals war, dass sie jetzt diejenige mit flatterndem Herzen war, die es nicht offenlegen durfte und wollte. Gefühle konnten auch schnell wieder abstumpfen. Sie könnte jemand Neues kennenlernen und schon wäre Finn in dieser Hinsicht uninteressant. Sie war sich nicht mal sicher, ob das wirkliche Gefühle waren oder sie sich nur nach menschlicher Nähe sehnte. Trotzdem gab es ihr zu denken, dass er sich nicht bei ihr meldete, und sie sah nervös immer wieder auf ihr Handy.

Sie überlegte, wie Kathrin sich wohl fühlen musste. Betrogen. Hinters Licht geführt. Wütend. Verletzt. Unvorstellbar, welches Gefühlschaos in ihr vorgehen mochte. Da wiegt man sich nach drei Jahren in der Sicherheit vom Partner geliebt zu werden und in einer funktionierenden Beziehung zu sein und plötzlich ist alles anders. Aber Mina konnte nicht wissen, ob es zwischen den beiden wirklich so gut lief, wie es den Anschein machte. Wäre Finn sonst auf die Idee gekommen sie zu küssen? Mina war irritiert. Schon die ganze Zeit. Ihr wäre es nicht in den Sinn gekommen eine Frau, auf die ihr Freund mal stand, allein bei ihm übernachten zu lassen. Noch weniger, aber das konnte sie in diesem Fall nur vermuten, weil sie noch nie in solch einer Situation war, hätte sie ihren Freund einfach wieder zurückgenommen, nachdem er sie betrogen hatte. Gut, sie wusste ja nicht, ob Kathrin das tat, aber Finn war davon offenbar sehr überzeugt gewesen. Wäre sie er, würde sie die Beziehung in Frage stellen nach allem, was passiert war? Aber er liebte Kathrin, das hatte er Mina deutlich zu verstehen gegeben. Am wahrscheinlichsten war es doch, dass er mit der Fernbeziehung zu kämpfen hatte, sich an dem Abend einsam gefühlt hatte und in Kombination mit Alkohol die alte Anziehung wieder zum Vorschein gekommen war. Dies war eine vernünftige Erklärung. Das änderte nichts daran, dass sich Mina furchtbar fühlte nur Option B zu sein.

»Mina Möller«, hörte sie es von der Rezeption rufen. Sie stand auf und verließ das Wartezimmer, ohne die anderen eines Blickes zu würdigen. Erst draußen gestattet sie sich selbst wieder tiefer durchzuatmen.

»Der Doktor möchte einen Abdomen-Ultraschall machen. Du kannst schon mal in den Raum gehen und dich frei machen. Kennst du ja alles schon«, sagte Frau Klett genervt. Mina nickte und verschwand im Zimmer der bereits geöffneten Tür. Der besagte Raum war spärlich beleuchtet und angenehm beheizt. Er war klein, so dass nur eine Liege, ein Stuhl für Kleidungsstücke, ein weiterer Stuhl für den Arzt und das Ultraschallgerät hineinpassten. Eine Wandleuchte war, nebst der Apparatur selbst, die dürftige Lichtquelle des Raumes. Mina legte sich auf die Patientenliege. Diese hatte den typischen Streifen unbequemes, weißes Papier aufliegen, der laut raschelte und zerknitterte, wenn man versuchte seinen Körper auf die Liegemöglichkeit zu hieven. Als Mina das geschafft hatte, zog sie ihre Leggings bis zu den Hüftknochen herunter und ihren Pulli bis kurz unter den BH hoch. Sie hatte geahnt, dass heute ein Ultraschall stattfinden würde, denn so konnte man eine Darmentzündung in wenigen Minuten erkennen. Vorsorglich hatte sie sich entsprechend gekleidet. Normalerweise trug sie Highwaist-Jeans, aber diese waren für Untersuchungen dieser Art völlig ungeeignet und außerdem recht unbequem im Vergleich zu einer Leggins. Vor allem mit aufgeblähtem Abdomen. Mina fand es immer wieder beeindruckend, wie sehr ihr flacher Bauch an Umfang zunehmen konnte, wenn der Darm entzündet war. Wie sich Wassereinlagerungen und Gase bildeten, um ihr deutlich zu signalisieren, dass sie es mit unkontrollierbaren Vorgängen zu tun hatte. Nachdem sie sich vorbereitet hatte, verschränkte sie ihre Arme hinter dem Kopf und nutze sie so als Kissen. Sie beobachtete zunächst, wie das sich zwischen Boden und Tür durchkämpfende Licht von vorbeilaufenden Füßen verdunkelt wurde. Schnell wurde ihr dies zu langweilig und sie widmete sich dem Plakat humaner Anatomie zu ihrer Linken. Der menschliche Körper begeisterte sie immer wieder in seiner anatomischen Komplexität und vor allem seiner Anfälligkeit für Krankheiten. Sie war kein Mediziner, aber als angehende Biologin sagte sie sich dennoch ein recht ausgeprägtes Verständnis der humanen Physiologie und vor allem Patho-Biochemie nach. Es war erstaunlich, wie gut ein Körper funktionierte, wenn alles ordnungsgemäß, wie von der Natur ursprünglich feinst säuberlich konstruiert, ablief. Sobald aber ein kleines Puzzleteil nicht mehr passte, kam im Zweifel der ganze Organismus durcheinander. Sie hätte Medizin studieren sollen, aber dafür waren ihre Abiturnoten nicht ausreichend gut, ihr Körper nicht gesund genug und ihr Interesse am Individuum Mensch nicht hinreichend groß gewesen. Sie war sogar der Meinung, dass Biologen die besseren Mediziner abgaben. Sie lernten nicht nur die tieferen, komplexeren Zusammenhänge der körperlichen Vorgänge, sondern sie erprobten wissenschaftliches Denken. »Um-die-Ecke-denken« nannte sie es gerne. So sehr sie Mediziner für ihre Leistung im Studium bewunderte, so hielt sie diese für wandelnde Lexika. Im Studium lernten sie bestimmte Paradigmen und wie sie darauf reagieren mussten, jedoch nicht wieso diese Muster auftraten und wie sie im Zusammenhang standen. Wich nun etwas aus der Norm, also dem Muster ab, wussten sie sich meist nicht mehr zu helfen und brachten die von der Natur eigens für sie eingeführte Lösung ins Spiel: Stress. Stress war die Lösung für alles. Wenn es nicht Stress war, dann musste es psychosomatisch sein.

In diesem Moment sah sie, wie der helle Spalt unter der Tür dauerhaft verdunkelt wurde und ahnte, dass ihr Arzt soweit war. Tatsächlich öffnete sich nur wenige Sekunden später die Tür und Dr. Schmitz trat ein. Noch während er die Tür schloss, betätigte er einen Lichtschalter und ließ die Wandlampe erlöschen. Nun war das

Ultraschallgerät die einzige Lichtquelle des Raumes und tauchte alles in ein künstliches blaues Leuchten. Dr. Schmitz war ein älterer Mann im Alter irgendwas zwischen 50 und 60 Jahren schätzte Mina. Er hatte ein sympathisches Gesicht und ein nettes Lächeln, welches perfekt zu seiner runden Hornbrille passte. Sein Lächeln erinnerte sie an das eines langjährigen Schulfreundes. Es wirkte auf sie so, als hätte die Natur eine feste Ausstattung an Augen, Nasen, Ohren, Zähnen und Gesichtsformen, die sie je nach Belieben bei der Erstellung eines Individuums zusammenwürfelte. So kam es wahrscheinlich auch, dass einem Menschen häufig bekannt erschienen, weil ihre Nase der einen Freundes ähnelte oder die Gesichtsform identisch war. Dr. Schmitz war glattrasiert und hatte kurze graue Haare. Manchmal erinnerte er sie in seiner Verhaltensweise an ihren Papa. Aber vielleicht lag das nur daran, dass er sich ähnlich besorgt gab wie er. Er ging geradewegs auf sie zu und streckte ihr seine Hand zur Begrüßung entgegen.

»Hallo Mina, so sieht man sich wieder«, grüßte er sie. Sie setzte sich auf und gab ihm ebenfalls die Hand. Die seine war schön warm und weich und umschloss ihre mit einem gesunden Druck.

»Guten Morgen«, sagte Mina kurz angebunden, noch damit beschäftigt sich wieder hinzulegen.

»Wie geht es dir denn momentan so?«, fragte er sie und sah sie mit eindringlichen braunen Augen an, während er sich setzte.

»Es geht. Ich weiß gar nicht wie weit ich am besten aushole«, sagte sie nachdenklich, fuhr dann aber fort: »Seit etwa zwei Wochen habe ich wieder verstärkt Probleme mit meinem Darm. Schmerzen. Und es geht viel Schleim ab. Ich vertrage das Essen nicht mehr richtig, ich habe Blähungen und auch wieder dieses seltsame belegte Gefühl im Kopf.«

Der Arzt nickte und machte sich Notizen am PC.

»Wie häufig hast du am Tag Stuhlgang?«

»Hmmm, das kommt auf den Tag an. An guten Tagen so eins bis drei Mal, an schlechten Tag so bis zehn, fünfzehn Mal«, berichtete sie leicht beschämt.

»Und ist jedes Mal Blut dabei?«, hakte Dr. Schmitz nach.

»Nein, nicht immer. Hauptsächlich morgens. Generell geht es mir morgens immer sehr viel schlechter als abends«, gab Mina zu verstehen.

»Nach dem Frühstück habe ich häufig das Gefühl, dass mir der Blutdruck absackt, mein Herz hüpft und als würde sich wie ein Riegel vor meine Gedanken schieben. Dann wird mir schwindelig und ich gehe schlafen. Meist wache ich dann eine Stunde später wieder auf, muss dann auf Toilette und dann geht es mir viel besser!«, ergänzte sie aufgeregt mit hinterfragendem Unterton.

»Verstehe«, murmelte Herr Schmitz in die Akte vertieft.

»Dann schauen wir uns das ganze mal im Ultraschall an.« Er nahm zwei Papiertücher und legte sie behutsam um Minas Kleidung herum, sodass sie eine Barriere um ihre Klamotten bildeten.

»Vorsicht, jetzt wird es etwas kalt«, lächelte er ihr zu und drückte auf eine weiße Tube, aus der sich durch die

Lichtverhältnisse bedingt, bläulich schimmerndes Gel auf Minas Abdomen niederließ. Kurz zuckte sie, als das kalte Gel ihre Haut berührte, entspannte sich aber schnell wieder. Dr. Schmitz hatte bereits den Schallkopf in die Hand genommen und bewegte ihn nun mit einem sanften Druck über ihren Bauch. Der Kopf hinterließ ein warmes Gefühl, dass im Ansatz menschlicher Berührung ähnelte. Ein wenig fühlte sie sich davon erregt. Nicht im sexuellen Sinne, aber ihre Nervenendungen sendeten ihrem Gehirn deutlich und angeregt jede Berührung und Druckänderung. Er benötigte einen kleinen Moment, um sich in ihrem Inneren zu orientieren und sagte dann: »Hier haben wir es.« Er drehte den Monitor des Geräts und fuhr fort, während er den Schallkopf ihren Bauch auf und ab bewegte: »Hier sehen wir die Gallenblase. Soweit unauffällig. Dann der Gallengang, auch ohne Befund. Hier führt der Gallengang in den Darm. Läuft den Dünndarm entlang und schließlich geht der Dünndarm in den Dickdarm über. Hier siehst du deinen Dickdarm. Aufsteigend, querverlaufend, absteigend. Es ist deutlich zu sehen, dass deine Darmwand verdickt ist. Schau hier.« Er markierte auf dem Display eine Stelle mit einem gelben Quadrat. Mina sah verschiedene Grautöne, die wie Wäsche aufeinandergeschichtet lagen. Dr. Schmitz sah sie an, lächelte, da er wohl ihren verwirrten Blick wahrgenommen haben musste, und zeigte erneut auf den Bildschirm. Dann betätigte er einen Knopf und der vom Quadrat umrandete Abschnitt verfärbte sich. Die Farben Rot, Gelb und Grün wurden abgebildet. »Die Farben zeigen die Durchblutung des markierten Darmabschnitts an. Die roten Stellen sind besonders stark durchblutet.« Mina spürte einen Puls, an der Position, an der der Ultraschallkopf ihren Bauch eindrückte. Sie wusste, dass eine verdickte und verstärkt durchblutete Darmwand auf eine Entzündung hinwies, aber noch bevor sie ihren Gedanken aussprechen konnte, sagte Dr. Schmitz besorgt: »Mina, so wie es aussieht, scheint dieses Mal dein ganzer Dickdarm entzündet zu sein. Als wir das letzte Mal gespiegelt haben, war er nur bis zur rechten Flexur betroffen. Heute scheint es schlimmer zu sein. Diese Entzündung muss sich über Monate hinweg ausgebreitet haben.« Er starrte weiter auf den Bildschirm.

»Ich schau mir sicherheitshalber deinen Magen und deinen Dünndarm noch mal an«, fügte er hinzu. Während er Minas Abdomen entlangfuhr, erkundigte er sich, wie sie denn die Medikamente vertrage. Sie spürte, wie er die Luft in ihrem Bauch hin und her schob und den Druck auf ihren aufgeblähten Gastrointestinaltrakt erhöhte, als er nochmals ihren Darm entlangfuhr. Mina spannte ihre Gesäßmuskulatur an und versuchte angestrengt die Luft im Inneren ihres Körpers zu belassen.

»Du nimmst zurzeit Salofalk und Azathioprin. Wie viel Milligramm?«

Mina antwortete: »125 Milligramm Aza und zweimal 500 Milligramm Salofalk.«

Nun nahm er den Schallkopf zur Seite und steckte ihn wieder an die Befestigung am Ultraschallgerät. »Hattest du in letzter Zeit viel Stress? Hat sich in deinem Leben irgendwas geändert. Du hattest unter Azathioprin jetzt schon seit einem Jahr keine schlimme Entzündung mehr.«

»Naja, Stress ist weit gefasst. Ich habe Stress in der Uni, aber den habe ich eigentlich immer. Deshalb lerne und arbeite ich ja von Zuhause aus. Das ganze Problem begann auch schon vor längerer Zeit. Schon als ich meine Bachelorarbeit verteidigen sollte. Zugegebenermaßen war ich da sehr aufgeregt. Da hat sich mein Darm aufgedrängt. So sehr, dass ich auf einer öffentlichen Toilette in Darmstadt zusammengebrochen bin und meinen Verteidigungstermin nicht wahrnehmen konnte«, sie sah zu dem Plakat auf und fuhr dann mit kurzem Blickkontakt fort: »Mein Professor verlangt dafür ein ärztliches Attest«, sie schluckte schwer. Ihr Arzt sah sie an. Sie kannte diesen Gesichtsausdruck, denn so hatte er sie schon damals angesehen, als sie für die Schule eine Bescheinigung benötigte. Sie meinte Wut oder gar Zorn zu sehen.

»Ich finde es erstaunlich wie wenig Vertrauen in die Menschheit diese angeblichen Autoritätspersonen haben. Es hängt mir so zum Hals heraus wegen jeder Kleinigkeit ein Attest ausstellen zu müssen, weil den Patienten einfach kein Glauben mehr geschenkt wird. Ich meine wer schwänzt denn seine Bachelorverteidigung freiwillig. Unerhört so etwas! Ich weigere mich bei diesem Misstrauensspiel mitzuspielen.« Er schnaufte verächtlich.

Für Mina war die Sache klar. Er würde ihr kein Attest ausstellen. Sie würde mit leeren Händen nach Hause gehen. Der Gedanke den Arzt zu wechseln, wurde in diesem Zusammenhang immer lauter. Weg von dieser eingefahrenen Medikation, die nichts brachte und einem Mediziner, der sich weigerte ihr das auszustellen, was ihr zustand. Vielleicht würden sich durch einen Arztwechsel neue Chancen ergeben. Diese Möglichkeit beinhaltete aber zu viele Variablen. Zu vieles, was sie nicht kannte. Nicht einschätzen konnte. Sie müsste von Grund auf alles nochmal erzählen. Sich peinlichen Fragen und noch peinlicheren Antworten stellen. Dafür hatte sie keine Kraft. War es das wert? War der Preis ihres Schams ihr Uniabschluss? Alles, was sie noch zustande brachte war ein trauriges Nicken.

»So jetzt kümmern wir uns erst mal um die wichtigen Dinge. Also ich muss dir dringend raten deine Stresstoleranz zu erhöhen und deinen Stress zu reduzieren. Ich weiß noch wie ich dir damals von einem Studium abgeraten habe. Unabhängig davon müssen wir schauen, wie wir die akute Entzündung in den Griff bekommen.« Wieder blätterte er virtuell in ihrer Akte.

»Wie ich sehe, hat dir die letzten Male eine Stoßtherapie mit Corticosteroiden immer gut geholfen. Oh, hier steht auch, dass du davon psychische Probleme bekommen hast.«

Mina nickte. Daran wollte sie am liebsten gar nicht zurückdenken. Sie hatte nie Schwierigkeiten mit ihrer Psyche gehabt, aber das Cortisol, dieses wunderbare Stresshormon, hatte alle Ängste und emotionalen Unausgeglichenheiten verstärkt. Sie konnte nicht mehr schlafen, hatte Wassereinlagerungen am Bauch, die drückten und schmerzten und seit sie dieses Teufelszeug von Cortison genommen hatte, quälten sie Probleme mit den Zähnen und Knochen. Ihre Schilddrüse hielt es darüber nicht weiter für nötig Thyroxin zu produzieren.

Dieses Medikament hatte sie körperlich und geistig zugrunde gerichtet. Das wollte sie auf keinen Fall wieder konsumieren.

»Ähm, ja also das würde ich eigentlich nur sehr ungern nehmen wollen«, versuchte sie ihren Standpunkt vorsichtig klar zu machen.

»Mina, ich sehe leider keine andere Option, um die Entzündung in den Griff zu bekommen«, sagte Dr. Schmitz ernst.

Sie wusste nicht, was sie tun sollte. Ende der Woche war ihr Wiederholungstermin, da musste ihr Darm wieder fit sein. Aber was sie noch weniger gebrauchen konnte als einen rebellierenden Verdauungstrakt, war eine psychoaktive Substanz, die ihre Ängste verstärkte und sie emotional angreifbar machte. »Wie lange dauert es etwa bis Nebenwirkungen eintreten?«, fragte sie hoffnungsvoll.

Der Arzt sah sie an, als wüsste er, was in ihrem Kopf vorging, und antwortete: »Das kommt auf die Dosis und die Sensibilität des Patienten an, aber ich würde sagen mindestens 14 Tage. Die Stoßtherapie würden wir etwa sieben bis zehn Tage fahren. Ich glaube nicht, dass sich in dieser Zeit Nebenwirkungen zeigen werden.«

»Hmmm...«, war Minas Reaktion.

»Vorschlag, wir warten die Blutergebnisse ab und schauen dann, ob das Cortison wirklich notwendig ist«, versuchte sich Dr. Schmitz vorsichtig anzunähern. Mina nickte. Im Grunde war es auch egal. Ohne Attest würde sie ihren Bachelor nicht bekommen. Für den Arzt war der Termin in dieser Sekunde beendet. Er erhob sich von seinem Stuhl und verabschiedete sich mit den Worten: »Ich sage draußen Bescheid, dass du noch zum Blutabnehmen sollst und man dir noch ein Röhrchen für eine Stuhlprobe mitgibt, damit wir den Calprotectinwert bestimmen können. Wir telefonieren dann morgen.«

»Ähm, ja, ok. Danke für Ihre Zeit«, stotterte Mina, die gedanklich schon nicht mehr anwesend war. Sie kam erst wieder zu sich, als sie das Klicken der Tür vernahm, die der Arzt hinter sich geschlossen hatte.

Verdammt.

Kapitel 15

Als Mina an diesem Tag aufwachte, fühlte sie sich, wie in einem Déjà-vu. Noch schlaftrunken lag sie in ihrem Bett. Einstein hatte sich in ihre Armbeuge gekuschelt und atmete ihr mit leichtem Pfeifen in die Achselhöhle. Wie bereits beim ersten Mal, suchte sie mit ihrer freien Hand nach ihrem Handy und stellte den Wecker ab, der sie in fünf Minuten wachklingeln sollte. »Unfassbar wie präzise Einsteins innere Uhr funktionierte«, dachte sie sich. Mina starrte an die Decke, sammelte Kraft, um aufzustehen und spürte in sich hinein. Unsicherheit überkam sie wie schon Wochen zuvor. Damals redete sie sich ein, es wäre der große Tag und sie würde ihren hart erkämpften Bachelorabschluss bekommen. Genau das wollte sie heute nicht tun. Die letzten Tage hatte sie damit verbracht sich und ihrem Körper Glauben zu machen, dass dies ein ganz normaler Tag sei, um dessen Verlauf es keine Aufregung bedarf. Wenn sie es sich nur lang genug einredete, würde es vielleicht funktionieren und sie könnte ihren Darm austricksen. Innerlich wanderte Mina mit einem tiefen Atemzug ihre Speiseröhre entlang, in ihren Magen und von dort aus in ihre Gedärme und erkundigte sich freundlich nach ihrem Zustand. Stabil. Ihr Magen war leer, kündigte leichte Übersäuerung und ein unterdrücktes Hungergefühl an. Ihr Dickdarm war noch verschlafen und ließ nur schwache Kontraktionswellen vernehmen. Beste Voraussetzungen. Sie hatte dazu gelernt und deshalb beschlossen, heute nichts zu frühstücken. Wo nichts drin war, konnte auch nichts rauskommen. Natürlich wusste sie, dass die Hälfte von dem, was unten rauskam, keine Nahrungsreste, sondern Darmbakterien und Zellen waren. Doch mit einer ausbleibenden Nahrungsaufnahme, konnte sie die übermäßige Produktion von Speichel und Gallensäften verhindern und daraus folgend, hoffentlich ihren Darm auf nur Bereitschaftshaltung herunterdrosseln. Zwecks nervlicher Beruhigung hatte sie daran gedacht Baldrian zu nehmen. Dieser sorgte für eine Verlangsamung der Darmbewegung und wäre durchaus hilfreich gewesen, aber sie brauchte ihre volle mentale Leistungsfähigkeit und konnte das Risiko nicht eingehen ihr Hirn mit pflanzlichen Beruhigungsmitteln zu vernebeln. Mina war ein wenig stolz darauf, wie gut sie das ganze durchdacht und geplant hatte. Schritt Eins, Selbstüberlistung, war damit erfolgreich initiiert. Schritt Zwei, Entspannung, sollte nun folgen. Nur langsam schälte sie sich unter ihrer Decke hervor und schaffte es, sich aufzusetzen. Selbst der beste Plan konnte ihr ihren inneren Tumult nicht nehmen.

»Steinchen, komm!«, sagte sie fröhlich, um ihren felligen Freund zum Aufstehen zu animieren. Dieser entschloss sich, seine Yogaübungen heute direkt im Bett vorzuführen und machte zunächst einen Katzenbuckel, streckte dann seine Hinterläufe einzeln jeweils von sich weg, um schließlich einen Sonnengruß zu beten. Abschließend schüttelte er die Müdigkeit ab und kam Mina mit wedelndem Schweif, über ihr Seitenschläferkissen entgegen gehüpft. Mina nahm Einstein freudig in Empfang, hob ihn auf den Arm und gab ihm ein Küsschen auf die Stirn. Er legte sein Köpfchen auf ihre Schulter und ließ sich so die Treppe hinuntertragen. Auf Morgenmantel und dicke Socken verzichtete sie heute, denn sie wollte, im Erdgeschoss angekommen, direkt unter die Dusche hüpfen. Noch versperrte ihr jedoch ihr Papa das Bad und sie entschloss in der Zeit mit Einstein in den Hof zu gehen, so dass er seine Blase entleeren konnte. Draußen war es noch dunkel. Die Natur gab immer deutlicher zu verstehen, dass sich der Sommer dem Ende zuneigte und empfing Mina und Einstein mit kühler Luft, die nach Wald, Wiese und Feuchtigkeit duftete. Sie durchquerten den gepflasterten Abschnitt des Hofes und gingen auf den Rasen hinter dem Haus. Das Gras war nass und mit Tau benetzt. Mina zuckte zusammen, als ihre Füße die kühlen, aber nicht unangenehm kalten Halme berührten. Die Grashalme ummantelten ihre Zehen, als wollten sie einen Willkommensgruß aussenden. Am Himmel waren weder Wolken noch Sterne oder der Mond zu sehen. Er strahlte in einem klaren eindringlichen Dunkelblau, das am Horizont immer einnehmender von der aufgehenden Sonne verdrängt wurde und in ein leichtes Hellblau überging. Es war still hier draußen. Ein paar Vögel zwitscherten in der Ferne und hin und wieder fuhr ein vereinzeltes Auto vor dem Haus vorbei. Es war so ruhig, dass sie Einstein durch das Gras stapfen hörte und wahrnahm, wie die Grashalme unter seinem Gewicht leicht nachgaben und sich verbogen. Der kleine Bolonka war damit beschäftigt sich einen angemessenen Platz, zwecks Urinabsatz, zu erwählen. Er wuselte langsam, die Nase hoch konzentriert über dem Boden schwebend, umher, als würde es hier heute anders riechen als gestern. Schließlich erwählte er den gleichen Busch zum Zielobjekt, wie all die Tage zuvor. Mina musste unweigerlich lächeln, als sie ihn dabei beobachtete, wie er sein Bein höher und höher hob und dabei versuchte das Gleichgewicht zu halten. Als die Hülle aus Schlaf und Wärme endgültig von ihr abfiel, begann sie doch zu frösteln. Einstein schien zufrieden und die beiden schlenderten nebeneinander zum Hauseingang. Vor der Treppe sah der Kleine zu Mina auf, als wartete er darauf hochgenommen und die Stufen empor getragen zu werden. Ein Prinz, wie er es war, lief keine Treppen. Für so etwas gab es Personal. Der kleine Prinz war jedoch wenig adelig gekleidet und trug zu Minas Verdruss Stiefel aus Feuchtigkeit, die bis zu seinen Knien ragten.

»Sehr adrett der Herr«, witzelte Mina und nahm Einstein sitzend wie ein Baby hoch, um die nassen Pfoten nicht abzubekommen. Zum Dank bekam sie einen feuchten Schmatzer, fast einem Niesen gleichend, auf die Unterseite ihres Kinns. Innen setzte sie ihn ab und lugte um die Ecke. Zu ihrer Freude, waren alle anderen Bewohner des Hauses schon im Wohnzimmer versammelt und bestätigten ihre Anfrage auf Badbenutzung mit einem Nicken. Nachdem Mina ein kurzes »Guten Morgen« in die Runde geworfen hatte, huschte sie ins Bad. Einstein folgte ihr selbstverständlich und legte sich auf ihrem abgestreiften Pyjama nieder. Seit mehr als drei Jahren, war dies eines ihrer Rituale und Mina hatte immer frisch angewärmte Kleidung zur Hand. Heute reichte der Services über bloßes Anwärmen hinaus und umfasste die Verschönerung ihrer Klamotte, mit winzigen nassen Pfotenabdrücken. Sie dachte daran, wie er damals Teil ihrer Familie wurde und wie sich das gemeinsame Duschen etabliert hatte. Er kam als 12 Wochen alter Welpe in ihr Leben und war so winzig, dass er auf ihren Unterarm passte. Innerhalb von Minuten hatte er sich einen Weg in ihr Herz erschlichen und Mina zu seiner Bezugsperson erwählt. Doch auch Bezugspersonen mussten duschen. Da der kleine Einstein als Welpe selbst auf den Hinterläufen stehend, nicht über den Wannenrand schauen konnte, hatte sie ihn einfach an das Ende der Wanne gesetzt, an das kein Wasser kam. Inzwischen war er groß und selbständig genug, um außerhalb der Nasszelle zu bleiben, aber diese Momente würde sie wohl nie vergessen.

Bevor sie in die Dusche stieg, nahm sie ihre Schilddrüsentablette mit einem kleinen Schluck Wasser ein und stellte sich auf die Waage. 52 Kilogramm. Oh Gott. Sie hatte zugenommen. 300 Gramm. Sie wusste, dass das Körpergewicht über den Tag variierte und sie war ebenso damit vertraut, dass sie einen niedrigen BMI hatte und sich keinerlei Sorgen um Übergewicht oder Fettleibigkeit machen musste. Trotzdem war eine ihrer größten

Ängste irgendwann dick zu werden. Dafür wurde sie von allen belächelt, denn viel dünner als sie, war in einem gesunden Maße kaum möglich. Mina ekelte sich vor dicken Menschen und vor dem Gedanken, selbst so zu sein. Noch war sie davon weit entfernt, redete sie zu sich. Passend, dass sie heute das Frühstück wegließ. Sie mochte ihren Körper nicht besonders und sie fand sich nicht besonders hübsch, auch wenn sie dies häufiger gesagt bekam. Schwierig. Schwierig war es für sie auch, in nacktem Zustand am Badezimmerspiegel vorbeizukommen, ohne sich darin zu betrachten. Nacktheit war für sie ein riesiges Problem. In Unterwäsche und Bikini war sie vorzeigbar und hatte keinerlei Schwierigkeiten, sich vor anderen Menschen zu zeigen. Nackt vor sich selbst, war für sie aber unerträglich. Deshalb wendete sie ihren Blick stets vom Spiegel ab, der in der Mitte des Badezimmers an der Wand thronte und sie von oben herabblickend zu verurteilen drohte. Ihr Magen knurrte. Kurz hielt sie inne und horchte, ob dem Knurren womöglich noch ein Krumpeln im Darm folgen würde. Glücklicherweise nicht. So konnte sie endlich in die Wanne steigen und das Wasser anmachen. Nachdem sie den Wasserstrahl auf eine angenehme Temperatur eingestellt hatte, war sie nur noch einen Schritt von ihrer erhofften Entspannung entfernt.

»Mina, wir gehen jetzt«, tönte von draußen die Stimme ihrer Mutter stumpf durch die Holztür. Mina erstarrte vor Schreck. Hoffentlich kam sie nicht auf die Idee die Tür zu öffnen. Mit ihren Armen versuchte sie alle primären und sekundären Geschlechtsmerkmale zu verdecken, was ihr mehr schlecht als recht gelang und antworte mit rasendem Herzen und aufgeregter Stimme nur: »Ok, passt auf euch auf.«

»Ach, und viel Erfolg heute. Du kannst uns ja dann berichten«, hörte sie ihren Papa von weiter hinten aus dem Flur rufen. Um Himmels willen, man konnte hier nicht mal allein duschen. Mina rügte sich selbst, die Tür nicht abgeschlossen zu haben, aber hier trafen zwei Ängste aufeinander, derer sie nicht Herr werden konnte.

In der Grundschule war sie einst in einer der Toilettenkabinen eingeschlossen gewesen, weil der Drehmechanismus zum Auf- und Abschließen sich nicht mehr bewegen ließ. In diesem Moment dachte sie, dass sie für immer in dieser Kabine bleiben musste und sie niemals jemand finden würde. Angst und Panik waren über sie hergefallen. Sie war zu klein, um über die Tür zu klettern und ihr Kopf war zu groß, um sich durch den Spalt zwischen Tür und Boden zu quetschen. Verzweifelt hatte sie versucht, am Drehmechanismus zu rütteln, aber sie schaffte es nicht, die Tür zu öffnen. Erst nachdem sie mit Tränen in den Augen ein letztes vorsichtiges Mal an dem Verschluss drehte, gelang ihr die Flucht aus dieser Situation.

Seit diesem Vorfall haderte sie jedes Mal mit sich selbst, wenn sie Türen in öffentlichen Gebäuden verschließen musste und kontrollierte das Schloss zunächst im offenen Zustand auf Funktionstüchtigkeit. Dieser war nur einer der beiden Gründe, weshalb sie die Tür des Badezimmers nie abschloss. Der Zweite war, dass sie während eines Toilettenganges oder eines Duschvorgangs ohnmächtig werden könnte und ihr dann niemand zur Hilfe eilen vermochte. So durchgeknallt das klang, die meisten Unfälle passierten Zuhause und viele davon im Bad. Mina war aufgrund ihres schwachen Kreislaufs und ihrer Darmkrankheit prädestiniert, um Opfer einer verschlossenen Tür zu werden.

Sie hörte die Haustür ins Schloss fallen und wie ihr Papa die Tür von außen zuschloss. Endlich war sie allein. Nun trat sie unter den Wasserstrahl. Ihr Körper streckte sich der Wärme des Wassers entgegen und die heißen Wassertropfen riefen beim Hinunterlaufen zunächst Gänsehaut hervor. Ihren Kopf hatte sie leicht in den Nacken gelegt und strich mit ihren Händen ihre Haare glatt. Sie genoss das Gefühl wie das Wasser ihre Rundungen umspielte, wie es an ihrer Haut kitzelte und wie ihre Schultermuskulatur dem Trommeln des Wasserstrahls erlag und sich entspannte. Sie sah an sich hinab, verfolgte den Weg einzelner Perlen, wie sie über ihre warme, glatte Haut glitten und schließlich an ihren Füßen zu einem Kolloquium verschmolzen. Die Wärme und die mechanische Stimulation des Wassers förderte die Durchblutung ihrer sonst kalten peripheren Körperanhängsel und so spürte sie wie Leben in Hände und Füße einkehrte. Die Welle der warmen Entspannung breitete sich von ihren Schultern weiter aus, zu ihrem Bauch und ihrem Po. Beide gaben sich ebenfalls den äußeren Einwirkungen hin und ihre fortwährend anhaltende Anspannung auf. Einzelne Tropfen verirrten sich in ihr Gesicht und streichelten erregend ihre Lippen, um dann von ihrem Kinn im freien Fall dem Boden entgegenzustürzen. Das Wasser legte sich wie eine zweite schützende Haut um die ihre und gewährte ihr so die Möglichkeit, sich im selben Moment frei und geborgen zu fühlen. Sie schloss ihre Augen und ließ ihre rechte Hand langsam und mit festem Druck von ihrer linken Schulter über ihren Arm hinab gleiten. Anschließend fand sie sich unter ihrem Busen wieder und strich von dort aus über ihren Bauch, ihre Taille bis weiter zu ihrer Hüfte. Hier hielt sie kurz inne und sprang dann zu ihrem Rücken, den sie ebenfalls verwöhnend hinab glitt, über ihren Po bis hin zu ihren Oberschenkeln. Mina gab sich mehr und mehr den Liebkosungen des Wassers hin und ließ nun nicht nur ihre Hand, sondern auch ihren Geist wandern. Es blieb ihr nicht erspart, dass auch Finn ihre Gedanken kreuzte und sie ertappte sich bei der Vorstellung, wie es sich wohl anfühlen würde, stünde er in diesem Augenblick neben ihr. Diese Vorstellung schob sie schnell und von sich selbst angewidert zur Seite und versuchte sich auf etwas anderes zu konzentrieren. Finn war Vergangenheit. Er hatte sich seit Sonntag nicht mehr bei ihr gemeldet und ihr war klar, was das bedeutete. Selbst eine Freundschaft zwischen den beiden war hinfällig. War vielleicht auch besser so. Genug davon. Entspannung Mina, Entspannung. Sie atmete tief ein und versuchte, diese Gedanken zur Seite zu schieben. Sie würde es sich selbst vorhalten, wenn sie sich jetzt durch Finn ablenken ließe. Sie wollte Naturwissenschaftlerin werden, da war keine Zeit für irgendwelche Männergeschichten. Konzentration auf das Wesentliche war jetzt von Nöten. Ein geräuschvolles Ausatmen später hatte sie sich mit dem

Gesicht in Richtung Duschkopf gedreht. Die Augen geschlossen, ließ sie sich alle Gedanken an Finn aus ihrem Kopf spülen. Symbolisch selbstverständlich. Das letzte Mal, dass Wasser dermaßen nah an ihr Hirn gelangt war, war als sie letzten Herbst ihre verstopfte Nase vom Krankheitssekret säubern wollte und ihre geliebte Nasendusche zum Einsatz kam. Wählte man die Salzkonzentration falsch, fühlte es sich an, als saugte das osmotische Ungleichgewicht nicht nur das Wasser zwecks Abschwellens aus den Schleimhautzellen, sondern beförderte geradewegs das Hirn mit aus dem Nasenloch hinein in den Abfluss. Osmose. Sie liebte Osmose. Das Wort, den Vorgang, die Idee dahinter und in wie vielen alltäglichen Situationen, man sich dieses Phänomen zu Nutze machen konnte. Osmose, oder besser Diffusion, denn Osmose war Diffusion durch eine semipermeable Membran, war für Biologen das, was Stress für Mediziner war. Die Lösung für alles. Fast alles. Mina lachte, zum Glück führte sie dieses Gespräch mit sich selbst und niemand würde je erfahren, wie sie zu Osmose stand. Sie öffnete die Augen und drehte sich erneut um 180 Grad. Durch die mit Regentropfen verzierte und mit Wasserdampf benebelte Duschwand versuchte sie die Uhr an der gegenüberliegenden Wand des Badezimmers zu erkennen. Vergeblich. Eingeplant hatte sie etwa 30 Minuten an nasser Entspannung, aber diese war bei den immer wieder einsetzenden Gedanken an Finn, ihre Zukunft, Osmose und vor allem an den Zwiespalt zwischen Verabscheuung des eigenen Körpers und Selbstfürsorge, schwer zu erreichen. So entschied sie sich es bei einem halb geglückten Versuch zu belassen und beendete ihre morgendliche Wäsche. Ein wenig geknickt setzte sie sich in ihr Handtuch gehüllt auf den grauen Badteppich und versuchte die Wärme bei sich zu halten, während ihr die letzten Tropfen nun kalt über den Körper liefen. Einstein hatte sich unterdessen von ihrem Schlafanzug erhoben, gesellte sich Hüfte schwingend zu ihr und leckte ihre Füße ab, wie er das immer tat. Erneut schaffte es der Gedanke an die heutige Prüfung, sich durch ihre Abwehrmechanismen und Schutzmauern zu schmuggeln und sorgte so dafür, dass ihre Schultern, kaum aus der warmen Dusche hinausgestiegen, unmittelbar wieder zu Verspannungen tendierten. Schritt 2, Entspannung, hatte sie mäßig erfolgreich bewältigt. Er bekam ein halbes Häkchen. Schritt 1, Selbstüberlistung, war in vollem Gange und konnte noch nicht abschließend bewertet werden. Nun folgte Schritt 3. Selbstbewusstsein. Um selbstbewusst zu wirken, musste man nicht selbstbewusst sein. Das hatte sie gelernt und versuchte diese Erkenntnis, so gut es ging, zu ihrem Vorteil zu nutzen. Auch hier galt, dass sie sich dies irgendwann selbst glauben würde, wenn sie es nur glaubhaft genug zu vermitteln versuchte. Sie war sich nicht sicher, ob sie so etwas wie Selbstbewusstsein besaß, zumindest nicht in der üblichen Definition eines sicheren Auftretens. Aber immerhin war sie sich ihrer Schwächen bewusst und wenigstens dieses Selbstbewusstsein konnte sie aufbringen. Vielleicht stellte sie sich gerade auch übertrieben schlecht dar und gestattete sich einfach nicht sich selbst zu mögen, weil dies wohl Selbstverliebtheit gleichkäme. Schließlich gab es hin und wieder Momente, in denen sie sich schön und attraktiv fühlte. Phasen, in denen sie sich selbst so sehr mochte, dass ihr egal war, was andere dachten. Tage, an denen sie sich in ihrer Haut wirklich gut fühlte. Doch leider, so musste sie sich eingestehen, war heute keiner dieser Tage. Sie zog das Handtuch fester um sich und stützte ihren Kopf auf ihre Knie. Es kribbelte in ihren Knochen und sie hatte das Gefühl, aus der Haut fahren zu müssen. Heute wollte sie nicht sie selbst und vor allem nicht in dieser Situation sein. Sie war kein Feigling. Sie würde es durchziehen so gut es ging, so wie immer. Dennoch saß die Angst vor dem heutigen Tag, trotz Schritt 1 bis 3 tief, in ihrem Bauch verankert und sendete dauerhaft Signale, die normalerweise Flucht bedeuteten. Es war unerträglich still. Hin und wieder hörte sie den dumpfen Aufprall, der vereinzelt aus dem Duschkopf fallenden Wassertropfen. Ansonsten war nichts zu hören. Sie war allein, das Haus war leer und ihre Gedanken so laut, dass die Stille im Hintergrund wehtat. Musik. Ein wenig wohltuende Musik würde ihr sicherlich guttun. Sie stand auf, wickelte das Handtuch um die schützenswerten Körperteile und öffnete die Tür.

Im Bad war es deutlich wärmer und feuchter als im Rest des Hauses. Deshalb war es nicht verwunderlich, dass der Austritt aus dem Wellness und der Eintritt in die kühle, trockene Luft unmittelbar für starke Gänsehaut sorgte, die unangenehm an ihrem Handtuch rieb. Schnell tänzelte sie in die Küche, am Tisch und den Stühlen vorbei und schaltete das Radio an. Draußen wurde es gerade hell. Die Wolken am Horizont waren in Violett- und Orangetönen hinterlegt. Die Nachrichtensprecherin berichtete soeben von den neusten Weltgeschehnissen. Nichts, was Minas Welt bewegte. Was sie brauchte, was sie wollte, war dieses Mal, anders als an vielen anderen Morgenden, einnehmend belebende Musik. Deshalb schaltete sie den Sender um und war positiv überrascht, als ihr der Refrain eines ihrer Lieblingslieder aus dem Lautsprecher entgegenschmetterte. OneRepublic war eine der wenigen Bands, deren Musik sie zu wirklich jedem Anlass hören konnte. Ihr Repertoire reichte von düster melancholisch, über traurig romantisch bis hin zu stark und aufmunternd. Besonders schön fand sie, dass häufig Cello, Violine und Piano klassische Sequenzen einspielten, die dann im Laufe des Songs mit Bass unterlegt wurden. Sie mochte es, wie noch einzelne Instrumente zu erkennen waren und sich nicht nur synthetisch zusammengemixte Töne überlagerten. Sie liebte es, wie viele Werke dieser Band erst leicht und zart begannen und schließlich im Refrain stark und elektrisierend wurden. Jedes Lied erzählte eine Geschichte und für sie war diese Musik so eingängig, dass sie jede Strophe des Musikstückes spüren konnte. So dauerte es nur wenige Sekunden, bis sie sich tatsächlich besser fühlte und ohne groß darüber nachzudenken, aus voller Brust mitsang. Einstein wanderte immer hinter ihr her und war etwas verdutzt, als Mina ihn auf den Arm nahm und ihn als Tanzpartner missbrauchte. Sie wiegte ihn auf ihrer Schulter platziert, mit ihren Schritten synchronisiert, hin und her. Einstein wäre nicht Einstein, hätte er nicht Minas Stimmung aufgefasst und ins Positive potenziert. Als Mina nun im zweiten Chorus laut mitsang, ließ er sich nicht zurückhalten und trat dem Gesangsduett mit einem lauten »Wohuuu« bei, das ein wenig wie eine Mischung aus Wolfsgeheul und dem Muhen einer Kuh klang. Mina schüttelte lachend mit dem Kopf und drückte ihren kleinen Freund fest an sich. Warum konnten Menschen nicht so einfach sein wie Hunde? Sie machten sich immer über alles zu viele Gedanken und lebten in der Vergangenheit oder der Zukunft, anstatt im Hier und Jetzt zu sein. Einstein war ein guter Lehrer, was das anging. Er lebte und liebte, wie es ihm passte. Mina sah noch im Gedanken versunken auf die Uhr. Bereits 7 Uhr. Nun musste sie sich aber fertig machen. Sie setzte den kleinen Bolonka mit Schwung auf den Boden und eilte, sich das Handtuch erneut richtend nach oben, um sich anzukleiden. Nun merkte sie auch ihre kalten Füße und die Feuchtigkeit des Stoffes. Die freudige Erregung von eben, ging mit jeder Treppenstufe ein Stückchen weiter vom Präteritum zum Perfekt über und verlor an Bezug zur gegenwärtigen Realität. Was folgte, war Ernüchterung. Es war ihr ein Rätsel, wie ihre Stimmung dermaßen schnell wechseln konnte und Emotionen, die vor wenigen Sekunden noch einnehmend klar und belebend wirkten, nun surreal und unwichtig erschienen. Als hätten sie nie existiert, als wären die letzten Minuten ein milchglasiger Traum gewesen. Sie fragte sich hin und wieder, was von all dem nun echt war und was sie sich vielleicht nur einbildete. Eine zufriedenstellende

Antwort hatte sie bis dato jedoch nicht finden können. Wie auch immer. Heute musste sie klar denken, klar handeln und vor allem klar abliefern.

Ablenkungen durch Gefühle und Emotionen würde sie sich selbst nicht zugestehen.

Kapitel 16

Es zischte, als die Türen des Busses aufgingen und Mina die letzten Meter bis zum Campus freigaben. Sie verließ den überfüllten Bus mit größter Achtsamkeit. Sie war darauf bedacht, nichts Peinliches zu tun, da sonst ein Bus voller Zeugen die Panne mitbekommen würde. Immer wieder erinnerte sie sich an Schritt 3, Selbstbewusstsein, streckte ihren Rücken durch, atmete tief ein und trug die Nase ein wenig höher als sonst. Sie war hier und das war schon verdammt beeindruckend. Die Busfahrt nach Darmstadt war anders, als befürchtet, ohne unerwartete verdauungs-bedingte Komplikationen abgelaufen. Im Bus war sie die Präsentation im Kopf durchgegangen, hatte die PowerPoint-Folien ein letztes Mal auf Orthografiefehler überprüft und den Laptop nach abgeschlossener Zufriedenheitsprüfung zugeklappt und weggepackt. Mina hatte die Präsentation, wie von ihrem Professor verlangt, mit größter Sorgfalt überarbeitet und hatte eine befreundete Doktorandin, ihre Betreuerin und einen Bekannten drüber schauen lassen. Es sollten keine formellen Fehler und vor allem Rechtschreibfehler vorhanden sein. Sie hatte die Präsentation in verschiedenen Dateiformaten auf ihrem Laptop und obendrein für den Notfall auf einem USB-Stick gespeichert. Außerdem lagen ihr die Unterlagen zusätzlich in ausgedruckter Form vor. Mina hatte sich vorzeitig informiert, ob im Seminarraum entsprechende Adapter vorhanden waren, um ihren Laptop an den Beamer anzuschließen. Mehrmals hatte sie im Raum selbst nachgesehen, ob der Adapter dort zur Standardeinrichtung gehörte und immer für alle benutzbar bereitlag. Alles, was sie sprachlich wiedergeben wollte, hatte sie sich ebenfalls farblich unterscheidbar in Stichworten niedergeschrieben und war alle möglichen eventuell auftretenden Fragen durchgegangen. Wichtige Begriffe hatte sie sich ins Englische übersetzt, Backup-Folien mit Hintergrundwissen erstellt und die Strukturformeln der relevanten Aminosäuren auswendig gelernt. Sie hätte nicht besser vorbereitet sein können. Dieses Wissen beflügelte sie und diese Tatsache nahm ihr einen Großteil ihrer Angst. Sie verließ die Bushaltestelle und überquerte die Straße. Eine lange Auffahrt führte zwischen dem botanischen Garten auf der einen und einem kleinen Waldstück auf der anderen Seite, hindurch auf den Campus. Jeder, der das Gelände betreten wollte, musste am Bistro vorbei. Das war für Mina ein Problem, weil sich hier auf den Außenbänken diverse Mitstudenten tummelten, an denen sie sich vorbei manövrieren musste. Meistens hoffte sie nicht angesprochen zu werden, niemanden der Sitzenden zu kennen und dass sie einfach an den Schaulustigen vorbeischleichen zu vermochte. Sie wusste oder besser sie versuchte es sich einzureden, dass sie keiner der Anwesenden verurteilte, aber trotzdem hatte sie jedes Mal das Gefühl, an einer Art Jury vorüber schreiten zu müssen. Mina gab ihr Bestes, möglichst selbstsicher zu wirken und hielt für einen kurzen Moment die Luft an. Erst als sie den Catwalk der Unzulänglichkeiten hinter sich hatte, erlaubte sie sich wieder zu atmen. Ihr Ziel lag am Ende der langen Auffahrt, in einem alten Gebäude, das direkt mit dem botanischen Garten verbunden war. Vor der Eingangstür blieb Mina kurz stehen. Sie hatte gelesen, dass Türen eine Art Resetfunktion im Hirn auslösten und man deshalb häufig beim Verlassen eines Zimmers vergaß, was man ursprünglich tun wollte. Diesen Effekt gedachte sie für sich zu nutzen und versuchte die Tür als den Eingang zu einem neuen Lebensabschnitt zu sehen. Hatte sie erst ihren Bachelor, würden sich viele andere Türen für sie öffnen. Sie formte ihre Hände zu Fäusten, erklomm die letzten drei Stufen und öffnete die große schwarze Tür.

»Psychologisch nicht sinnvoll, Türen schwarz zu gestalten«, dachte sie sich an ihren Arztbesuch zurückdenkend. Innen strömte ihr muffige Laborluft, gespickt mit dem ätzenden Geruch von Putzmitteln entgegen. Schon wieder musste sie eine Tür durchqueren, um vom neueren Teil des Gebäudes in den Altbau zu gelangen. Hier war es genauso einladend wie zuletzt.

»Öffentliche Einrichtungen sind einfach nur hässlich«, sagte sie sich immer wieder, wenn sie sich durch die Kühle, auf Distanz und Massentauglichkeit getrimmte Unaufdringlichkeit des Grau in Weiß, eingeengt fühlte. Unter all den studierten Innendesignern musste es doch wenigstens ein paar wenige geben, die in der Lage waren das Konzept von zurückhaltender Funktionalität, mit ansprechendem Design zu verbinden. Offenbar hatte der Architekt dieses Gebäudes, auf diesen Aspekt wenig Wert gelegt. Generell überlegte sie, ob dies hier, Uni und Labor, ein Arbeitsumfeld war, in dem sie sich wohl fühlte. Als sie sich damals für ein Biologiestudium entschied, war es für sie ein entscheidender Punkt gewesen, so wenig wie möglich mit Menschen konfrontiert zu werden. Sie war das graue Mäuschen, das in der Einsamkeit des Labors zu naturwissenschaftlichen Höchstleistungen auflaufen wollte. Aber nun, ein paar Jahre später, machte ihr die Sterilität des Labors zu schaffen. Mina war ein Mensch, der sich wohlfühlen musste, um Leistung zu erbringen. Sich wohl fühlen musste, um zu funktionieren. Aber die Universität war dafür nicht der richtige Ort. Selbstverständlich hatte sie sich trotzdem bereits für den Master beworben, denn war man ehrlich, so war ein Bachelorabschluss in Biologie nicht viel Wert. Die weiteren fünf bis sieben Jahre müsste sie einfach noch irgendwie durchstehen. Puhhh, das waren genau die motivierenden Gedanken, die ihr dazu verhalfen, die Sache heute bestmöglich durchzuziehen. Ein wenig Sarkasmus hier und da konnte nicht schaden. Nun stand sie mit durchgeschwitzten Klamotten im selben langen, erdrückend kalten Flur, in dem sie bereits auf das Gespräch mit Professor Kamarow gewartet hatte. Die kühlen Schwingungen, die sie mit ihm assoziierte und die Angst, die eine Konfrontation mit ihm auslöste, ließen es ihr eiskalt den Rücken hinunterlaufen. Noch war es aber nicht so weit. Erneut sammelte sie ihren Mut und huschte möglichst schnell und leise an der angelehnten, nur einen Spalt geöffneten Bürotür vorbei. Der Raum nebenan war der Aufenthaltsraum der Arbeitsgruppe. Hier gab es einen kleinen Tisch mit vier nicht zusammenpassenden Stühlen, einen Kühlschrank und einer zusammengewürfelten Küchenzeile. Alles wirkte, obwohl es nicht schmutzig war, dreckig und auf sie einfach nur abstoßend. Ihr innerer Perfektionist nahm beim Anblick dieses Raumes mit hochgerissenen Armen, schreiend Reißaus. Das einzig Positive an diesem Zimmer war der Arbeitsplatz von Simone. Simone, die gute Seele der Arbeitsgruppe, war noch nicht da. Dies nahm Mina mit gemischten Gefühlen wahr. Sie war die gute Fee und die einzig menschliche Person dieser AG. Als technische Assistentin hielt sie den Laboralltag am Laufen und war, als Mina ihre Bachelorarbeit hier angefertigt hatte, die Einzige gewesen, die mit ihr wie mit einem normalen Menschen umgegangen war. Auch wenn sie kein Fan von Smalltalk war, so hatte es dennoch gutgetan in den Monaten hier hin und wieder jemanden zu haben, mit dem man sich auf Augenhöhe unterhalten konnte. Jemanden, der scheinbar aufrichtiges Interesse an seinem Gegenüber zeigte und nicht nur mit ihm interagierte, weil er es arbeitsbedingt musste. Mina freute sich sonst darüber, Simone zu treffen, doch heute war sie froh ihre Gedanken weiter fokussiert sammeln zu können und ihre Energiereserven nicht in Smalltalk zu investieren. So sehr sie sich auch bemühte, je näher der Termin rückte, desto eindringlicher spürte sie die bohrenden Blicke der beiwohnenden Arbeitsgruppenmitglieder, die sie in weniger als 20 Minuten bewertend beobachten würden. Nachdem sie ihren Mantel abgelegt und den Laptop samt Zubehör aus ihrer Tasche genommen hatte, huschte sie abermals an der Bürotür des Professors vorbei und in den Seminarraum auf der linken Seite hinein. Der Raum war nicht sonderlich groß, aber für Kleingruppen bis zwanzig Personen waren ausreichend Sitzmöglichkeiten gegeben. Zunächst musste sie die Tische verstellen, so dass sie zu ihrer gewünschten Reihenkonstellation wurden. Das Schieben und Ziehen des Mobiliars war mit lautem Quietschen und Kreischen der Tischbeine auf dem Boden verbunden, das durch die sonstige Leere des Raums an den Wänden wieder hallte. Mina biss ihre Zähne aufeinander, um ihren überforderten Nerven Einhalt zu gebieten, doch ihre Schultern bogen sich und versuchten vor dem Lärm zu flüchten. Während sie die Einrichtung des Raumes ihren Vorstellungen entsprechend umstellte, betrachtete Mina die in Schwarz eingerahmten Bilder an der Wand gegenüber der Tafel. Sie enthielten Fotos mit eingefärbten Mikroskopaufnahmen und Röntgenbildern von verschiedensten Zellen und Organismen. Ein Bild faszinierte sie auf eine besondere Weise. Auf ihm waren Großaufnahmen von pflanzlichem Gewebe zu sehen. Ob sie es sich nun einbildete oder nicht, diese wunderschön angeordneten Zellen, dieses Abbild der künstlerischen Schaffenskraft der Natur, lächelte sie an. Geschafft. Zufrieden ging sie durch die Reihen auf das Waschbecken neben der Tafel zu und wusch sich die Hände. Man konnte nie wissen, wer die

Tische und Stühle zuvor angefasst hatte und welche Keime derjenige mit sich herumtrug. Handtücher gab es selbstverständlich keine, so musste sie ihre Hände an ihrer schwarzen Jeans abwischen. Erneut blickte sie auf die Uhr. Noch 10 Minuten. Zielstrebig ging sie zum Rednerpult, nahm die Fernbedienung und startete den Beamer, klappte ihren Laptop auf und öffnete das Präsentationsprogramm. Nun würde sich zeigen wie ihre Präsentation an die Wand projiziert wirkte. Ob alle Formate und Abbildungen beibehalten wurden. Sie musste nur noch den Laptop, mittels Adapter, an das Kabel des Projektors anschließen. Intuitiv fasste sie links auf die Ablage neben sich, auf der besagtes Verbindungsteil all die Monate immer gelegen hatte. Sie griff ins Leere. Ihr Bauch zog sich erschrocken zusammen. Mit einem Anflug aufkeimender Panik drehte sie sich mehrmals suchend um ihre Achse. Das konnte doch nicht sein. Das konnte nicht wahr sein. Sie rannte zum Fenster, schob die Vorhänge zur Seite und tastete auch hier, ihren visuellen Sinnen nicht mehr trauend, nach dem überhaupt wichtigsten Stück Kabel ihres bisherigen Lebens. Tränen der Verzweiflung krochen in ihr empor. Nur durch wiederholtes tiefes Ein- und Ausatmen konnte Mina ihre Nerven kurzzeitig beruhigen und die Tränen zurückkämpfen. In ihrem Kopf überschlugen sich die Gedanken. Sie brauchte eine Lösung und zwar schnell. Sie musste mit ihrem Dozenten reden. Alles in ihr sträubte sich dagegen, denn sie wusste, welchen Eindruck das auf den Professor machen würde. Er würde sie für unvorbereitet halten und ihr dies als disrespektierliche Handlung vorwerfen. Also genau das, was sie durch ihre peniblen Vorbereitungsmaßnahmen zu verhindern versucht hatte. Doch was blieb ihr für eine andere Wahl? Eigentlich wollte sie hier nur noch weg. Alles stehen und liegen lassen, auswandern und irgendwo ein neues Leben anfangen. Das war zu viel. Wie konnte man so viel Pech haben? »Hier wird nicht aufgegeben Mina!«, unterbrach sie ihre Angst-getriebenen Gedanken und trat aus dem Seminarraum. Die Tür zum Professor war immer noch angelehnt. Mina ging zielstrebig auf sie zu und klopfte. Das hölzerne Klopfen drang durch den langen Gang und bestätigte sie in ihrer Vermutung, dass dies zum Konzept der Einschüchterung gehören musste.

»Ja, herein«, kam es von innen. Mina öffnete die Tür und trat vorsichtig ein. Als der Professor sie erkannte, positionierte er sich in seinem Stuhl um und nahm eine angespanntere Haltung ein.

»Frau Möller, schön, dass Sie es heute geschafft haben«, sagte er mit weniger Sarkasmus, als Mina befürchtet hatte.

»Guten Morgen Professor Kamarow«, antwortete sie lauter als beabsichtigt.

»Sind Sie bereit für ihre Präsentation?«, fragte er mit einem eindringlich analysierenden Blick, als wüsste er genau, dass etwas schieflief. Mina verlagerte ihr Gewicht von einem Bein auf das andere und ummantelte die Finger ihrer linken Hand mit denen ihrer Rechten und übte Druck auf sie aus. Sie hatte gehört, dass dies Nervosität lindern und Emotionen regulieren sollte und das konnte sie gerade gut gebrauchen. Ihre Finger waren leicht feucht und kalt. Nun ekelte sie sich auch noch vor sich selbst. Wunderbar. Mission fehlgeschlagen.

»Ähm, nun ja, also ja die Präsentation ist soweit fertig, aber ähm«, sie räusperte sich, »Ich dachte, also ich hatte mehrmals überprüft, ob ein Adapter von USB nach HDMI im Seminarraum vorhanden ist und das war er auch, deshalb hielt ich es nicht für nötig mir selbst einen zu kaufen, aber«, ihre Stimme wurde zittrig, »irgendwie ist er heute nicht mehr da.« Sie blickte zu Boden. Sie wusste, wie dumm sie jetzt dar stand und sie schämte sich. Ihr Gegenüber nickte.

»Verstehe.« Er musste bemerkt haben wie sehr die Situation Mina zu schaffen machte, erhob sich von seinem Stuhl und lächelte sie an. Er konnte lächeln. »Dann müssen wir uns wohl umhören, ob jemand einen Adapter hat oder jemand einen Laptop mit entsprechenden Anschlüssen besitzt, den Sie nutzen können. Der Adapter, von dem Sie sprechen, gehört der AG Schöffer, scheinbar ist diesen inzwischen aufgefallen, dass er dort über Monate lag oder er wurde gestohlen.«

Mina konnte mit der unerwarteten Unterstützung des Professors in diesem Moment nicht umgehen und blieb angewurzelt stehen, als dieser sich um seinen Schreibtisch herum auf sie zu bewegte. Was nun?

»Frau Möller?«

»Ähm, ja Entschuldigung. Ich mache mich gleich auf die Suche!«, entgegnete Mina noch immer irritiert. Schnell drehte sie sich um und verschwand in den Weiten des Flurs. Im Gehen wischte sie immer wieder ihre Hände an ihrer Hose ab. Hitzewallungen erklommen ihren Organismus. Sie spürte, wie sich ihr Kopf geistig zunehmend in Beobachtungshaltung begab und ihrem Körper die Vormachtstellung überließ. Ihre Gedanken verschwanden hinter weißen Schleiern. Auf die Wortfetzen hinter Milchglas hatte sie keinen Zugriff mehr. Nachdem sie die Hälfte der Arbeitsgruppe vergeblich befragt hatte, nahm ihr Überlebenswillen stark ab. Sie wollte nicht noch mehr Menschen erklären, wie dumm sie gewesen war, sich blöderweise auf einen vorhandenen Adapter verlassen zu haben. Glücklicherweise kam in dieser Sekunde Simone um die Ecke und hielt ihr das weiße Stück Plastik entgegen, dass für Mina heute den Unterschied zwischen Leben und Tod ausmachte.

»Danke Simone, du bist ein Schatz«, sagte Mina und erzwang sich ein Lächeln. Ihr Gemütszustand war aber wohl nicht zu übersehen, denn Simone legte ihre Hand auf Minas Schulter und sagte: »Du schaffst das schon. Das da drinnen sind auch nur Menschen. Die waren alle vor Jahren in derselben Situation und wissen, wie du dich fühlst. Sie können manchmal kalt und abgebrüht wirken, aber das bringt die Wissenschaft auf Dauer mit sich. Ich bin mir sicher du wirst sie vom Hocker hauen.« Mit einem Nicken ließ sie Mina zurück. Diese betrachtete den Adapter. Über die letzten Minuten hinweg hatte sie einen ausgeprägten Hass auf dieses Wort entwickelt. Aber Wut und Abscheu waren gerade zielführendere Gefühle, als Angst und Panik. Sie benötigte noch einen Moment, um sich zu beruhigen. Was, wenn ihr Darm während der Präsentation plötzlich Ärger machte? Sie konnte den Seminarraum wohl kaum fluchtartig einfach so verlassen, ohne ein Wort zu sagen. Aber allen mitzuteilen, dass sie jetzt erst mal ihr großes Geschäft erledigen musste, wollte sie auch nicht. Sie blickte nach unten auf ihren Bauch, legte ihre rechte Hand auf ihr Shirt oberhalb der Bauchdecke und versuchte Ruhe in ihren Organismus fließen zu lassen.

Schritt 1: Selbstüberlistung
Schritt 2: Entspannung
Schritt 3: Selbstbewusstsein

Es war an der Zeit. Sie öffnete die Tür und trat in den Raum ein. Dort blickten ihr 14 Gesichter entgegen. Mina nickte ihnen zu, ging um das Stehpult herum und schloss den Adapter an. Sie wagte es nicht, den Blick erneut in die Menge zu richten und starrte deshalb auf den Bildschirm ihres Laptops, hoffend er würde den Beamer erkennen. Adrenalin schoss durch ihren Körper. Ihre Muskeln spannten sich an, ihre Atmung und ihr Herzschlag wurden schneller. Kälteschauer durchströmten ihren Organismus und ihr Bauch zwickte und krampfte unangenehm. Ihr war speiübel. Sie versuchte ihre Atmung zu verlangsamen und pustete ihre Wangen wie Luftballons auf, nahm die Fernbedienung zur Steuerung der Präsentation in die Hand und ließ die Luft erst entweichen, als sie an der Wand über der Tafel das Titelblatt ihrer Präsentation leuchten sah. Sie stockte kurz. Stand da wirklich »fuctional"? Verdammt. Bestimmt 500 Mal hatte sie diese verfluchte Präsentation Korrektur gelesen und ihr war wirklich entgangen, dass direkt das erste Wort auf der ersten Seite eine Abwandlung eines Schimpfwortes darstellte. Ihr Herzschlag stieg weiter an. Ihre Stirn wurde feucht. Auch ihr Verdauungstrakt war jetzt mit nichts mehr zu überlisten. Meine Damen und Herren, willkommen im Gruselkabinett Minas körperlicher Kuriositäten. Um diesen grauenvollen Tag zu vervollständigen fehlte nur noch, dass sie sich übergeben musste. Diese Blöße würde sie sich aber nicht geben. »Scheiß drauf. Ich zieh das jetzt durch!«, sagte sie sich. Sie holte tief Luft, drehte sich zum Publikum und startete mit unüberhörbar zittriger Stimme: »Guten Morgen, heute möchte ich Ihnen und Euch einen kurzen Einblick in das Thema meiner Bachelorarbeit geben. Ich habe mich mit der funktionellen Analyse von Aminosäureresten, in der Tetrahydroalstonin Synthase in Rauvolfia serpentina beschäftigt.« Erster Satz geschafft. Nun wurde es von Satz zu Satz weniger schwerfällig. Ihre Stimme stabilisierte sich. Sie war gut und das wusste sie. Ihre Bewegungen wurden leichter, ungezwungener. Ihre Haltung wurde offenerer, weniger verkrampft und schnell hatte sie vergessen, dass es eine Welt da draußen oder Gefühle in ihrem Körper überhaupt gab. Sie war in ihrem Element und das ließ sie ihr Publikum spüren.

»Und deshalb ist es wichtig die Enzyme der entsprechenden Stoffwechselwege, ihre Lokalisation innerhalb der Zelle und die Auswirkung biotechnologischer Eingriffe, auf die pharmakologische Wirkung des Produkts zu überprüfen. Weitere Untersuchungen bezüglich der Stereochemie und des Reaktionsmechanismus werden bereits vorgenommen. Ich danke für die Aufmerksamkeit«, waren die letzten Worte ihres Vortrags, den sie mit einem riesigen Lächeln auf den Lippen und noch größeren Schweißflecken unter den Armen beendete. Ein tiefer Seufzer wurde vom Klatschen des Publikums übertönt. Kurz war Mina stolz auf sich. Sie war erstaunt, wie souverän sie die Präsentation gemeistert hatte und klopfte sich innerlich auf die Schulter. Diesen Moment, dieses absolut positive Gefühl von Erfolg, würde sie nachher in ihrem Notizbuch verewigen. Sie würde die Seiten mit all den Tränen, dem Schweiß, dem rasenden Herzen und dem breiten Lächeln füllen. Mit allem, was zu diesem Moment geführt hatte. Vorfreude hielt Einzug. Doch sie musste sich zunächst auf die Gegenwart zurückbesinnen. Noch war nicht alles geschafft. Nun würden Fragen folgen. Sie war bestens vorbereitet und hatte mit Jelena trainiert, wie sie mögliches Unwissen überspielen konnte. Dennoch zog erneut Anspannung in ihr ein. Ihr Körper war auf Droge. Sie dachte nicht aktiv, sie lebte nicht aktiv. Alles, was momentan in ihr vorging, wurde von einem tief verwurzelten Überlebensinstinkt gesteuert, der dafür sorgte, dass sie wach und energetisiert war, aufmerksam und leistungsfähig. Die Fragen stellten kein Problem dar. Auf Nachfrage des Professors, weshalb das Enzym in Zellkern lokalisiert sei, konnte sie nur mutmaßende Aussagen tätigen, da dies keiner so wirklich wusste. Aber darüber waren sich alle Parteien bewusst. Er nickte und begann ein weiteres Mal zu klatschen. Die anderen Beteiligten stimmten ein und erhoben sich alsbald von ihren Plätzen. Bevor der Professor den Seminarraum verließ, informierte er Mina darüber, dass sie in etwa zehn Minuten in sein Büro kommen solle. Sie stand nur da und atmete. Erst jetzt fiel ihr auf, wie verschwitzt sie war und wie sehr ihre Hände zitterten. Nach und nach entspannte ihr Körper zumindest ein wenig und sie spürte, wie ihre Knie wackelig wurden. Erschöpfung hielt Einzug und so verblasste auch der Vorhang vor ihren Gedanken und gab ihren Blick auf ihr Inneres wieder frei. Oh Gott, sie hoffte so sehr, dass die Präsentation gut war. Aber eigentlich hatte sie schon verloren. Direkt auf der ersten Seite einen Rechtschreibfehler einzubauen, hätte sie sich nicht erlauben dürfen. Hirne waren seltsame Strukturen. Sie waren darauf ausgelegt, ihrem Besitzer das Leben möglichst leicht zu machen und lasen deshalb Begriffe selbst dann richtig, wenn die Buchstaben, abgesehen von Anfang und Ende des Wortes, völlig vertauscht waren. Ja, das sollte dem Menschen das Leben erleichtern. In Minas Fall war genau dieses Phänomen ihr persönlicher Untergang. Sie konnte nur hoffen, dass das Gehirn des Professors diesen hilfreichen Trick ebenfalls anzuwenden wusste. Zehn Minuten vergingen. Sie verließ den Seminarraum mit flauem Gefühl im Magen und wartete vor der verschlossenen Bürotür.

Nur einen kurzen Augenblick später öffnete Jelena die Tür von innen und bat Mina einzutreten. Mittels Gestik wurde ihr ein Platz zugewiesen und sie setzte sich mit immer stärker werdendem Unwohlsein auf denselben Stuhl wie beim letzten Mal. Schweigen. Sie sah den Professor an. Seine und Jelenas Blicke hatten sie fokussiert und beinhalteten eine Mischung aus Unverständnis, Ärgernis und Mitleid. In diesem Moment war ihr klar, dass dies ein Kreuzverhör werden würde. Die Stille hielt unnatürlich lange an. Mina wurde nervöser, je länger die beiden sie mit ihren Blicken durchbohrten. So schlimm war die Präsentation nun auch nicht gewesen. Man konnte aus einer Mücke auch einen Elefanten machen. Wegen eines Verschreibers musste man sie doch nicht so quälen.

Der Professor erhob sich von seinem Stuhl, räusperte sich und sagte: »Mina, Sie stellen uns in der Notenfindung wirklich vor eine große Herausforderung. Ich will ehrlich zu Ihnen sein. Ihre Bachelorarbeit ist übersät mit Rechtschreibfehlern, mit formellen Fehlern und hat ein durchgehend schlechtes Englisch zu bieten. Das wissen Sie bereits. Darüber haben wir schon gesprochen.« Er nahm ein Bündel Papier und legt es Mina zur Betrachtung vor. Er schlug ein paar Seiten um und offenbarte ihr die zweite Seite der Einleitung ihrer Bachelorthesis, auf der zwei Stellen rot markiert waren. Mina sah sie sich genau an und stockte. Ein Kommafehler und sie hatte ein Verb falsch konjugiert. Nicht schön, aber kein Weltuntergang, wie sie empfand. Dennoch, sie wusste, worauf der Professor hinauswollte und sie spürte, dass er sich durch diese Fehler persönlich angegriffen fühlte.

»Es tut mir leid«, stotterte Mina ihm entgegen. »Ich«, wollte sie sich erklären, wurde jedoch unsanft unterbrochen.

»Unabhängig vom schriftlichen Teil war Ihre Präsentation heute tadellos. Im Vergleich zu Ihrer ersten Vorstellung zu Beginn des Praktikums, war sie schon sehr fortgeschritten. Hier und da sind ein paar Kleinigkeiten anzumerken, aber diese sollen nicht weiter ins Gewicht fallen.«

Mina nickte. Sie spürte, wie sie ihr Gesicht verzog und ihr Blick um Gnade bettelte. Ihr Dozent fuhr in ernstem Ton fort: »Ich habe mich mit Jelena über Ihre Arbeitsweise im Labor unterhalten. Sie beschrieb Sie als lernwillig und engagiert.«

Jelena ergriff das Wort und teilte Mina in ihrem russisch angehauchtem Englisch (eigentlich war es vielmehr englisch angehauchtes Russisch) mit, dass sie sich von ihr ein selbstständigeres Arbeiten und ein eigenständigeres Denken gewünscht hätte. Mina nickte erneut. Sie musste träumen, denn das konnte auf gar keinen Fall der Realität entsprechen. Sie war offen für Kritik, keine Frage, sie wollte etwas lernen, aber dies waren Unterstellungen, die nicht stimmten. Zumindest nicht aus ihrer Sicht. Doch das konnte sie ihren Vorgesetzten nicht mitteilen. Ein Kloß im Hals untersagte ihr jede Möglichkeit einer vernünftigen Konversation und ließ lediglich ein weiteres gestottertes »Tut mir leid« zu. Sie ärgerte sich, nicht für sich einstehen zu können. Den beiden nicht mitteilen zu können, wieso manche Dinge so waren und dass sie sie falsch einschätzten. Hinter dem Vorhang ihrer Angst entwickelte sich zunehmend Ärger über sich selbst, aber vor allem über die Situation. Die beiden sahen nicht, was dahintersteckte, und nahmen nicht wahr, dass sie diese grausame Situation mitverschuldet hatten. Stattdessen starrte sie mit leerem Blick auf die nun zugeschlagene Thesis und hasste sich zusehends selbst. Die Fingernägel ihrer rechten Hand bohrten sich in die Hautschichten ihres linken Unterarms. Schmerz war das Einzige, was sie im Moment davon abhielt, in Tränen auszubrechen. Sie fühlte sich gefangen, denn sie kannte die Lösung, kannte einen Ausweg, konnte ihn aber nicht kommunizieren. Ein kurzes Schniefen Minas schien dem Professor dazu aufzufordern, mit seiner Moralpredigt fortzufahren.

»Ich verstehe ganz einfach nicht, weshalb Sie sich mit Ihrem Problem nicht an mich gewendet haben. Ich versuche immer eine Politik der offenen Tür zu kommunizieren. Da Sie aber nicht, wie besprochen, nach der Hälfte der Bearbeitungszeit zu mir kamen, muss ich davon ausgehen, dass Ihre Arbeit auf den letzten Drücker entstanden ist und die Fehler daher rühren. Einiges davon hätte vermieden werden können, wenn Sie mich um Rat gefragt hätten. Ich hätte Ihnen gesagt, dass diese Formatierung nicht richtig ist, wie Sie die Abbildungen angemessen beschriften und und und.«

Er schüttelte den Kopf. Mina blickte auf, holte Luft und wollte gerade etwas sagen, als ihr Gegenüber weitersprach. Er wirkte immer unter Zeitdruck oder er redete einfach nur gerne sehr effizient. »Würde ich Ihre Arbeit nur nach dem schriftlichen Ergebnis beurteilen, müsste ich Sie durchfallen lassen.« Er wartete auf eine Reaktion. Mina schluckte schwer und vergaß das Atmen über den körperlichen Stress hinweg. Es kostete sie größte Mühe, dem Blick des Professors standzuhalten, während Tränen sich ihren Weg nach Außen bahnten. Ihre Gedärme verkrampften sich und ihr Brustkorb zog sich zusammen.

»Da aber Ihre Präsentation bewiesen hat, dass Sie Ahnung von der Materie haben und es lediglich an der Umsetzung scheiterte, lassen wir Sie nicht durchfallen«, ergänzte der Professor in einem triumphierenden Ton, als feierte er sich für seine Großzügigkeit. Mina setzte einen Hauch von Lächeln auf und spürte, wie ihr verzerrter Mund ihre Wangen unangenehm in Richtung Augen drückte. Jelena ordnete derweil ihr T-Shirt. Das tat sie immer, wenn ihr etwas unbehaglich war.

»Achso, dass wir uns nicht falsch verstehen. Ihre Note wird dank der guten Präsentation irgendwo im schlechten Dreier-Bereich liegen. Sie haben es auf Befriedigend geschafft«, fügte der Professor mit einer Mischung aus Abscheu und Hochmut hinzu.

»Das war klar,«, dachte sich Mina, »einmal nachtreten bitte.« Wieso ließ er ihr nicht die Möglichkeit die Arbeit zu verbessern? Offiziell gab es die Option einer zweiten Abgabe. Weshalb wollte er ihr unbedingt diese schlechte Note reindrücken? Ihr innerer Monolog verstummte, als sich Jelena von ihr verabschiedete.

»Ich hoffe Mina, dass Sie damit leben können«, trat der Professor tatsächlich noch mal nach, als wollte er sie provozieren. Nachdem Jelena die Tür von außen hinter sich geschlossen hatte, setzte er sich. Sie wusste nicht, was sie sagen sollte. Sollte sie sich dafür jetzt auch noch bedanken? Sie sah sich, der peinlichen Stimmung erlegen, im Raum um und hoffte, er würde ihr ein Zeichen geben, was er nun von ihr erwartete. Der Professor füllte unterdessen den Bewertungsbogen aus, steckte ihn samt Thesis in eine blaue Mappe und wollte diese gerade verschließen, als ihm etwas Wichtiges aufzufallen schien. Er runzelte die Stirn, schob seine Brille zurecht und fasste sich an den Hemdkragen. Jetzt musste etwas Vernichtendes kommen, das nahm sie schon an seiner Körperhaltung wahr. Er atmete hörbar ein, seufzte leise, um Mina mitzuteilen, dass ihm das hier auch keinen Spaß bereitete und sagte genau das, worauf sie schon seit Beginn dieses Gesprächs wartete: »Haben Sie eigentlich inzwischen ein ärztliches Attest vorliegen?«

Mina biss sich auf die Unterlippe. Ihr Gesicht begann spontan zu jucken, noch mehr als es das schon im Grundzustand tat. Sie wollte es unterdrücken, aber sie musste ihre Nase rubbeln. Nachdem sie dieses körperliche Bedürfnis befriedigt hatte, vielleicht war es auch nur ein Ablenkungsmanöver gewesen, sagte sie so selbstbewusst wie möglich: »Professor Kamarow, es tut mir leid Ihnen erneut sagen zu müssen, dass ich kein ärztliches Attest für besagten Tag vorweisen kann. Ich war gerade Anfang der Woche bei meinem Gastroenterologen und habe ihn um Eines gebeten. Er weigert sich nach wie vor mir ein Attest auszustellen. Mal abgesehen davon, dass dies rückwirkend nicht möglich ist.« Erneutes Schniefen. Der Professor war sichtlich genervt. Mina konnte sich genau ausmalen, was in seinem Kopf vorgehen musste. Er empörte sich vermutlich darüber, dass sie nicht in der Lage war eine Thesis in einwandfreiem Englisch abzuliefern, was er, so hatte ihr Jelena berichtet, als respektlos ihm gegenüber wahrgenommen hatte. Zusätzlich war sie auf dem Höhepunkt der Frechheit nicht zum ursprünglichen Prüfungstermin erschienen und konnte nun, da er ihr so großzügig eine zweite Chance gegeben hatte, nicht mal ein Attest für dieses dreiste Verhalten vorweisen. Sie konnte das nachvollziehen, aber leider nicht ändern. Mina war verschwitzt, zittrig, verheult und müde. Sie hatte keine Lust mehr, sich weiter irgendwelche Kommentare anzuhören und sie hatte keine Kraft mehr einen Kampf zu bestreiten, den sie nicht gewinnen konnte. Der Professor nickte als Konsequenz auf eine ausbleibende weiterführende Reaktion Minas, nahm den Bewertungsbogen aus der Mappe und zerriss ihn in mit einer ruckartigen Bewegung der Länge nach in zwei Teile. Anschließend warf er die Schnipsel in den Papiermüll unter seinem Schreibtisch und widmete sich, ohne Mina eines weiteren Blickes zu würdigen, scheinbar wichtigeren Aufgaben an seinem Computer.

»Sie können jetzt gehen«, sagte er gelassen mit einem Unterton, der eine Kombination aus Enttäuschung und Gleichgültigkeit darstellte. Mina spürte, wie in diesem Moment tief in ihr drinnen etwas zerbrach. Eine Art Damm, der so viel Traurigkeit aufgestaut hatte, dass sie sie nun überflutete und in einem Zustand völliger Regungslosigkeit versetzte. Sie schaffte es mit letzter Kraft, sich von ihrem elektrischen Stuhl zu erheben, auf dem ihre Zukunft soeben offiziell hingerichtet wurde und verließ ohne ein weiteres Wort mit hängenden Schultern das Büro.

Kapitel 17

Gleichgültigkeit hatte sich schützend um sie gelegt. Die Welt um Mina herum existierte nur noch in einer leisen, kaum wahrnehmbaren Lautstärke. Die Farben ihrer Umgebung waren verblasst und die Palette ihrer möglichen Gefühlsregungen war zu einem farblosen Klecks zusammengeschrumpft. Mischte man alle Farbtöne zusammen, erhielt man ein hässlich dreckiges Grau. Sie war dieses Grau und sie fühlte sich dreckig. Leere, fast schmerzlich unerträgliches Nichts war ihr momentan vorherrschendes Körpergefühl. Auf dem Heimweg saß sie im Bus einfach nur da. Kraftlos. Müde. Blickte aus dem Fenster in die Weite und rettete sich in Gleichgültigkeit. Im Bus war es warm, genau richtig temperiert, um sie über ihr Frösteln hinwegzutrösten. Ihre Muskeln entspannten sich zunehmend und entsagten ihr irgendwann den Dienst. Wie ein Sack angefaulter Kartoffeln hing sie im Sitz und verlor sich im Brummen des Motors. Hin und wieder dachte sie kurz daran, was sie jetzt machen sollte, wie es weiterging und was sie ihren Eltern sagen könnte. Aber auch diese kurzen Impulse kamen gegen den Widerstand aus Erschöpfung nicht an und entluden sich in der immer eindringlicheren Gleichgültigkeit. Als der Bus am Bahnhof in Ober-Roden ankam, war es für Mina fast ein Ding der Unmöglichkeit auszusteigen. Ihre Muskeln schliefen. Waren in einen komatösen Zustand verfallen, den sie willentlich nur schwer beenden konnte und eigentlich auch nicht wollte. Ihre Augenlider waren schwer wie Blei und sie fühlte sich fremd an, selbst ihre Haare. Zog sie an ihren Spitzen, spürte sie keinen Schmerz, keinerlei Nervenimpuls an ihrer Kopfhaut. Ihr Körper hatte ihr den Dienst quittiert. So mussten sich Wachkomapatienten fühlen. Gefangen. Trotzdem, sie konnte ja nicht den Rest ihres Lebens mit dem Bus umherfahren, hievte sie sich mit letzter Willensstärke aus dem Fahrzeug. Sie setzte sich für ein paar Minuten auf die Bank an der Haltestelle, umarmte ihre Tasche und starrte an die gegenüberliegende Hauswand. Erst als der nächste rote Bus aus Darmstadt vor ihr stehen blieb und sich die Insassen an ihr vorbei drängelten, wurde ihr klar, dass die wenigen Augenblicke inzwischen bereits eine Stunde angedauert hatten. Zeit ist relativ, das wusste schon Einstein. Also der Echte. Sie wollte zu ihrem Einstein. Kurz spürte sie, wie sich eine kleine, kaum merkliche Gefühlsregung um ihr Herz herum erwärmend entfachte und nahm diese Emotion als energetischen Anlass, um nun wirklich den Heimweg anzutreten. Sie würdigte die Häuser und Geschäfte keiner weiteren Aufmerksamkeit und wankte den Bürgersteig betrachtend nach Hause. Die gleichmäßigen Abstände der Kacheln hatten eine Art hypnotisierenden Effekt und ließen Mina, wie einen lebenden Zombie, an allem und jedem vorbeigleiten. Ihre Füße hob sie gerade hoch genug, um nicht zu stolpern, und verursachte deshalb ein schlürfend schleifendes Geräusch mit ihren Schuhen. Es war ihr egal. Alle waren ihr egal. Ihre Hände hatte sie in ihren Manteltaschen vergraben und die Finger in das Innenfutter gekrallt. Ein feuchtes Taschentuch leistete ihrer rechten Hand Gesellschaft. In der linken Manteltasche befanden sich Kottüten aus Plastik, die Minas Hand zum Schwitzen anregten und so dafür sorgten, dass in beiden Taschen ein feuchtwarmes, fast subtropisches Klima herrschte. Sie hatte ihren Mantel bis oben hin zugeknöpft und ihren Hals bis zum Kinn in ihrem roten Schal gewickelt. Nicht etwa weil ihr so schrecklich kalt war. Sie wollte sich einmummeln, sich verstecken und sicher fühlen. Sich vor Blicken und der Außenwelt schützen. Einfach untertauchen. So schlürfte sie dahin mit der Haltung eines geschlagenen Hundes. Immer darauf wartend gleich den nächsten Hieb verpasst zu bekommen. Während die letzte Stunde im Flug vergangen war, zog sich der Heimweg in die Länge und sie hatte das Gefühl, dass jeder Fortschritt zwei Schritte in die Gegenrichtung bedeutete. Ihre intrinsische Motivation schwankte und sie blieb ohne Vorwarnung mitten auf dem Bürgersteig stehen. Offenbar hatte sie in ihrem egozentrischen Geschlurfe nicht bemerkt, dass hinter ihr ein älterer Herr lief. Dieser verursachte prompt einen Auffahrunfall, weil er Minas spontane Bremsung nicht vorhergesehen hatte. Mina dreht sich um, sah den Mann an und sagte kein Wort. Dieser war kurz etwas irritiert und ging ohne weitere Verzögerung zum Angriff über.

»Die Jugend, wirklich zu nichts mehr zu gebrauchen. Junges Fräulein ich möchte doch bitten.« Seine trüben Augen funkelten sie an. Mina stand immer noch mitten auf dem Bürgersteig und regte sich nicht. Sie sah den Mann mit leerem Blick an. Dieser schüttelte den Kopf und schob sich mit seinem übergewichtigen, nach alte Menschen riechenden Körper unsanft an ihr vorbei. Sie verfolgte seine Bewegung und blickte ihm so lange hinterher, bis die Sicht vor ihren Augen verschwamm und sie merkte wie die erste Träne über ihre Wange zum Kinn und von dort aus in ihren Schal hinab glitt. Sie wischte die Tränen aus ihren Augen, trocknete ihre Nase mit dem bereits feuchten Taschentuch ab und setzte schließlich ihre Reise mit gesenktem Kopf weiter fort. Sie spürte nichts, deshalb konnte sie sich die Überfeuchte ihrer Augen nicht erklären. Das musste sie wohl so hinnehmen. Nur noch um eine Ecke, dann wäre sie Zuhause. Sie hoffte darauf, dass sich keiner der Nachbarn auf der Straße befinden würde, denn heute konnte sie keine Demütigung mehr ertragen. Ausnahmsweise hatte sie Glück und die Gasse war wie ausgestorben. Ein kurzes Lächeln glitt über ihre Lippen, wurde aber binnen eines Wimpernschlages von der vorherrschenden Einöde ihres Körpers abgelöst.

Auch Zuhause war es menschenleer. Außer Einstein war niemand da. Dieser freute sich aber umso mehr Mina zu sehen und hüpfte ihr, nachdem sie sich zu ihm auf den Boden gesetzt hatte, auf den Schoss. Einsteins Liebkosungen waren wie Berührungen eines Fremden. Kalt, fast schmerzhaft aufdringlich, doch sie ertrug es ordnungsgemäß, um ihn nicht zu enttäuschen. Erst als sich das Fellknäuel beruhigt hatte, hob sie ihn von ihrem Schoss und stand auf. Sie legte ihren Mantel ab, zog ihre Schuhe aus, ließ ihre Tasche kraftlos passiv zu Boden gleiten und ging ins Bad. Nun hatte auch Einstein bemerkt, dass etwas nicht stimmte, und stupste sie mit seiner kleinen Schnauze am Bein an. Mina reagierte nicht. Er gab nicht klein bei, stellte sich auf seine Hinterläufe und kratze mit seinen Vorderpfoten aufdringlich in ihrer linken Kniekehle. Endlich reagierte Mina und ging erneut zu ihm in die Hocke. »Einstein, mein Schatz«, sagte sie liebevoll, aber mit leiser, gezwungen stabiler Stimme. »Ich hatte wirklich einen grauenvollen Tag. Bitte verzeih, wenn ich gerade nicht so gut gelaunt bin. Ich weiß du meinst es nur gut.« Mit diesen Worten nahm sie ihn auf den Arm und drückte ihn fest an sich. Nichts. Sie blickte in den Spiegel über dem Waschbecken. Das musste alles einfach ein schlechter Traum sein.

Auf Wiederhören

Ich hatte dich weggesperrt.
So fest und weit weg, wie es ging.
Alles, was ich mein Leben nannte, schwächte dich und legte dich in Ketten. Jedes positive Gefühl sorgte dafür, dass dein ohrenbetäubendes, markeinnehmendes Geschrei zu einem kaum merkbaren Hintergrundsummen wurde... Liebevoll Skepsis genannt. Doch jetzt, wo eine Stufe nach der anderen auf der Treppe zum Glück einzubrechen droht, merke ich, wie deine Kraft mich zum Erstarren bringt.

Wie deine Negativität über meine schützende Gefühllosigkeit hinüberwächst und du mir leise zuflüsterst, wie schön es ist, wieder da zu sein.
Wie du mir nachts versuchst deine selbstzerstörerische, beleidigende Meinung aufzudrängen.
Wie du mit gekonnten Wortschöpfungen, Grimassen zum Leben erweckst und es schaffst, selbst alles Sicherheitsgebendes zu Feinden werden zu lassen.
Immer mit einem tiefen grauenvollen Grinsen im Gesicht und berechnendem Funkeln in den Augen, bist du bereit, aufs Ganze zu gehen. Bis zum bitteren Ende, selbst, falls das dein eigenes Dahinscheiden bedeuten würde.
Deine Rufe sehnen sich nach Gewalt und Schmerz.
Deine Schreie sehnen sich nach einem lauten Ausruf meinerseits, wie sehr ich gerade alles hasse.
Jede Faser deiner Existenz schreit nach Niederlage und Aufgeben und jede Faser meines Willens versucht mit aller Kraft gegen deine Macht anzukämpfen.
Ich hatte dich weggesperrt.
Beinahe schon vergessen.
Umso größer war der Schock, als du dein rachvolles Versprechen einlöstest, das du mir damals gabst.
Auf Wiederhören.

Kapitel 18

»Ist doch alles Scheiße«, sagte sie in ihrem Bett liegend zu Einstein gewandt. Sie wusste, dass dies der Tiefpunkt war, nein, sie hoffte es. Noch tiefer der Hölle entgegen wäre für sie nicht mehr tragbar. Es war schon lange nicht mehr tragbar. Sie war überfordert und einfach nicht gut genug für all das, für dieses Spiel, das sich Leben schimpfte und mit unfairen Waffen spielte. Sie wusste, jeder hatte ein Päckchen zu tragen, hatte eigene Probleme. Ihr kam es momentan aber so vor, als wären ihre die Schlimmsten. Als wollte irgendwer, eine höhere Macht, an die sie einst geglaubt hatte, sie prüfen und testen. Wozu? War das alles denn nicht langsam genug? In ihre Decke gemurmelt, bis zur Nasenspitze unter ihr verkrochen, lag Mina mit Snoopy im Arm wie festgekettet da. Sie hatte keine Lust mehr. Aus dieser Situation sah sie keinen Ausweg. Vielleicht war das ihr Schicksal. Für immer in ihrem Bett, allein mit Einstein in der Dunkelheit, in der sie niemanden sehen oder fühlen musste. Es schockierte sie nur wenig, mit wie viel »Egal« diese Aussage unterlegt war. Wie schnell sie sich aufgegeben hatte. Weiter machen war keine Option mehr. Sie hatte es versucht. Immer wieder. Sich nicht unterkriegen lassen. Gekämpft. Vergeblich. Je mehr sie sich gegen ihre Krankheit wehrte, desto schlimmer wurde es. Je mehr Mühe sie sich für die Uni gab, desto schwieriger wurde auch dies. Immer wenn sie ein Level annähernd zu verstehen schien, wartete das Nächstschwierigere schon auf sie. Vielleicht bedeutete dies Leben. Aber falls das so war, so wollte sie genau das nicht mehr. Sie fühlte sich einsam. Selbstverständlich, dass war sie auch. Ihr bester Freund war ein Hund. Nicht, dass er das Problem wäre. Einstein war ein loyalerer und aufmerksamerer Freund, als es ein Mensch je sein könnte, aber hin und wieder wünschte sie sich menschliche Nähe. Menschen waren soziale Wesen und da konnte auch Mina sich nicht gegen wehren. Sie hatte keine Freunde, eher so etwas wie Bekannte, mit denen sie sprach, mit denen sie sich hin und wieder traf. Niemand von denen würde sie ihre Probleme anvertrauten. Sie hatte niemanden, dem sie ihre Sorgen einzugestehen vermochte. Die meiste Zeit kam sie allein klar, aber heute hätte sie jemanden brauchen können. Das Absurde war, dass sie versuchte eben all diesen Bekannten das Gefühl zu geben, sich immer an sie wenden zu können. Heute brauchte sie eine Schulter zum Ausheulen. Es war nicht so, als hätte sie es noch nie versucht. Sie war nur immer wieder gescheitert oder wurde verletzt, wenn sie sich öffnete. Es gab keinen Menschen auf der Welt, dem sie wichtig genug gewesen wäre. Der sich Zeit nehmen würde und für sie da war. Es gab nicht einen, der sie ausreichend gut kannte, um zu erkennen, wenn sie Hilfe brauchte. Sie konnte nicht mehr und sie wollte nicht mehr. Ihr Weltenschmerz erschwerte ihr das Atmen, lastete schwerer auf ihrer Brust, als ein einzelnes Leben tragen konnte. Ihr Herz schlug langsam, immer schwächer, der Nulllinie entgegen. Als ob es wüsste, was in ihrem Kopf vorging. Was, wenn ihr Herz wirklich zu schlagen aufhörte? Wenn es sich dazu entschied ihren Schmerz nicht mehr tragen zu wollen? Ihre Lippen begannen zu zittern, ihr Leid potenzierte sich ins Tausendfache, als Mina hinter ihrer gefühlten Gleichgültigkeit klar wurde, dass es niemanden gab, der sie vermissen würde. Niemanden, der an ihrem Grab um sie trauern würde. Keinen, der auch nur ansatzweise erkennen würde, was sie bis zu diesem Punkt heute gebracht hatte. Ihr Bauch verkrampfte. Sie war allein und dieses Gefühl würde sie davontragen. Sie wünschte sich eine Familie, ein Zuhause, einen Ort, an dem sie so geliebt wurde, wie sie war. Menschen, bei denen sie sie selbst sein konnte, ohne verurteilt zu werden. War dies zu viel verlangt? Hatte sie es nicht verdient bedingungslos geliebt zu werden? Als die erkannt und gemocht zu werden, die sie war? Was hatte sie nur falsch gemacht?

Traurig zog sie Einstein ein Stück näher zu sich. Versuchte sich zu sammeln, zu atmen, nicht aufzugeben, nur für ihn. Ihre selbstzerstörerischen Gedanken kreisten weiter, wie Aas-Geier um ihren Verstand. Natürlich fanden sie ihren nächsten Angriffspunkt. Finn. Sie vermisste ihn sehr, auch wenn sie sich dafür verachtete. Wie konnte man nur so wenig Selbstachtung haben. Sie hatte mit einem Typen herumgeknutscht, dessen Beziehungsstatus ihr sehr wohlbekannt war. Hatte sich die Gefühle eingestanden, die schon immer da gewesen waren. Nur, um sich dann von ihm sagen zu lassen, dass er lieber auf Nummer sicher mit seiner Freundin gehe. Und wie reagierte sie? Sie vermisste ihn und das nicht nur als Freund. Ihr war klar, wieso er Kathrin ihr vorzog. Er hatte sich für die sichere Variante entschieden, aber sie wusste, dass es an etwas anderem lag. Das hatte sie in diesem Moment spüren können. Ihr war klar, dass es an ihr liegen musste. Er wollte keinen Krüppel zur Freundin. Wer konnte es ihm verdenken. Wenn sie bedachte, welche Einschränkungen sie alltäglich hinzunehmen hatte, konnte sie sich bestens vorstellen, dass sich ein gesunder Mann so jemanden als Freundin nicht freiwillig antun würde. Dafür war sie nicht hübsch genug. Dafür war sie nicht gut genug. Der Schwall an Gedanken raste unaufhaltsam durch ihren Denkapparat und ließ Mina auf den Zuschauerrängen leiden. Sie schaffte es nicht, liegenzubleiben. Ein kleines Monstrum ohne Gestalt wanderte durch ihren Körper, mal zwischen den Hautschichten, mal zwischen den Organen hindurch. Wodurch es ihren Organismus in einen nervlich vollständig überreizten Zustand versetzte, der seine Lokalität sekündlich wechselte. Je bildlicher sie sich diesen Vorgang vorstellte, umso schlimmer wurde das Gefühl. Sie spürte, wie sich ihre Haut wölbte, sich ihre Finger wie an Marionettenfäden befestigt krümmten und sich der Eindruck eines Insektenbefalls in ihren Oberschenkeln manifestierte. Dieser führte zu schmerzenden Unruhezuständen, die in ihre Knie zogen. Das dringende Bedürfnis zu laufen, einfach davonzurennen, wuchs in ihr zu einem unwiderstehlichen Wunsch heran. Sie setzte sich auf, lehnte sich an die kalte, rau verputzte Wand, an der Längsseite ihres Bettes und betrachtete ihr Zimmer im Schein des schwachen Nachtlichtes. Im Dunkeln wirkte die Welt völlig anders. Einige mochten es als ruhig und friedvoll beschreiben. Mina wählte die Adjektive in diesem Zusammenhang negativer. Auch sie empfand Nächte als ruhig, aber für sie war dies nichts Positives. Für sie hieß Ruhe um sie herum, dass ihre Gedanken lauter und ihre Emotionen offensichtlicher wurden. Tagsüber, im Geschehen des Alltags, war sie Herr ihrer Überlegungen und Gefühle, aber nachts erhöhten die Stimmen in ihrem Kopf ihr Volumen. Die Schläge der Empfindungen gegen die Wände ihrer gläsernen Gefängnisse wurden lauter. Mina wurde, bedingt durch die Melatoninausschüttung im Zuge des Wechsels von hell nach dunkel müder und somit weniger aufmerksam, welchen Geistern in ihrem Kopf sie vorübergehenden Ausgang gewährte. Ihre Nerven pulsierten und ihre Gesichtsmuskulatur begann zu zucken. Ihr Bauch zog, als wollte er sich in mehrere Stücke aufteilen und ein Loch in ihrem Torso zurücklassen. Sie versuchte, tief einzuatmen, ihre Augen zu schließen und sich zu beruhigen. Aber mit jedem Atemzug gelangte nur noch mehr Sauerstoff in ihren Organismus, der ihn ohne Umschweife in völlig überladende Sinneseindrücke umwandelte. Ihr war bis dato nicht bewusst gewesen, wie dunkel die Nacht sein konnte und dass die Finsternis so penetrierend drückend war. Ihre Augen konnten sich nicht entscheiden, ob das schwache Licht der kleinen Lampe neben ihrem

Bett das blendende Element darstellte oder, ob das Dunkel ihre Sinnesrezeptoren quälte. Sie vergrub ihr Gesicht in ihren Handflächen und rieb sich die Augen. Irgendwo empfand sie einen winzigen Hoffnungsschimmer, dass sie träumte und jeden Moment aufwachen würde.

Als wäre »Aufwachen« das Stichwort gewesen, meldete sich Minas Blase zu Wort und drängte auf Entleerung. Ihr kam das gelegen. Blieb sie hier sitzen, würde sie wahnsinnig werden. Zusammen mit ihrer Blase fing nun auch ihr Darm an Mina zu provozieren. Kneifen. Zwicken. Sich winden. Vor ihrem inneren Auge sah sie, wie sich Fäkalien durch den engen Muskelschlauch schieben mussten und schmerzend die schützende Schleimschicht ihres Darms abtrugen. So als würde man mit einem Löffel das letzte bisschen Kuchenteig aus einer Schüssel kratzen. Sie schnappte sich Snoopy, ohne den sie nachts niemals durch die Gegend lief und ihr Handy. Sie schaltete die Taschenlampen-Funktion ein und setzte sachte, einen Fuß nach dem anderen, auf den kalten Fußboden. Nachdem sie ihre Kuschelsocken angezogen hatte, erhob sie sich vorsichtig vom Bett. Möglichst leise glitt sie über den knarrenden Holzboden. Ihre Füße schwitzen in den polyestrigen Socken nahezu unmittelbar und schon bald begann sie zu frösteln. Nachdem sie die Zimmertür geöffnet und die ersten Stufen der Treppe hinter sich gelassen hatte, wurde ihr bewusst, dass das Schwitzen und Frieren nicht vom Material der Socken herrührten, sondern den aufrauenden Kontraktionswellen ihres Darms zuzuschreiben waren. »Ok, ruhig bleiben«, sagte sie sich in einem inneren

Monolog, während eine andere Stimme in ihrem Kopf anfing, höhnisch zu lachen. Das Lachen wurde lauter, je näher Mina dem Bad zu kommen schien. Aus ihrem Vorhaben möglichst leise die Treppe herunterzuschleichen, wurde ein ohrenfälliges Gepolter, welches das Aufreißen der Tür, gefolgt von einem knarrenden Schließvorgang, beinhaltete. Nach Beseitigung des Problems, sie wollte es an dieser Stelle nicht anders nennen, lehnte sie sich nass geschwitzt und zitternd auf den Rand des Waschbeckens. Während des Händewaschens blickte sie in den Spiegel, in dem ihr rote Augen aus dem Hintergrund entgegen leuchteten. Noch bevor sie diese richtig wahrgenommen hatte, waren sie aber schon wieder verschwunden. Mina schob das auf die Müdigkeit. Auf die Erschöpfung. Ihr Herz raste trotzdem. Sie sprenkelte sich Wasser ins Gesicht und hielt sich die erkalteten Hände vor die Augen. Erneut in den Spiegel zu schauen traute sie sich nicht. Deshalb drehte sie sich in Richtung Wand. In der Dunkelheit ihrer Augenlider fühlte sie sich jedoch weit unbehaglicher als zuvor.

»Feigling«, ertönte es höhnisch in einer Ecke ihres Gehirns, mit der dunklen verachtend scharfen Stimme, die sie schon kannte. Entsetzt öffnete Mina ihre Augen und nahm weniger entsetzt wahr, dass sich außer ihr nichts in diesem Raum befand.

»Glück gehabt, Püppchen. Deiner Hässlichkeit sind nicht mal Halluzinationen gewachsen«, ertönte es nochmals, an gleicher Stelle innerhalb ihres Kopfes. Mina sah sich um, unnötigerweise, denn sie wusste, dass diese Stimme aus ihr sprach und sie in diesem Raum keine

Anhaltspunkte, keine Hilfe finden würde. Sie atmete tief und langsam ein, während sie sich umdrehte und erneut in den Spiegel starrte. Nachdem sie sich vergewissert hatte, dass hier nichts Gefährliches auf sie wartete und der vorübergehende grässliche Monolog in ihrem Denkorgan scheinbar verstummt war, nahm sie ihren Kuschelesel und ihr Handy und öffnete behutsam die Tür. Dem Lichtkegel der Taschenlampenfunktion folgend tastete sie sich Stück für Stück in Richtung ihres Zimmers voran. Sie hatte das Gefühl verfolgt zu werden, aber sich umzudrehen wagte sie nicht. Was, wenn dort etwas hinter ihr her schlich? Solange sie es nicht mit Sicherheit wusste, war es auch nicht da. Schrödingers Katze. Am Treppenabsatz angekommen packte sie jedoch entgegen aller Vernunft die Angst und sie rannte die letzten Meter in Richtung Bett. Dabei blieb sie am Fadenvorhang in ihrer Tür hängen und verhedderte sich darin.

»Verdammt«, entfuhr es ihr in einer Mischung aus Angst, Wut und der Erkenntnis, dass der Fadenvorhang genau das tat, wofür sie ihn aufgehangen hatte – Eindringlinge einzufangen. Dunkelheit hatte ihr schon von klein auf immer großes Unbehagen bereitet, sei es ihrer Kreativität oder einfach dem menschlichen Überlebenswillen geschuldet. Sie hielt es für natürlich, im Dunklen Angst zu haben. Ohne Licht funktionierten die menschlichen Sinnesrezeptoren der Retina eben nicht. Ein Zustand, in dem der Mensch nichts sehen konnte, seine natürlichen Fressfeinde jedoch schon, erschien ihr wenig erstrebenswert und vor allem als gruselig unvorhersehbar, im wahrsten Sinne des Wortes. So hatte sie nicht nur immer ein Nachtlicht an, welches so viel Licht spendete, dass die Sinnesrezeptoren darauf reagierten und man zumindest Kontraste wahrnehmen konnte, sondern sie hatte am Eingang ihres Zimmers einen Fadenvorhang aufgehängt. Sie selbst hatte gerade bestens zur Schau gestellt wie gut diese Lebendfalle funktionierte und dass diese sich nur weiter zuzog, je mehr man dagegen ankämpfte.

»Beruhig dich Mina, hier ist Nichts. Alles in Ordnung«, versuchte sie sich einzureden, während sich die hinterste Windung ihres Hirns mal wieder abfällig über sie ausließ. Das Gelächter dieser Stimme ging ihr durch Mark und Knochen und ließ es ihr eiskalt über den Rücken erschauern. Endlich hatte sie sich befreit und huschte, fast einen Hechtsprung hinlegend, in ihr Bett. Möglichst schnell unter die sichere Bettdecke. Egal, was sich hier in diesem Zimmer befand, unter ihrer Bettdecke war sie sicher, dass war ungeschriebenes Gesetz und jeder wusste das. Einstein hatte in ihrer Abwesenheit an der Bettkante auf sie gewartet und wollte sie schwanzwedelnd in Empfang nehmen, als Mina ihm bei ihrer Flucht vor sich selbst, beinahe einen Kinnhaken verpasste. Sie zog sich ihre Bettdecke über den Kopf und wagte es Minuten lang nicht, aus ihrer Höhle hinauszuschauen. Das Gefühl in ihrem Zimmer würde ein fleischeslustiger Predator umherstreifen, ihre Fährte wittern und nur darauf warten, sie mit seinen rot leuchtenden Augen zu durchdringen, flachte nur langsam ab. Das alles war zum Verzweifeln. Sie wusste, dass sie sich das nur einbildete. Ihr

Gehirn sich das müdigkeitsbedingt nur ausdachte, aber dieses Wissen tröstete sie keinesfalls über die Sinneseinbildungen hinweg, die sie ja tatsächlich hatte. Mina zitterte am ganzen Körper und schwitze. Ob ihr kalt oder warm war, konnte sie zu diesem Zeitpunkt nicht sagen. Schweißperlen rannen ihr die Arme hinunter und verstärkten das unangenehm eisige Gefühl, des nassen Stoffes auf ihrer Haut. Besonders am Rücken und am Dekolletee war die feuchte Kälte des abkühlenden Schweißes bei jeder Bewegung zu spüren. Als sie langsam ihren Kopf aus ihrer Höhle emporstreckte, hielt sie vorübergehend die Luft an. Erst als sie sich in ihrem Zimmer umgesehen hatte und einen positiven Statusbericht an ihr Gehirn melden konnte, gestatte sie ihrem Körper, lebenserhaltende Maßnahmen aufrechtzuerhalten. Ihr war klar, dass weder die Stimmen in ihrem Kopf noch die Bilder, die sie hin und wieder sah, echt waren. Der Fakt, dass sie sie hörte und sah, machte sie aber unsanft darauf aufmerksam, dass sie langsam den Verstand verlor. Mit einem erkrankten Körper konnte sie umgehen. Mit einem kranken Verstand nicht. Ihr Geist, ihre Kreativität und Intelligenz waren alles, worauf sie sich die letzten Jahre hatte stützen können und nun gehörte ihre geistige Gesundheit ebenfalls der Vergangenheit an? Früher oder später musste es so kommen. Bei allem, was in ihrem Leben momentan passierte, generell passierte, war es nicht verwunderlich, dass sie ihre Urteilsfähigkeit verlor. Tat sie das überhaupt? Dachten Personen, die ihren Verstand eingebüßt hatten, die verrückt geworden waren, darüber nach, dass sie es sein könnten? Wussten diese Menschen, dass sie nicht »normal« waren? Wie normal war es, in einer solchen Situation darüber nachzudenken, was normal war? Sie war irritiert. In ihrem Kopf herrschte Chaos und in ihrem Körper tobte ein unermüdlicher Krieg. Sie spürte noch immer diese Unruhe und das Bedürfnis schreien zu müssen wuchs weiter in ihr heran. Ihre Muskeln drückten und ihre Nerven zerrten. So als wollte ihr Körper platzen, sich ausdehnen und ausweiten, um all den Emotionen Raum zu geben. Empfindungen, von denen sie wusste, dass sie da waren, von denen sie aber nichts fühlte. Mina spürte Schmerz, Unbehagen, immer noch ein wenig Angst, aber sie vernahm weder Glück, Wut noch Trauer. Sie war weiter in ihrem Mantel aus Gleichgültigkeit gefangen, auch wenn dieser nicht mehr zu passen schien. Wo er am Mittag wohlig warm und schützend wirkte, so drückte und quetschte er nun, scheinbar von XXL auf XS geschrumpft, alles in ihr zusammen. Das Gefühl an sich selbst zu ersticken ging damit einher. Ein unterdrücktes Stöhnen entfuhr ihr, während sie innerlichen nach einem Ende dieser Prozedur bettelte.

In Embryonalstellung, mit zwanghaft geschlossenen Augen und Snoopy im Arm, an Einstein gekuschelt versuchte sie sich zu entspannen. Das Geschehene hinter sich zu lassen und ihr Hirnkarussell zu verlangsamen. Dummerweise war das nicht ihre Art und ihr Hirn sah die Dinge ebenfalls anders. Es empfand die Lösung der Probleme dringlicher als Mina selbst. Im Hintergrund ihrer Gedanken hörte sie, wie das höhnische Lachen und die aggressiv verachtende Stimme wieder lauter wurden und sich nach und nach immer mehr in den Vordergrund drängten. Mina verstand nicht, was der Fremde in ihr von sich gab, welche Beleidigungen er sich erdacht hatte. Nur das Gefühl, das von den Wortgebilden ausging, ließ sie spüren, wie viel Hass und Wut in den Worten stecken musste. Was hatte sie nur getan, um so etwas zu verdienen?

Eine kribbelnde Welle breitete sich von ihren Fußzehen ausstrahlend, über ihren Körper bis in ihre Haarspitzen aus und hinterließ für einen kurzen Moment betäubende Stille und nichts. Sie spürte nichts. Keinen Schmerz, kein Ziehen, Drücken, Krampfen. Sie genoss es. Versuchte sich dieses Gefühl so gut einzuprägen, wie es nur ging. Das war es, was sie wollte. Es machte süchtig. Sie brauchte mehr davon. Mit tauben Händen zog sie ihre Decke näher an sich heran und spürte einen Herzschlag lang einfach nur Frieden. Dann zog sich die wohltuende Auszeit so schnell zurück, wie sie gekommen war. Mina blieb nichts, außer einer Gänsehaut. Ihr Körper reagierte nun umso stärker auf die Nervenimpulse und gekrümmt betete sie, dass es bald vorbei sein möge.

Sie öffnete die Augen und starrte in die Ecke ihres Zimmers, in der sich die Wände mit der Decke trafen. Im Hintergrund vernahm sie wie einzelne Tropfen, die geschützt von der Dunkelheit der Nacht, aus irrsinniger Höhe mit immenser Kraft auf das Dachfenster prallten. Ein dumpfer Schrei nach dem anderen, doch jeder lauter als der vorherige, vereint zu einem ohrenbetäubenden Knallen. »Wie passend…«, dachte sie sich. Was konnte sie nur tun? Wen konnte sie um Hilfe bitten? Alle schliefen.

Ihre Eltern wollte sie nicht wecken, sie damit nicht belasten. Die beiden hatten sich seit Ausbruch ihrer Krankheit genug gequält. Ihr Vater lachte jetzt schon kaum mehr. Wie würde er wohl reagieren, wenn er wüsste, was nachts in ihr vorging? Sie wusste nicht, wem sie schreiben konnte. Alle schliefen und wenn sie es am nächsten Tag läsen, wäre es schon zu spät. Oh Gott, sie spürte, wenn ihr jetzt niemand half, würde sie all dies in die Verzweiflung treiben. Jemanden zu wecken und um Hilfe bitten, jemanden eingestehen wie schlecht es ihr gerade ging, konnte sie aber nicht. Wollte sie nicht. Dafür hatte sie keine Kraft mehr und war zu stolz. Sie wollte nicht zugeben, dass sie inzwischen nicht nur ein körperliches Wrack, sondern auch geistig völlig am Ende war.

Wie die Menschen über psychische Krankheiten dachten, wusste sie. Sie hatten Angst, weil sie es nicht verstanden. Sie verurteilten psychisch Kranke, denn ein gesunder Mensch konnte sich nicht vorstellen, wie man so aus den Fugen geraten konnte. Das hatte sie früher auch nicht für möglich gehalten. Aber jetzt, in diesem Moment, erschien es ihr logisch, verrückt zu werden.

Noch während sie dies dachte, sah sie, wie sich aus der Dunkelheit ihres Zimmers eine bekannte Grimasse auftat. Zunächst war sie nur blass zu sehen, aber ihre Züge wurden schnell kontrastreicher. Sie erinnerte Mina an diese riesigen Hexenköpfe, die auf Umzügen an Karneval zur Schau gestellt wurden. Voller Falten, tief in den Schädelhöhlen liegende rote Augen, grünlich ledrige Haut und ein grausam verzogenes Grinsen, das aus der Feder eines Horror-Zeichners stammen konnte.

Erschrocken spannte sie jeden Muskel in ihrem Körper an und verstärkte so nur ihren Drang zur Flucht.

»Das bildest du dir alles ein Mina«, sagte sie sich wenig überzeugend. Sie blickte auf Einstein und suchte dort nach Sicherheit. Doch als sie ihre Hand auf seinen Rücken legte und er verschlafen den Kopf hob, hatte auch er leuchtend rote Augen und ein herausforderndes Grinsen im Gesicht.

»Nein! Das ist nicht echt!«, sagte sie vor sich hin. Es half nichts. Verängstigt zog sie ihre Hand zurück und drückte ihren Kuschelesel fester an sich, aber selbst dieser strahlte in diesem Moment Hass und Abscheu aus und verstärkte Minas Angst. Entsetzt robbte sie ans andere Bettende, weit weg von Einstein und warf Snoopy auf ihr Kissen. Mit angezogenen Knien saß sie nun da. Von ihren Fersen auf ihr Sitzbein wippend und zurück. Immer hin und her. Alles hier war erdrückend, einengend und vor allem einnehmend. Sie konnte nicht flüchten, denn sie war hier gefangen. In diesem Zimmer und vor allem in sich selbst. Das dumpfe Klopfen der Regentropfen auf der Scheibe wurde lauter, schneller, begieriger als die Natur in Rage kam. Wind heulte um die Hauswände, Regen donnerte gegen das Haus und zu einer grausamen Dynamik vereint, umgaben sie Mina mit einer dröhnenden Geräuschkulisse. Schweißperlen standen auf ihrer Stirn. Alles in ihr zog und zerrte. Sie drohte zu zerbrechen. Ihre Hautschichten waren kurz vorm Zerbersten. Ihr Rücken krümmte sich in ein enormes Hohlkreuz, als würde ihre Wirbelsäule vorne aus ihrer Brust herausbrechen wollen. Ihre Finger krallten sich krampfend in ihre Kopfhaut. Der Schmerz tat gut. Er zeigte ihr, dass sie noch existierte, dass all das echt war. Erst als das Schmerzgefühl nachließ, wurde der Drang nach einem ausbrechenden Schrei wieder größer. Mina begann sich zu kratzen. An den Armen, den Beinen und im Gesicht. Vor allem im Gesicht spürte sie ein befreiend befriedigendes Gefühl, als der Schmerz ihr das Blut vor Irritation ins Fleisch trieb. Die gereizten Stellen wurden merklich wärmer und pochten belebend von innen gegen ihre Haut. Bilder von aufgeschlitzten Pulsadern schossen ihr durch den Kopf. Sie stockte erschrocken über diesen Gedankengang und schüttelte ihr Haupt abwehrend. Das Schütteln entwickelte sich zu einem wiederholenden Muster und so zuckte ihr Kopf immer wieder, sobald sie daran dachte sich selbst zu verletzen. Sie hasste alles hier. Ihr Leben und alles, was damit zu tun hatte.

Wie sollte sie weiter machen?

Welchen Zweck sollte das haben?

Die letzten Jahre seit Ausbruch der Colitis waren die Hölle. Diese Schmerzen konnte sie nicht ständig ertragen. Sie konnte es nicht länger aushalten, jedes Mal Angst zu haben auf dem Toilettenpapier Blut zu sehen in dem Wissen, dass dies der Anfang enormer Pein und Strapazen war. Die Medikamente halfen nur bedingt, hatten mehr Nebenwirkungen als Wirkung und hielten sie lediglich am Leben. In diesem Moment wünschte sie sich, sie hätte Krebs, denn dann hätte ihr Leiden wenigstens irgendwann ein Ende. Diese Krankheit war grausam, denn sie brach jedes Mal aus, wenn sie dachte, sie hätte ihren Alltag im Griff. Immer, wenn sie glaubte, sie könnte jetzt damit umgehen. Sie wies Mina auf wohl abscheulichste Art darauf hin, dass sie für den Rest ihres Lebens so sein musste. Sie konnte nichts dagegen tun. Ihre Träume zerfielen zu Staub und niemand interessierte sich dafür. Sie war allein und am Ende. Ohne Perspektive und keiner beachtete dies. Ihre eigene Anwesenheit war für sie untragbar und sie hatte das Gefühl, dass es für andere Menschen wohl auch so sein musste. Sie wollte nicht mehr. Ein trauriges Schluchzen aus undenkbaren Tiefen voll Schmerz und Leid, öffnete die zuvor sorgsam verschlossenen Tore zu Minas Emotionen und sie sprudelten aus ihr heraus.

Alle gleichzeitig.

Sie zitterte, weinte und krümmte sich gegen die Vorgänge in ihr, während sie sich mit ihren Händen gegen den Kopf schlug und dabei tränenertränkt lachte. Dieses grausam verzweifelte Lachen hallt in der Stille der Nacht an den Wänden wider und drang ihr als fremde Stimme entgegen. Das war nicht mehr sie selbst. Sie hatte keine Kontrolle mehr über sich. Ihren Körper, ihre Gedanken, Emotionen und Handlungen. Mina war nur noch Zuschauer und musste innerlich schreiend und kämpfend mit ansehen, wie ihr Körper von den Stimmen geleitet aufstand, an ihren Schrank ging und das Sezierbesteck herausholte.

»Nein, aufhören. Was soll das?« Zeitgleich hörte sie eine traurige, sehr viel lautere Stimme als die ihre, sagen: »Das alles macht keinen Sinn mehr. Ich weiß nicht mehr wer ich bin und ich weiß, dass es allen anderen ohne mich besser gehen würde.« Auch die aggressive Stimme mischte sich ein. Sie jubelte und feuerte ihre Handlungen an: »Sehr gut. Wir wissen beide, dass es so für alle besser ist. Ha, wer sollte dich auch vermissen!« Sie lachte schauerlich. Das penetrante Lachen von vorhin war ebenfalls Teil des Ensembles. Zusammen waren sie so laut, dass Mina ihre eigene Stimme nicht mehr hören konnte. Eine Welle geschäumt mit Gänsehaut lief ihr den Rücken hinunter. Ihr Körper wurde ferngesteuert. Er hörte nicht mehr auf sie. Ihre Hände krampften und zitterten, während sie den Reißverschluss des Federmäppchens öffneten. Sie versuchte von Innen dagegen anzukämpfen. Keine Chance. Sie wollte schreien, ihren Körper daran erinnern, dass er zu ihr gehörte. Keine Reaktion. Sie kämpfte gegen sich selbst und schien der Niederlage näher als je zuvor. Ihr wahres Ich war wie betäubt, während die Stimmen freudig die Führung übernahmen und ihren Körper zu Unsagbarem anleiteten. Mina setzte sich im Schneidersitz wieder aufs Bett. Als Zuschauer ihres eigenen Schauspiels spürte sie Euphorie ihren Organismus erobern. Adrenalin schoss durch ihren Körper. Ihr Herz schlug ihr aus der Brust, als versuchte es verzweifelt sie darauf aufmerksam zu machen, was Leben bedeutete. Ihre Lunge schmerzte, sie war ermüdet von den flachen schnellen Atemzügen. Mina spürte, wie sich ihre Augen verdrehten und ihr Bauch sich schmerzhaft zusammenzog. Ihre Nerven holten zum letzten Angriff aus. Zogen und zerrten an ihren Muskeln und sandten Schmerzen aus, die ihr schwindelig werden ließen. Wie vorhin hatte sie das Gefühl, dass irgendetwas aus ihr ausbrechen wollte und nun war sie bereit, diesem Etwas den Weg zu ebnen. Aus dem Federmäppchen entnahm sie das Skalpell, öffnete sie sterile Verpackung und betrachtete das glänzende Stück Silber in ihrer rechten Hand. Es zog sie magisch an. Tränen rannen wie salzig schmirgelnde Flüsse über ihre Wangen und ihr Kinn. Ihre Haut brannte bereits. Nasensekret floss aus ihrer Nase an ihren Mund, der es zitternd entgegennahm. Sie drehte ihren linken Arm so, dass die Arteria Radialis nach oben zeigte. Ein Längsschnitt würde am effektivsten sein. Ein tiefer Atemzug ließ sie in ihren Körper hineinhorchen. Die Stimmen waren übereinander gelagert. Egal ob traurig, verachtend oder wütend, sie bestärkten ihren Organismus in seinem Vorhaben. Mina musste alles hilflos mit ansehen. Sie konnte nichts tun. Vielleicht wollte sie auch nichts tun. Sie schloss die Augen und bereitete sich mental auf den gleich einsetzenden Schmerz vor. Alles in ihr sehnte sich nach der Erlösung, der Befreiung, eben diesem Schmerz. Sie war bereit. Nur leicht drückte sie die Klinge mit zittriger Hand nach unten. Unmittelbar verstummten jegliche Nervenimpulse ihres umliegenden Körpers und konzentrierten sich auf diese Stelle. Es war warm und befriedigend. Sie spürte, wie sich ihr Hirn dem Gefühl orgasmisch hingab.

Plötzlich vernahm sie eine weiche, schabende Berührung an ihrem Oberschenkel und riss erschrocken die Augen auf. Einstein? Er stand vor ihr, sah sie mit traurigem Blick an und gab winselnde Laute von sich. Einstein! Sofort öffnete sich Minas rechte Hand und sie ließ das Skalpell fallen. Bewusstsein kehrte schlagartig in ihren Körper zurück. Schockiert, mit weit geöffneten Augen, saß sie da und betrachtete, was sie soeben in ihrem Wahn angerichtet hatte. Sie konnte sich nur noch verschwommen an das Geschehene erinnern. Auf ihrem linken Unterarm war mittig unter ihrem Handgelenk ein kleiner, nur oberflächlich blutender Schnitt zu sehen. Ein gut sichtbares Zeichen dafür, was sie sich noch vor einer Minute antun wollte. Sie nahm das Skalpell und legte es auf den Schreibtisch aus dem Gefahrenbereich hinaus und ließ sich rückwärts aufs Bett fallen. Einstein rannte zu ihrem Kopf und schnupperte begrüßend an ihrem Ohr, während er mit seinem Köpfchen ihr Gesicht liebkoste. Mina war wie gelähmt. Leer. Energielos. In ihrem Schädel herrschte Stille. In ihrem Körper regierte Ruhe. Auch in ihrer Umgebung wurde es geruhsamer. Das Klappern und Rauschen des gewaltigen Wolkengusses schien in die Ferne weitergezogen zu sein. Nur ein paar wenige Nachzügler verirrten sich dumpf auf ihr Fenster und trommelten sanft ein Lied der Besinnung. Sie zog Einstein zu sich heran und ließ ihn sich zwischen ihren Arm und Oberkörper einkuscheln. »Einstein«, sagte sie müde, »Du bist ein Held.« Er gluckste, als verstünde er jedes ihrer Worte und schmatze, als wollte er seiner Reaktion Nachdruck verleihen.

»Weißt du Einstein, ich bin einfach müde. So müde.«

Er hob seinen Kopf, sah sie an und gähnte genüsslich, nur um sein felliges Köpfchen erneut in ihre Achselhöhle fallen zu lassen. Mina verfiel in einen langen Monolog über ihr Leben, ihre Krankheit, ihre Familie. Auch wenn sie all das dieses Mal nüchtern betrachtete, so rollten doch Tränen über ihre Wangen und tropften auf ihren Pyjama. Einstein gab hin und wieder ein Schnaufen von sich, das allerdings weniger bestätigend war, als vielmehr Ausdruck davon, dass der kleine Prinz im Land der Träume verweilte. »Ich glaube einfach, dass mich niemals jemand lieben wird. Gerade in letzter Zeit häufiger, nachdem was mit Finn passiert ist. Niemand mag Krüppel, wenn man auch einen gesunden Menschen abbekommen kann. Ich mag mich ja nicht mal selbst.« Sie stockte und musste schlucken. Das in klarem Zustand auszusprechen, führte ihr vor Augen, welche Konsequenzen dieser Selbsthass für sie hatte.

In diesem Moment dreht sich Einstein auf die Seite und schmiegte seinen warmen Rücken an Minas Arm. Dabei sortierte er seine Beinchen um und seine linke Vorderpfote landete unsanft in ihrem Gesicht. Vorsichtig nahm Mina die Pfote ihres kleinen Freundes und betrachtete die Unterseite im Halbdunkeln des Nachtlichtes. Sie liebkoste die winzigen weichen Luftkissen, die aus dem braunen Fell herauslugten und so unverschämt nach Popcorn dufteten. Mit ihren Fingern massierte sie die warmen Knubbel einen nach dem anderen. Zuerst den großen in der Mitte, dann die kleinen Zehen. Eins, zwei, drei.

Sie erstarrte zu Wachs, welches unter den Temperaturen ihrer Gefühle jedoch zerfloss. In diesem Moment traf sie eine Entscheidung, von der sie hoffte, dass sie ihr Leben für immer veränderte.

Kapitel 19

Der nächste Morgen ließ nicht lange auf sich warten. Die ersten Lichtstrahlen des neuen Tages schienen durch die kleinen Schlitze des Rollladens ins Zimmer und tauchten dieses in ein warmes, fast idyllisches Licht. Mina lag zusammengekauert ohne Decke mit ihrem Gesicht größten Teils in Einsteins Fell verborgen da. Sie kam nur langsam zu sich, rollte sich auf den Rücken und streckte ihre versteiften Gliedmaßen verschlafen in alle Richtungen. Erst als sie ihre Decke zu sich gezogen und sich in einen Schneidersitz aufgesetzt hatte, war ihr Gehirn in einem betriebsbereiten Zustand und ihr schossen die Bilder der vergangenen Nacht durch den Kopf. Instinktiv fasste sie sich an ihr linkes Handgelenk und bekam eine warme, leicht schmerzende Stelle zu spüren, in deren Mittelpunkt sich eine wenige Zentimeter lange verkrustete Linie befand. Ihr nächster Blick glitt Richtung Schreibtisch und ihr wurde klar, dass dies alles tatsächlich passiert war. Sie hatte es nicht geträumt. All diese verschwommenen Bilder und verblassten Emotionen waren nicht Überbleibsel eines Traums, sondern waren synaptische Erinnerungen an den nervlichen

Zusammenbruch vergangener Nacht. Mina fasste sich an den Kopf und massierte ihre Schläfen. Sie fühlte sich zerknautscht und leicht verkatert. Ein wenig angeschlagen, als kündigte sich eine Erkältung an, aber insgesamt fühlte sie sich gut. Sie spürte in sich hinein und erkundete ihren Körper, erwartete einen inneren Tumult, einen Sturm oder Chaos. Stattdessen fand sie Organe vor, die friedlich und zufrieden ihre Aufgaben erfüllten. In ihrem Kopf herrschte angenehm ruhiges Treiben, keine Spur von mehr als ihrer Erzählstimme. Alles fühlte sich aufgeräumt, sauber und ausgeglichen an. Das Atmen fiel ihr leichter als die letzten Tage und außer schwach umhüllender Müdigkeit, empfand sie keinerlei negative Noxen. Erneut streckte sie ihre Arme von sich, über ihren Kopf hinweg und holte tief Luft. Der Sauerstoff strömte in ihre Lungen und umspielte ihre Körperzellen mit Freude und Energie, die in einem Ausstoß von Endorphinen gipfelte. Wow, sie fühlte sich fast wie neu geboren. Als könnte sie Bäume ausreisen. Das würde sie nie tun, doch allein der Gedanke der bestehenden Möglichkeit, ließ ihr Herz vor Freude beben. Aufgeregt sprang sie aus ihrem Bett und zog den Rollladen des Fensters zur Hofseite auf. Kurz waren ihre Augen von der plötzlichen Helligkeit geblendet, erfreuten sich nach einer kleinen Eingewöhnungsphase aber schnell an dem, was sie sahen. Von ihrem Standort konnte sie weit über die Dächer der umliegenden Häuser blicken. Diese befanden sich in leichten Nebelschleiern, die ihre Giebelspitzen spielend umwaberten. Einzelne Sonnenstrahlen schafften es sich ihren Weg durch die weiße Suspension zu bahnen und ließen die tanzenden Tautropfen märchenhaft schön wirken. Sie riss den rechten Fensterflügel auf und hielt ihren Kopf hinaus in die frische Luft. Belebende Kühle mit dem Geruch des nächtlichen Regens energetisierte die Zellen ihres Riechkolbens. Sie empfand Stärke, auch wenn ihre Muskeln Müdigkeitserscheinungen aufzeigten. Das war nicht wichtig. Nach einem ausgiebigen Frühstück würden auch diese sich besser fühlen. Sie hätte buchstäblich ein ganzes Pferd verspeisen können, so ausgehungert kam sie sich vor. Nachvollziehbar, denn sie hatte den gesamten gestrigen Tag nichts gegessen. Wenn man nun bedachte wie viel Kalorien das Hirn allein in Ruhestellung verbrauchte, so war der Vergleich mit einem Pferd treffend. »Erstaunlich, wie eine Nacht die ganze Welt verändern kann«, dachte sie sich. Inzwischen hatte Einstein seine morgendlichen Yogaübungen hinter sich gebracht und stand quengelnd am Bettrand. Zunächst ignorierte Mina ihn und blickte weiterhin aus dem Fenster.

Nebel hatte etwas Anziehendes, Magisches. Gerne würde sie inmitten eines Nebelmeers stehen und die tanzenden Moleküle im warmen Licht der aufgehenden Sonne beobachten. Sie musste unweigerlich an das Gemälde »Der Wanderer über dem Nebelmeer« von Caspar David Friedrich denken. In der Epoche der Romantik hatte Einsamkeit einen hohen Stellenwert. Die lyrischen und künstlerischen Ichs befanden sich häufig allein, überdenkend und vor allem überfühlend umgeben von der Natur. In der Romantik wurde die Natur in besonderer, lebendiger Weise beschrieben und mit Gefühlen untermalt. Vermutlich war sie eine hoffnungslose Romantikerin. Wahrscheinlich war Einsamkeit eine grauenvoll notwendige Voraussetzung, um die Natur, die Umgebung, in vollem Ausmaß wahrnehmen zu können. Andere Menschen waren eine Ablenkung. Interaktion war ein Schritt fort vom eigenen Gefühlsleben.

Nun konnte sie Einsteins Kehlkopfgesang nicht länger ignorieren, ging um den Schreibtisch herum zu ihrem Bett und hob den kleinen Bolonka hinunter. Dieser wuselte ihr um die Füße und zwischen den Beinen umher, als sie versuchte, sich ihre dicken Socken überzuziehen. Noch während sie sich wieder in eine aufrechte Position brachte, streifte ihr Blick den wellenförmigen IKEA-Spiegel, den es in jedem Jugendzimmer zu finden gab und der an der gegenüberliegenden Wand aufgehangen war. Mina betrachtete sich von oben bis unten. Zunächst spürte sie nichts, als sie diese Person in dunkelblauem Pyjama mit rosa Punkten ansah, die offensichtlich viel Wert auf die Flauschigkeit ihrer Socken legte. Nur langsam, als sie mit ihrer rechten Hand den Stoff zurechtrückte und über ihre Körperlinien fuhr, registrierte ihr Gehirn, dass diese Person sie war und dass diese Person, dieser Mensch, eigentlich ziemlich sympathisch aussah. Sie ging ein wenig näher heran und betrachtete ihr Gesicht. Fasste sich an die Wangen, fuhr sich über die Lippen und den Nasenrücken. Das Gefühl warmer Geborgenheit, gepaart mit wohltuender Erregung, ließ sich ihr Gesicht in Richtung ihrer Handfläche strecken. Einen Moment lang stand sie mit beiden Händen an ihren Wangen, sich weiterhin selbst betrachtend, da. Sie atmete ein paar Mal ein und aus und versuchte zu erfühlen, welche Emotion sie mit dieser Situation in Verbindung brachte. Ein ehrliches Grinsen, dessen Muskelbewegungen nicht nur an ihren Händen zu spüren waren, sondern dessen nervliche Auswirkungen bis in ihre Fußzehen zogen, keimte auf ihren Lippen aus und ließ ihr Gesicht aufblühen. Es fühlte sich fast fremd an zu lächeln. Als müssten ihre Muskeln den Bewegungsablauf erst wieder erlernen, nachdem sie sie schon lange nicht mehr beansprucht hatte. Sie zog den linken Ärmel ihres Schlafanzugs hoch und fuhr sich vorsichtig mit den Fingerspitzen über den Arm. Ihre Haare stellten sich auf und verbeugten sich ehrwürdig, als die Gänsehaut wieder abflachte. Ihre Haut war schön warm und weich und es fühlte sich ein wenig nach Liebe an, was sie in diesem Moment empfand. Nun zog sie mit beiden Händen ihr Schlafanzugoberteil bis kurz unter ihren Busen hoch und betrachtete ihren Bauch im Spiegel. Lichtpunkte, als sonniger Gruß des Mobiles, das vor dem linken Fensterflügel hing, tanzten auf seiner Oberfläche. Mina beobachtete ihre Bauchdecke, wie sie sich anhob und absenkte im Zusammenspiel mit der Atmung ihres Brustkorbs. Sie blickte nach unten und stelle sich vor, wie ihr Verdauungstrakt wohl unter der weichen Haut aussehen musste. Wie ihr Darm, einem Fließband gleich, unermüdlich seine Arbeit tat und wie die Mikroorganismen, das Darmmikrobiom, ihn dabei tatkräftig unterstützen. Vielleicht feierten sie nachts, nach Schichtende zusammen eine Party mit Serotonin und langkettigen Fettsäuren. Was sie dann morgens als das Pulsieren empfand, war der Bass der hüpfenden Euphorie der kleinen Lebewesen, die die Musik noch einmal richtig aufdrehten, bevor sie gleich wieder an die Arbeit mussten. »Jetzt werd nicht albern Mina«, ermahnte sie sich, fand die Vorstellung dann aber doch zu amüsant, um sie zu verwerfen. Sie entschloss sich ihre Bauchdecke gedanklich wieder zu schließen und beäugte, erneut in den Spiegel schauend, ihre Bauchmuskulatur. Auch wenn sie es niemals offen zugeben würde, war sie auf ihre Bauchmuskulatur schon ein wenig stolz. Die einfallenden Sonnenstrahlen schmeichelten ihr und tauchten sie künstlerisch in ein Spiel aus Licht und Schatten. Die ausgeprägte Sichtbarkeit der Muskelgruppen hatte sie größtenteils ihrer Darmkrankheit zu verdanken. Krämpfe und Schmerzen waren ständige Impulse, die die Muskelstränge trainierten. Wieder musste sie grinsen. Vielleicht war an ihrer Krankheit doch nicht alles schlecht. Sie legte ihre Hand auf ihren Bauch und spürte das Pulsieren und die Wärme, die von ihm ausgingen. Plötzlich kam ihr ein genialer Gedanke. Ohne Vorwarnung ließ sie den Stoff fallen und eilte zum Schreibtisch. Einstein, der sich zuvor alles beobachtend in eine bequeme Sitzposition gebracht hatte, sprang daraufhin erschrocken auf. Mina setzte sich auf ihren Stuhl und kramte in einer der vielen Schubladen nach einem schwarzen feinen Edding. Als sie diesen gefunden hatte, betrachtete sie nachdenklich das Mobile, welches über dem Schreibtisch vor dem Fenster hing und wie dessen gläsernen Steine das einfallende Licht in seine Bestandteile aufbrachen. »Wuff«, ertönte es von ihren Fußknöcheln. Als sie nach unten sah, stand Einstein mit angehobenem Pfötchen da und teilte Mina so mit, dass er hochgehoben werden wollte. Zufrieden nahm er auf ihrem Schoß Platz. Er konnte gerade so über die Tischkante lugen, beobachtete aber weiterhin alles aufmerksam. Mina streichelte mit der linken Hand Einsteins Kopf, während sie mit der rechten das Skalpell aufnahm und in das Federmäppchen zurücklegte. Anschließend nickte sie sich selbst bestätigend zu. In so eine Lage würde sie nie wieder geraten. Zum wiederholten Male betrachtete sie die kleine Wunde an ihrem linken Unterarm. Bei ihrer Wundheilung würde das bestimmt eine Narbe geben. Darüber war sie sogar froh, denn sie wollte sich für immer an das Gefühl von Aufgeben und völliger Hilflosigkeit erinnern. Sie wollte sich immer wieder ins Gedächtnis rufen, welche Entscheidung sie mit dieser Wunde verband. Trotzdem, niemand durfte jemals von vergangener Nacht erfahren und obwohl Mina ein tollpatschiger Mensch war, wäre dieser kleine Schnitt aussagekräftiger, als sie es wollte. Überschminken wäre eine Möglichkeit gewesen. Immer lange Pullis tragen, eine andere. Und so oder so, wahrscheinlich würde die aus dieser Verletzung resultierende Narbe niemanden auffallen. Mina wollte aber dieser Erinnerung eine künstlerische Bedeutung geben, welche ihr soeben durch den Kopf geschossen war. Sie betrachtete das Mobile abermals, sah erneut aus dem Fenster auf die Nebelschwaden, die als Kondensat auf den Pflanzen glitzerten. Dann sah sie auf Einstein, der ihr letzte Nacht mit seiner kleinen anatomischen Besonderheit gezeigt hatte, was

Liebe und Leben bedeutete. Sie nahm den Stift und setzte zum ersten Strich an ihrem Unterarm an. Für sie ergab das alles plötzlich Sinn. Wo Licht ist, da ist auch Schatten. Und sowieso, ein Regenbogen entsteht nicht nur durch Sonnenschein. Dispersion. Das Geheimnis ist die Brechung und auch sie musste erst brechen, um wahrzunehmen, dass Vielfältigkeit aus dem Umweg entsteht. Sie hatte zerbrechen müssen, um die Facetten des Lebens zu erkennen, und die Farben ihrer Persönlichkeit. Um zu begreifen, dass es mehr als hell und dunkel und mehr als ja und nein gab. Sie hatte nun verstanden, dass sie sich manchmal ein »Vielleicht« eingestehen durfte und dass das zwischendrin, zwischen Licht und Schatten, aus der Schönheit des »Alles ist möglich« bestand. Reflexion, Brechung, Prisma. Ab heute war sie nicht gut oder schlecht, nicht schön oder hässlich, sie war alles gleichzeitig. Alles lag im Auge des Betrachters und das eröffnete ihr alle Perspektiven sich selbst zu sehen, um sich selbst zu lieben. Noch bevor sie den Gedankengang abgeschlossen hatte, schmückte eine Zeichnung die Stelle ihres Handgelenks, die eben noch von der Wunde dominiert wurde. Links und rechts ihres Schnittes hatte sie je einen kürzeren parallelen Strich gezogen. Die Enden der Linien verband sie jeweils mit den Endpunkten ihrer Verletzung, so dass sie zusammen zu einem Prisma wurden, in dessen Mitte ihre Wunde das Lot bildete. Die Stelle, an der das einfallende Licht gebrochen wurde. Symbolisiert wurde der Lichtstrahl durch einen einfachen horizontalen Strich, der bis in die Mitte des Prismas, ihrem Schnitt, verlief. Die der Brechung resultierenden Lichtstrahlen, drei an der Zahl, suchten sich ihren Weg beginnend an der Außenseite des Prismas und verliefen in zunehmender Länge von oben nach unten parallel, ebenfalls in die Horizontale. Mina blickte auf ihr Handgelenk und war äußerst zufrieden mit dem Symbol, das ihr majestätisch entgegenstrahlte. Das satte Schwarz kontrastierte ihre helle Haut perfekt und ließ die Zeichnung modern und einprägsam erscheinen. Befriedet schloss die den Marker und legte ihn bei Seite.

Einstein blickte, er hatte Minas künstlerische Umsetzung mit ausufernden Kopfbewegungen verfolgt, zu ihr nach oben und signalisierte ihr, dass es noch seines morgendlichen Küsschens bedürfe. Da ließ sie sich nicht zweimal bitten und drückte ihm einen festen Schmatzer auf die Mähne. Sie betrachtete den kleinen braunen Vierbeiner liebevolle und schüttelte langsam, mit einem zufrieden zustimmenden Lächeln ihrem Kopf. Wäre sie nicht dabei gewesen, hätte sie selbst nicht geglaubt, dass dieses kleine Lebewesen sie bloß durch seine pure Anwesenheit zum Umdenken bewegt hatte. Manchmal waren es eben doch Kleinigkeiten, die am Ende den großen Unterschied machten.

Als sie vergangene Nacht in Selbstmitleid badend, seine Pfote geliebkost hatte, fiel ihr wieder bewusst auf, dass ihr geliebter Begleiter an seiner Vorderpfote nur drei anstatt vier Ballen hatte. In seiner Embryonalentwicklung mussten zwei Zehen zusammengewachsen sein. Dies war einer der Gründe, weshalb der kleine Kerl manchmal so lustig marschierte. In diesem Moment, als sie die winzigen ledrigen Luftkissen betastet hatte, wurde ihr klar, dass sie ihn liebte. Über alles. Bedingungslos und das, obwohl er laut Definition eine Fehlbildung hatte, umgangssprachlich sogar ein Krüppel war. Mina war diese Missbildung egal. Ihr war es gleich, dass er manchmal ein wenig hoppelte und für sie war es ein einzigartiges Merkmal an ihrem Einstein, dass ihn umso liebenswerter machte, vor allem, weil er sich davon nicht aufhalten ließ. Wenn sie ihn also lieben konnte, auch wenn er nicht makellos war, so konnte sie ebenfalls geliebt werden, konnte sich selbst auch lieben, trotz oder gerade wegen ihrer Makel. Da war sie sich nun sicher. Dazu hatte sie sich letzte Nacht entschieden.

Kapitel 20

Kurz blieb sie vor dem Eingang stehen. Immer wieder drohte sie an Türen zu scheitern. Sie gaben ihr das Gefühl eines spontanen Stimmungs- oder Situationswechsels. Wenn sie durch diese Tür ginge, müsste sie sich mit vollem Selbstbewusstsein präsentieren. Mit all der Selbstsicherheit, die sie die letzten beiden Tage hatte zusammenklauben können. Sie würde auf ihren Willen beharren müssen und einigen Leuten auf die Füße treten. Egal war ihr das nicht. Ihr ganzes Leben hatte sie versucht, möglichst unauffällig und ohne einen negativen Beigeschmack zu verursachen, durch ihre Welt, was ungefähr Ober-Roden und einen Radius von 20 Kilometern bedeutete, zu schreiten.

Sie wollte niemanden zu nahe treten. Niemanden ein schlechtes Gefühl vermitteln. Damit war sie die letzten Jahre weniger gut vorangekommen, wie sie sich eingestehen musste, also hatte sie beschlossen, ab heute etwas offensiver vorzugehen. Neue Woche, neue Mina. Oder so ähnlich. Entschlossen trat sie einen Schritt näher an die Tür, stülpte ihren Pulli über ihre Hand und langte nach dem Türgriff. Neue Mina bedeutete nicht, dass sie Keime anderer Menschen einfach so hinnahm. Darum würde sie sich zu einem anderen Zeitpunkt kümmern. Ihr gesamtes Körpergewicht gegen die Tür lehnend trat sie mehr stolpernd als gehend in die Praxis ein. Im Gedanken grüßte sie die traurige Grünpflanze und ging zur Rezeption. Hier baute sie sich auf. Atmete tief ein, drückte ihre Wirbelsäule durch und räusperte sich. Frau Klett hob zunächst nur eine Augenbraue, reagierte aber ansonsten nicht weiter. Sie blickte stur auf den Bildschirm des PCs und klackerte mit der Maus. Mina wurde nervös. Sie wollte nicht zu aufdringlich sein, lediglich die Gunst der Stunde nutzen, solange kein anderer Patient hinter ihr stand. Sie räusperte sich ein weiteres Mal, versteckte ihre aufbäumende Unruhe aber im Kostüm eines Hustens. In der Praxis war es unangenehm still, so dass ihr Husten die Praxis füllte und Frau Klett nichts anderes übrigzubleiben schien, als zu reagieren.

»Mina, was kann ich für dich tun?«, fragte sie angestrengt einatmend.

»Hi, ja, ich müsste umgehend mit Herrn Doktor Schmitz sprechen. Bitte«, antwortete diese weniger Stärke übermittelnd, als geplant. Nun zog die Empfangsdame beide Augenbrauen hoch, sah Mina an, blickte auf die Liste der Termine und sah wieder zu Mina auf.

»Du hast aber keinen Termin«, äußerte sie sich selbstgefällig, als wäre dies für sie ein persönlicher Triumph.

»Mina, du kannst nicht an einem Montagmorgen um 8 Uhr hier erscheinen, ohne Termin«, sie betonte das »ohne« als wäre dies das wichtigste Wort des Tages, »und dann erwarten heute dranzukommen.«

Mina setzte ein Lächeln auf, das dem breiten Grinsen des Jokers entsprungen sein können, und sagte in beherrschtem Ton: »Frau Klett, ich weiß, dass ich keinen Termin habe und ich bin mir über Tag und Uhrzeit mehr als bewusst. Das ändert jedoch nichts an der Tatsache, dass ich heute noch ein Gespräch mit Doktor Schmitz führen muss.« Sie versuchte dem »heute« die gleiche Wichtigkeit zukommen zu lassen wie Frau Klett ihrem »ohne«. Nachdem sie ihren Satz beendet hatte, schmückte erneut das Lächeln eines Psychopathen ihr Gesicht. Die Empfangsdame fühlte sich durch die von Mina durchgeführte Spiegelung ihres Verhaltens offenbar getriggert und nahm eine abwehrende Haltung ein. Auf den Einfluss der Spiegelneuronen hatte Mina gehofft. Kurz ärgerte sie sich über ihr Pech, bei einer 1:2 Quote genau die Reaktion hervorgerufen zu haben, die ihr entgegenspielte. Davon ließ sie aber sich nicht aufhalten.

»Mina, ich kann dir leider keinen Termin geben. Der Doktor ist heute völlig ausgebucht. Du könntest doch am Mittwoch in die offene Sprechstunde kommen«, versuchte Frau Klett ihre gereizte Stimmung zu überspielen. Mina holte tief Luft, zählte bis drei, denn nun spürte auch sie langsam Wut in sich aufkeimen, und wiederholte: »Ich brauche heute, möglichst schnell einen Gesprächstermin bei Doktor Schmitz«, sie baute eine dramatische Pause ein, um ihrer Aussage Nachdruck zu verleihen, »und ich werde die Praxis nicht verlassen, bevor ich nicht mit ihm geredet habe.«

Ein tiefer Seufzer der Einsicht ging von Frau Klett aus.

Sie betätigte die Maus und sagte: »Also wie gesagt, der Doktor hat heute eigentlich keine Termine mehr frei, aber ich setzte dich auf seine Liste und er wird versuchen dich zwischen einzelnen Terminen einzuschieben. Allerdings musst du mit langen Wartezeiten rechnen.« Am Ende des Satzes hob sie ihre Stimme fragend, als versuchte sie so Mina davon abzuhalten ihr Lager aufzuschlagen.

»Super, gar kein Problem«, sagte Mina nun freundlich grinsend. Innerlich jubelte sie triumphierend. Mit diesen Worten wendete sie sich von Frau Klett ab und ging in Richtung Wartezimmer.

Das Wartezimmer war leer und dunkel. Nur das Licht der Sonne, das es in den Innenhof des Gebäudes schaffte, erhellte den Raum so weit, dass sie graue Konturen wahrnehmen konnte. Außer ihr war niemand hier und auch das Wandlicht zu betätigen hatte man nicht für nötig gehalten. So setzte sie sich ins Grau des Halbdunkeln. Sie war sich noch nicht sicher, wie unwohl sie sich gerade fühlte, konnte die passende Emotion unter dem Glücksgefühl die erste Hürde überstanden zu haben, aber nicht ausmachen. Es hatte etwas künstlerisch Beruhigendes, als wäre sie Teil eines Schwarz-Weiß-Fotos, wie sie dort ihre Beine überschlagen und mit an die Wand gelehntem Kopf die Decke anstarrte. Normalerweise hätte sie nun angefangen zu grübeln, zu denken, zu zweifeln, aber heute herrschte, wie die letzten Tage auch, ein nur gemächliches Treiben in ihrem Oberstübchen. Selbstverständlich war sie aufgeregt, schließlich musste sie alles noch irgendwie zum Guten wenden, aber da war eine Zuversicht, dass ihr dies gelingen würde. Ohne Panikknopf im Kopf ließ es sich wesentlich besser planen und vor allem um einiges leichter umsetzen. Sie hatte in den letzten Jahren zahlreiche Daten über Menschen und soziale Interaktionen sammeln können, schließlich musste es auch Vorteile haben dem Gruppengeschehen immer außen vor zu sein. Dies würde sie nun, da sie alles in ihrem Kopf sortiert hatte, für sich nutzen. Über das Wochenende hatte sie sich mit ihrer Vergangenheit und ihren Ängsten auseinandergesetzt. Überlegt, weshalb es ihr so schwerfiel mit Menschen zu interagieren. Mit ihren Gedankengängen hätte sie Bibliotheken füllen können, es lief aber immer wieder auf eines hinaus. Menschen waren nicht ehrlich. Weder anderen, noch sich selbst gegenüber. Wie könnten sie auch in einer Welt in der Menschlichkeit durch Maschinen ersetzt wurde. In einer Gesellschaft, in der Gefühle zur größten Schwäche denunziert wurden. Sie lachte in sich hinein. Es war geradezu absurd, wie Empathie als Softskill deklariert wurde, während Sensibilität und ihre Folgen für Weichlichkeit standen. Wie sollte man damit umgehen? Wie sollte sie damit umgehen? Deshalb liebte sie Einstein so sehr. Bei ihm musste sie nicht lange überlegen, ob er auch wirklich fühlte, was er nach außen spiegelte. Sie brauchte nie zu hinterfragen, ob er sie auch wirklich mochte, oder nur nette Miene zu bösem Spiel machte. Er besaß eine situative Ehrlichkeit, die vielen Menschen über die Evolution hinweg wohl abhandengekommen sein musste. Kein Wunder, dass sie sich in der Vergangenheit häufig wie beim Glückspiel gefühlt hatte, wenn sie zur sozialen Interaktion gezwungen gewesen war. Woher sollte sie wissen, wann ihr Gegenüber sie ehrlich mochte, ihr wirklich die Wahrheit sagte und sich tatsächlich so fühlte, wie es seine Mimik erahnen ließ? Situative Ehrlichkeit machte verletzlich und Verletzlichkeit machte schwach. So war scheinbar das Mantra. Die Menschen hatten verlernt, aus Höflichkeit, Stolz oder sogar aus Stress, ihre Empfindungen nach außen zu tragen und verzichteten so aktiv auf ein wichtiges Kommunikationsmittel. Sie zerdachte dies, als stünde sie über diesen Dingen, dabei war sie selbst ein harter Fall von unterdrückten Emotionen.

All dieses Philosophieren würde ihr aber nicht in geringste Weise weiterhelfen, denn zum einen waren dies Wunschvorstellungen und zum anderen hatte sich eine Welt weitestgehend frei von negativen Emotionen nicht umsonst etabliert. Menschen rochen Schwäche, denn so definierten sie Gefühle, besonders abträglicher Natur, und verwendeten sie gegen dich. Das Einzige, was ihr nach diesem Diskurs übrig blieb, war, diese Erkenntnis für sich zu nutzen. Ihre negativen und schmerzhaften Gefühle zu packen und Angst in Wut zu verwandeln. Sie war wütend über alles, was geschehen war und ein bisschen auf sich selbst. Sie hatte sich verleugnet, hatte nicht für sich eingestanden aus Furcht von belastenden Emotionen übermannt zu werden. Aus Angst was andere von ihr denken könnten. Damit war ab jetzt Schluss, denn von nun an würde sie aus dem Geschehenen Mut schöpfen und diesen, mit kühlem Egoismus, zum Erreichen ihrer Ziele nutzen. Ihr Plan war es, sich zunächst um sich selbst zu sorgen und erst dann zu schauen, wie es anderen ging.

Mina wurde in ihren Gedanken unterbrochen, als langsam ein Patient nach dem anderen eintrudelte. Eine bemerkenswerte Dynamik wie sie fand. Jeder, der das Wartezimmer betrat, sprach ein allgemein geltendes »Morgen« in die Runde aus und die bereits Wartenden antworten gemeinschaftlich mit einem bestätigenden Nicken. Es mutete wie ein Schauspiel an. Als hätten alle Beteiligten einstudiert, wann sie wie reagieren, wie sie sich in welcher Situation verhalten mussten und welches Handeln mit positiven Gegenreaktionen belohnt würde. Manchmal kam es ihr tatsächlich so vor, als wäre alles nur eine große Inszenierung, in der ein noch größeres Individuum am Schreibtisch säße und sich jede ihrer Handlungen im Kopf verwob. Nur, um am Ende eine spannende Geschichte daraus zu machen. Manchmal ging eben doch ihre Fantasie mit ihr durch. Sie wusste aber auch, wollte man einen guten Roman schreiben, musste man seine Figuren leiden lassen. Wenn sie darüber nachdachte, wie miserabel es vielen Menschen auf der Welt ging und wie selbst solche litten, die eigentlich alles hatten, so verstand besagter Schriftsteller sein Handwerk. Natürlich war dies nur ein Hirngespinst. Niemand würde ihre Geschichte für sie zu einem positiven Ende schreiben. Auf eine glückliche Kehrtwende konnte sie nicht hoffen. Sie musste alles wieder hinbiegen, ansonsten war sie gezwungen ihren Eltern zu erzählen, dass sie ihren Bachelor immer noch nicht hatte und dass sie sie am Freitag angelogen hatte. Schande über ihr Haupt. Sie verachtete Lügen, aber in dieser Situation hatte sie keinen anderen Ausweg gesehen. Zum Glück, musste man an dieser Stelle sagen, machte ihre Familie kein großes Tamtam um die bestandene Prüfung. So konnte sie das Wochenende nutzen, um Kraft zu sammeln, heute loszuziehen und alles wieder in geordnete Bahnen zu lenken. Auch wenn sie Minuten zuvor noch über situativer Ehrlichkeit sinniert hatte, so war es ihr einfach nicht möglich gewesen ihre Eltern in ihr Gefühlsleben, in die Abscheu gegen sich selbst, einzuweihen. Sie redete sich ein, dass sie es zum Schutz ihrer geliebten Menschen getan hatte. Aber je häufiger sie darüber nachdachte, desto klarer wurde ihr, dass dies eine rein selbsterhaltende Handlung gewesen war und sie so eine Situation geschaffen hatte, in der Schweigen für alle Parteien das Beste war. Ein klarer egoistisch, altruistischer Fall. Vielleicht würde sie das alles irgendwann aufklären. Irgendwann, wenn es nicht mehr so wehtat. Zunächst musste sie aber zu allen Mitteln greifen, um sich selbst aus dieser Situation heraus zu kämpfen. Sie positionierte ihre Beine um und beobachtete eine Weile das Treiben der anderen Patienten. Die Zeit wollte nicht so recht vergehen und sie hatte noch ein straffes Programm vor sich, wenn der Tag maximal erfolgreich verlaufen sollte. In ihrer Handtasche hatte sie ihr Handy ertastet und spielte ein wenig damit umher. Gepriesen seien die mobilen Daten.

Es war kurz nach neun, als eine bekannte Stimme rief: »Frau Möller?«

Mina sprang erschrocken auf und ließ ihr Handy in ihre Handtasche zurückgleiten. Ihr Herz schlug bis zum Hals und ihr Mund wurde trocken. Jetzt kam es drauf an. Beeindruckt darüber, wie schnell ihr Körper von Ruhemodus auf Stress umschalten konnte, verließ sie das Wartezimmer in Richtung Rezeption und wischte ihre rechte Hand an ihrer Jeans ab. Hier wartete schon Doktor Schmitz und begrüßte sie mit einem freundlichen Handschlag.

»Folgen Sie mir bitte«, sagte er und ging voran. Sie war verwundert, weshalb er sie plötzlich siezte, und entwickelte ein zunehmend ungutes Gefühl mit jedem Schritt, dem sie dem Arztzimmer näherkam. Ihr Arzt trat in das Zimmer ein, wartete, bis Mina die Türschwelle ebenfalls passiert hatte, und schloss die Tür hinter sich. Gleichzeitig forderte er sie auf Platz zu nehmen, bevor er sich schließlich selbst auf seinem Stuhl niederließ. Auch er hatte einen schwarzen Lederstuhl mit einer hohen Rückenlehne. Mina fragte sich, ob das Trend war oder vielleicht unterbewusst Autorität ausdrücken sollte. Wahrscheinlich waren diese Stühle aber einfach nur bequem.

»So Mina, was kann ich für dich tun?«, fragte der Arzt gespielt freundlich, während er am Computer ihre Akte öffnete. Augenscheinlich war er wenig erfreut darüber sie heute wieder zu sehen. Er war abermals zum Du übergegangen. Mina war verwirrt. Er ließ sie nicht zu Wort kommen und führte aus: »Wie ich sehe waren die Blutwerte von letztem Montag ohne Befund. Deine Leukozyten sind im Normalbereich und auch alle anderen

Entzündungsmarker geben keinerlei Hinweis auf eine Entzündung.« Er lehnte sich in seinem Stuhl zurück und blickte von seinem Bildschirm zu Mina. Sie kannte diese Körperhaltung und diesen Blick voller Arroganz. Sie nahm eine aufrechtere Sitzposition ein, atmete ein paar Mal tief ein und aus, denn sie wusste, der Arzt würde ihr nicht glauben und sagte: »Ich meine das klingt ja erst mal erfreulich, aber das ändert nichts daran, dass es mir schlecht geht.«

Der Arzt nickte. »Wie oft haben Sie denn momentan Stuhlgang?«, fragte er gedanklich abwesend, erneut in den Bildschirm blickend. Er hatte sich in seinem Stuhl wieder aufgesetzt.

»Wie immer ist das von der Tagesform abhängig und auch stark davon, was ich am Vortag gegessen habe. An guten Tagen so drei bis fünf Mal, an schlechten Tagen etwa zehn Stuhlgänge«, erörterte sie.

»Hmm gut. Das sind für einen Colitis Patienten jetzt keine außergewöhnlichen Werte, Mina«, sagte er, »Sie haben ja eine vergleichsweise schwache Colitis. Bisher waren nur kurze Teile des Dickdarms betroffen und wie es scheint äußert sich eine Entzündung bei Ihnen nur in leichten Durchfällen. Sie können sich glücklich schätzen. Es gibt viele Menschen, denen es wesentlich schlechter geht als Ihnen.« Er sah sie schon fast herausfordernd an. Mina blickte auf ihr Handgelenk. Das schwarze Symbol vom Samstag war noch blass zu erkennen, die verkrustete Wunde jedoch nicht zu übersehen. Sie musste sich einen Moment sammeln.

»Doktor Schmitz, bei allem Respekt, mir ist bewusst,

dass es Menschen gibt, denen es schlechter geht als mir. Aber ich hoffe Sie verstehen, dass das für mich in meinem Alltag keine Relevanz hat. Es ist ein schwacher Trost zu wissen, dass andere 30 Mal am Tag aufs Klo rennen, während ich nur zehn Mal gescheucht werde. Meine Belastungsgrenze ist erreicht.« Wieder positionierte sie sich auf ihrem Stuhl um. »Versuchen Sie sich doch mal in meine Lage hinein zu versetzten. Ich bin 22 Jahre alt und habe die Colitis seit ich 16 war. Seitdem kann ich kein normales Leben führen, das Haus manchmal tagelang nicht verlassen. Ich habe Schmerzen und die immer wieder auftretenden Durchfälle machen es mir unmöglich in die Uni zu gehen. Ich will erst gar nicht daran denken, wie ich so jemals arbeiten gehen soll.« Kurz musste sie eine Pause einlegen, denn sie spürte, wie ihre Stimme zu zittern begann.

»Seit fast sechs Jahren hoffe ich darauf, dass irgendein Medikament anschlägt, stattdessen leide ich unter den Nebenwirkungen, während eine Besserung ausbleibt.«

Der Arzt nickte. Seine Augen wirkten traurig.

»Mina, ich verstehe das. Du bist nicht die einzige junge Patientin, die ich hier behandle. Aber deine Entzündungswerte sind top. Kann man deinem Blut glauben, liegt in deinem Darm keine Entzündung vor.« Er wollte vermitteln, versuchte die Mitleidstour. Natürlich ging es ihr nicht so schlecht wie anderen, aber dies war kein valides Argument. Darauf würde sie sich nicht einlassen. Sie wusste als nächstes würde er die Psychokarte ausspielen und musste nicht lange warten.

»Mina, bist du dir denn sicher, ich weiß nicht wie ich es sagen soll, dass du dir das nicht alles nur einbildest. Dass du dir zu viel Stress machst und deine Bauchschmerzen psychosomatisch bedingt sind?«

Ein heftiger Ruck durchfuhr ihren Körper und sie spürte, wie Wut in ihr aufkochte. Einen lauten Atemzug später war sie an die Kante ihres Stuhls gerutscht und hatte sich zu ihrem Arzt vorgebeugt.

»Ich bin mir hundertprozentig sicher, dass ich mir keines der Symptome einbilde«, sagte sie echauffiert.

»Ich möchte Sie an dieser Stelle darauf hinweisen, dass gerade vor kurzem erst neue wissenschaftliche Papiere über die Darm-Hirn-Achse veröffentlicht wurden. Nicht nur Stress bedingt das Wohlbefinden des Darms, sondern auch der Zustand des Verdauungstraktes kann zu psychischen Beschwerden und Stress führen. Ich muss Ihnen ja nicht erklären wie eine Stressreaktion funktioniert. Nachgewiesenermaßen beeinflusst nicht nur Stress das Darmmikrobiom, sondern die Darmbewohner beeinflussen auch unsere Stresstoleranz. Sie können also meine Symptome nicht nur auf Stress schieben. Wir beide wissen, dass es vielfältigere Ursachen gibt und vor allem, dass das Azathioprin nicht ausreichend gut wirkt.« Nun wirkte ihr Arzt angesäuert. Offenbar wollte er sich von einer 22-Jährigen nicht seinen Job erklären lassen. Er räusperte sich und sagte unter gezwungener Zurückhaltung: »Solange ich hier keine Entzündung schwarz auf weiß sehe, gehe ich erst mal davon aus, dass da keine Entzündung ist, Mina!«

Nun war es Mina genug. Auch sie musste sich zurücknehmen, spürte aber bereits die ersten Tränen der Wut emporsteigen. Wieder wurde sie nicht ernst genommen.

»Zum einen haben Sie selbst letzte Woche im Ultraschall gesehen, dass die Darmwand verdickt war, was auf eine Entzündung schließen lässt. Oder wie wollen Sie das ansonsten erklären? Und zum anderen«, sie kramte in ihrer Handtasche und holte ihr Handy heraus. Mit einem Wischen und ein paar Berührungen des Touchscreens später hielt sie dem Arzt den Bildschirm hin, »und zum anderen, sehen Sie hier eine fotografische Aufnahme meines Darminhalts von gestern Morgen. Unter Details können sie Datum und Uhrzeit gerne nachschauen, falls Sie mir nicht glauben.« Sie blickte ihren Arzt an, der das Handy ungläubig an sich genommen hatte und an das Bild heranzoomte.

»Wie Sie feststellen werden, sehen Sie frisches rotes Blut und mehr als ausreichend Schleim.«

Mina nickte sich selbst verstärkend zu und wartete auf die Reaktion des Arztes. Dieser gab ihr schweigend ihr Handy zurück und drehte sich stumm auf seinem Stuhl zum Bücherregal hinter sich um. Wie unangenehm es ihr gewesen war, den Inhalt der Kloschüssel zu fotografieren, versuchte sie in diesem Moment auszublenden. Schließlich musste sie ihre selbstbewusste Rolle überzeugend spielen. Doktor Schmitz las eine Weile in einem dicken Buch, mit weiß-blauem Einband. Endlich schloss er den Wälzer, legte ihn auf den Schreibtisch vor sich und sah Mina an.

»Es könnte sein, dass du ein Fall von Wenigen bist. Ich bleibe weiterhin bei meiner Aussage, dass deine Colitis nur schwach ausgeprägt ist, aber es ist richtig, dass der Ultraschall und dein Foto relativ beweiskräftig sind. Ich musste es nachlesen, weil es zu selten ist. Wie mir scheint, sprechen deine CRP-Werte nicht zuverlässig auf eine Entzündung in deinem Darm an. So etwas kommt in wenigen Fällen vor. Dann ist eine Entzündung vorhanden, kann aber im Blutbild nicht nachgewiesen werden.«

Mina war erleichtert, dass ein Funken Glaube in ihrem Arzt aufkeimte.

»Und jetzt? Also was bedeutet das?«, fragte sie hoffnungsvoll. »Das bedeutet nur, dass wir eine Entzündung bei dir nicht so einfach nachweisen können, wie bei anderen Patienten und dass du in den letzten Jahren wahrscheinlich öfter einen Schub oder unterschwellige Entzündungen hattest, als deine Blutwerte vermuten ließen. Man bezeichnet das auch als stille Entzündung, weil sie den CRP-Wert nur geringfügig erhöht. Also nicht so, wie wir es von einer Entzündung erwarten.«

Nun sah er etwas besorgt aus.

»Ich möchte nochmals an dich appellieren, dass du deine Stressbelastung möglichst gering hältst. Wie du siehst scheint dein Körper sehr sensitiv auf Belastung zu reagieren. Aber ich denke auch, dass es sinnvoll ist, auf ein neues Medikament umzusteigen. Dauerhafte Entzündungen erhöhen das Risiko für verschiedene Krebsarten, Alzheimer, Diabetes, Herz-Kreislauf-Probleme und auch Depressionen. Wo wir wieder bei deiner Darm-Hirn-Achse wären.« Er zwinkerte ihr zu. Mina konnte gar nicht fassen, was gerade passierte. Wie schnell sich die Stimmung verändert hatte. Oh Gott, vielleicht würde ein neues

Medikament ihr ein normales Leben ermöglichen. Aufregung machte sich in ihrem Organismus breit. Sie begann zu schwitzen. Ein Nicken war alles, was sie momentan zu Stande brachte.

»Also es gibt mehrere Möglichkeiten jetzt medikamentös vorzugehen. Es stehen drei Medikamente zur Auswahl.«

Er kramte in den Schubladen seines Schreibtischs und holte Flyer hervor.

»Zum einen hätten wir Infliximab, ein Biologika. Dieser Stoff ist ein TNF-alpha Blocker und blockiert so die Aktivierung der T-Lymphozyten. Infliximab setze ich schon seit Jahren relativ erfolgreich bei Patienten ein. Es wirkt mit einer sehr hohen Wahrscheinlichkeit. Auch Entyvio, das zweite Medikament, welches du alle acht Wochen über eine Infusion bekommen würdest, hat eine Erfolgsquote von etwa 70 Prozent. Dieses Medikament ist etwas neuer auf dem Markt, hat aber den Vorteil, dass es relativ darmspezifisch wirkt und deshalb in der Regel weniger Nebenwirkungen zeigt als das Infliximab. Es verhindert, dass Entzündungsmediatoren in den Darm eindringen können. Würde also deinen Gelenkschmerzen, wie du sie häufiger angegeben hast, nicht helfen. Die letzte Möglichkeit sind Tabletten. Januskinase-Hemmer. Dieses Medikament ist erst Mitte letzten Jahres auf den Markt gekommen und wurde hier in der Praxis bisher noch nicht an Patienten erprobt. Ehrlich gesagt wäre ich bei diesem Medikament noch etwas vorsichtig und würde es nur einsetzten, wenn alle anderen Option nicht wirken sollten.« Mit diesen Worten überreichte er Mina drei Zettel. »Du kannst dir ja Zuhause in Ruhe überlegen, welches Medikament du für dich am geeignetsten empfindest«, fügte er ergänzend hinzu.

Mina nickte. Für den Arzt war das Gespräch in diesem Moment beendet und er vertiefte sich in den Bildschirm des PCs. Mina hatte unter der Freude endlich ein neues Medikament zu erhalten fast vergessen, dass sie noch ein Attest benötigte. Sie steckte ihr Handy und die Flyer in ihre Handtasche und schloss anschließend beide Hände zu Fäusten.

»Äh, Doktor Schmitz«, ihre Stimme überschlug sich.

Der Arzt sah auf, als ahnte er schon, was jetzt folgen würde.

»Ich weiß, Sie sind gegen Atteste. Das kann ich auch verstehen…«, begann sie ihren Satz, wurde aber barsch unterbrochen.

»Mina, es tut mir leid, aber ich werde Ihnen kein Attest schreiben«, sagte Herr Schmitz grantig. Nun hielt es sie nicht mehr auf ihrem Platz, sie stand auf, spürte wie die Tränenbäche ihrer Aufwärtsbewegung Folge leisteten und die Dämme brachen. Sie wusste nicht, ob sie gerade wütend oder traurig war, denn eben war sie noch glücklich gewesen. Vielmehr war sie alles gleichzeitig. »Ich glaube Sie wissen nicht was das für mich bedeutet. Ich habe vergangenen Freitag meine Bachelorthesis erfolgreich verteidigt und hätte eigentlich bestanden«, sie schniefte laut, »aber, da ich kein Attest vorlegen kann, dass ich beim ersten Mal aufgrund meiner Krankheit nicht antreten konnte… Ich habe ja nicht mal einen aktuellen Bescheid, dass ich überhaupt an einer Krankheit leide, hat mich der Professor durchfallen lassen.«

Der Arzt blickte angesäuert auf Minas verheultes Gesicht. Sein Gesichtsausdruck wurde jedoch zunehmend mitleidiger. Er schien zu überlegen.

»Meine gesamte Zukunft hängt von dieser Note und deshalb auch von diesem Attest ab. Ohne die Bescheinigung waren die letzten Jahre völlig umsonst.«

Ihre Stimme verlor sich in ihren Tränen und ihre Lippe begann zu zittern, als sie diese harte Erkenntnis zum ersten Mal laut aussprach. Mit ihrer rechten Hand wischte sie sich die Feuchtigkeit aus dem Gesicht. Ihr Gegenüber saß immer noch einfach so da und wirkte in Gedanken versunken. Ohne ein Wort griff er zu Maus und klickte ein paar Mal. Mina beobachtete alles erstarrt und erschrak unter dem einsetzenden Dröhnen des Druckers. Der Doktor nahm das gedruckte Dokument, zog es aus der Führungsschiene und kritzelte mit seinem roten Kugelschreiber seine Unterschrift darunter.

»Hier, mehr kann ich nicht für dich tun«, sagte er nun in einem fast aufbauenden Ton, als wollte er ihr so auf seine Weise Glück wünschen. Mina wischte erneut ihre Hand an ihrer Jeans ab und nahm das Dokument entgegen. Mit großen Augen sah sie ihren Arzt an und sagte leise: »Vielen, vielen Dank. Sie können sich gar nicht vorstellen, was mir das bedeutet.« Wieder spürte sie den Drang zu weinen, konnte ihn allerdings zurückkämpfen. Sie wagte es nicht Luft zu holen. Im nächsten Moment könnte schon wieder etwas Schlimmes passieren. So ging sie mit angehaltenem Atem zur Tür, blickte sich kurz um und lächelte dem Arzt zu. Dieser nickte ihr bestätigend entgegen. Sie öffnete die Tür und trat hinaus in den langen Gang. Nachdem sie die Tür hinter sich geschlossen hatte, die Szene abgeschlossen war und sie sich in Sicherheit wog, gestatte sie ihren Lungen sich mit frischer Luft zu füllen. Sie wunderte sich, wie souverän das Gespräch mit dem Arzt verlaufen war, anders als geplant zwar, aber dennoch zielführend. Eigentlich war es gar nicht schwer gewesen. Sie hatte erkannt, dass sie mit logischen Argumenten bei ihm auf Granit stieß und die Taktik geändert. Weinen und Mitleid waren der Schlüssel gewesen, auch wenn sie zugeben musste, dass sie das weniger aktiv eingefädelt hatte. Schließlich würde sie so etwas niemals bewusst machen. Glaubte sie zumindest.

Kapitel 21

Schritt 3: Selbstbewusstsein.

Selbstbewusstsein bedeutete in diesem Fall die Bewusstwerdung, dass sie nichts mehr zu verlieren hatte. Sie klopfte an der geschlossenen Bürotür. Noch bevor sie ein »Herein« vernahm, hatte sie ihre Hand bereits auf die Klinke gelegt und den Hebelmechanismus betätigt. Ihr war klar, dass dies äußerst unhöflich war, aber für Höflichkeiten und Knigge hatte sie keine Zeit. Sie wollte den biochemisch mühsam erzeugten Cocktail aus Euphorie, Wut und Zuversicht für ihre Sache nutzen, solange sie konnte. Auf dem Weg hierher war sie immer und immer wieder durchgegangen, was sie sagen wollte und wie sie Professor Kamarow eventuell dazu überreden konnte ihren Bewertungsbogen wohlgesonnen auszufüllen. Sie hoffte, dass es noch nicht zu spät war. Noch bevor sie die Tür weit genug geöffnet hatte, um den Professor sehen zu können, spürte sie wie ihr Bauch diese Konfrontation alles andere als guthieß. Vielleicht hatte sie sich übernommen, als sie beschloss, alle klärenden Gespräche am heutigen Montag zu führen. Sie wollte das aber endlich hinter sich bringen und damit abschließen. Also atmete sie tief ein, drückte wie zuvor in der Praxis, ihre Wirbelsäule durch und trat ein.

»Mina, was für eine Überraschung«, entfuhr es dem Professor. Dieser saß wie all die Male zuvor auf seinem Stuhl und klickerte mit der Computermaus umher. Mina meinte kurz eine emotionale Regung in seinem Gesicht gesehen zu haben, sicher war sie sich aber nicht. Sie setzte sich, ohne vorher auf eine Aufforderung zu warten, auf den Stuhl, den er ihr ohnehin gleich anbieten würde. Ihr Darm rebellierte und wollte dieser Situation möglichst schnell entkommen. Er riss an ihrer Bauchdecke und machte es ihr gewohnt schwer. Während Mina den Professor begrüßte, wanderte ihr Blick suchend über den großen hölzernen Schreibtisch. Kurz stockte ihr Herz, als sie die blaue Mappe nicht finden konnte. Dies hätte bedeutet, dass er sie bereits im Studienbüro abgegeben und Minas Schicksal besiegelt hätte. Aber zum Glück erblickte sie unter einem Papierhaufen das dunkle Blau, nachdem sie gesucht hatte. Unweigerlich huschte ein kurzes Lächeln über ihr Gesicht. »Professor Kamarow, ich hoffe ich komme nicht ungelegen, denn ich würde mit Ihnen gerne ein paar Dinge besprechen«, sagte sie gewollt stark.

»Mina, es tut mir leid, aber ich muss in fünf Minuten zu einem wichtigen Termin«, war die Antwort des Professors. Mina hatte mit dieser gerechnet, denn sie hätte genau dieselbe Ausrede gewählt.

»Fünf Minuten sind absolut ausreichend«, sie funkelte ihn herausfordernd an. Ihr Dozent schien dies wahrgenommen zu haben, denn er wirkte plötzlich interessiert.

»Ok, dann lassen Sie mal hören.« Er lehnte sich provozierend in seinem Stuhl zurück.

»Okay, alles klar«, flüsterte Mina nun leiser, sich selbst aufbauend. Auf ihrem Stuhl hin und her rutschend versuchte sie die richtige Sitzposition einzunehmen.

»Professor Kamarow, ich weiß, dass Sie mich für inkompetent und respektlos halten, weil ich die Arbeit nicht so abgegeben habe, wie Sie es sich gewünscht hätten. Das kann ich nachvollziehen, jedoch möchte ich an dieser Stelle sagen, dass keiner meiner gemachten Fehler mit der Absicht entstand Ihnen keinen Respekt zu zollen. Im Gegenteil. Ich respektiere Sie sehr. Ich bewundere Sie und das sage ich nicht, um Sie zu besänftigen. Ich bewundere Ihr selbstbewusstes Auftreten und wie sehr Sie über alles Bescheid wissen, aber dies ist ein Grund, weshalb ich nicht wie gewünscht nach der Hälfte der Bearbeitungszeit zu Ihnen gekommen bin.« Erneut musste sie sich umpositionieren. Sie verlagerte ihren Schwerpunkt vom rechten auf den linken Sitzknochen und fuhr fort. »Ich weiß nicht, ob Sie sich vorstellen können, wie einschüchternd Sie auf andere Menschen wirken. Auch wenn Ihre Tür immer nur angelehnt ist, so wirken Sie immer beschäftigt und ich wollte Sie nicht stören.«

Der Professor schien nachdenklicher zu werden.

»Tatsächlich hatte ich die Einleitung und den Methodenteil meiner Arbeit bereits nach den ersten vier Wochen fertig und ihn Jelena vorgelegt, welche ihn als gut bewertete. Ich bin dann davon ausgegangen, dass sie wissen wird, welche Standards in dieser Arbeitsgruppe gefordert sind und habe den Rest der Arbeit weiter nach diesem Schema erarbeitet. Außerdem hielt ich es nicht mehr für notwendig Sie dann zusätzlich um Rat zu bitten, nachdem meine Betreuerin, die mindestens ein Mal am Tag mit Ihnen Rücksprache hält, es als gut bezeichnet hatte.«

Der Professor wollte etwas sagen, aber Mina hatte sich in Rage geredet und ließ ihn nicht gewähren.

»Ich weiß, dass es für Sie nicht unbedingt einleuchtend ist, aber ich bin davon ausgegangen, dass eine langjährige Mitarbeiterin ihrer Arbeitsgruppe mit einem Doktortitel damit vertraut ist, welche Anforderungen Sie haben. Ich kann Ihnen auch genau sagen, weshalb am Ende alles schief ging.« Fragend blickte sie Professor Kamarow an, dieser hatte indes verstanden, dass er ihr einfach zuhören sollte und nickte bestätigend. »Vorweg. Jelena ist wirklich eine tolle Frau, eine ausgezeichnete Naturwissenschaftlerin. Aber, wie scheinbar jedem hier in der Arbeitsgruppe, scheinen ihr soziale Interaktionen schwer zu fallen, weshalb ich es so absurd finde, dass ich dafür bestraft werde in diesen Dingen nicht gut zu sein. Dies aber nur am Rande. Ich kann auch verstehen, weshalb sie sich gewünscht hätte, dass ich selbständiger arbeitete und meine eigenen Ideen mit eingebracht hätte. Tatsache ist aber, dass es hier einfach an der Kommunikation gescheitert ist. Schon nach der ersten Woche hatte ich alle Paper gelesen und die entsprechenden Buchkapitel zum Thema zusammengefasst. Ich hatte Jelena am Anfang mit Fragen gelöchert, so gut es eben geht, wenn einer kaum Englisch und der andere kaum Deutsch kann. Es kam immer wieder zu Missverständnissen. Ich hatte zunehmend das Gefühl, mich nicht richtig verständlich machen zu können. Deshalb habe ich nicht nur immer zwei Mal nachgefragt, was sie jetzt wie meint, sondern war auch nicht in der Lage spontan meine Ideen mit ihr zu kommunizieren.«

Der Professor räusperte sich und setzte nochmals an: »Okay, ja, das kann ich verstehen, aber wieso sind Sie denn dann überhaupt hier in der Arbeitsgruppe?«

Mina runzelte die Stirn. »Bei allem Respekt, aber ich habe Ihnen schon zu Beginn gesagt, dass mein Englisch nicht besonders gut ist. Sie haben daraufhin gesagt, dass ich es eben lernen müsste, wenn ich in der Welt der Wissenschaft Erfolg haben will. Da ich das wollte und nach wie vor möchte, habe ich mich darauf eingelassen. Vor allem, weil Ihre Arbeitsgruppe sich eben genau mit den Themen beschäftigt, die mich interessieren. Ich dagegen habe mich gefragt, weshalb ich die einzige Bachelorstudentin bin, die ihre Arbeit auf Englisch schreiben musste. Alle anderen haben auf Deutsch geschrieben. Selbst für Jelena wäre es ok gewesen, hätte ich die Arbeit auf Deutsch verfasst.«

Er sah nach unten. Offenbar hatte Mina etwas Wichtiges gesagt. In seinem Kopf begann es zu rattern.

»Ich verstehe nicht, weshalb Sie das nicht mit mir offen kommuniziert haben Mina«, äußerte er sich betroffen. Vielleicht war er doch nur ein Mensch. Sie holte Luft und fuhr kleinlaut fort: »Ich wollte Sie nicht enttäuschen. Ich wollte Ihnen keine Umstände machen und vor allem wollte ich nicht unhöflich sein. Sie haben mir zu Beginn Ihre Anforderungen genannt und ich wollte nicht darum bitten, dass Sie diese für mich ändern. Ich habe ja auch bis zum Schluss gedacht, dass ich es irgendwie hinbekommen würde.« Sie stockte, denn ihre Stimme stolperte.

Der Professor musste es ebenfalls gehört haben und horchte auf. »Mina, was ist denn passiert, dass Sie dies emotional so mitnimmt?«

Sie lachte kurz auf. »Sie meinen wohl was nicht passiert ist?«

Der Professor schien irritiert.

»Ursprünglich sollte ich meine Arbeit am 2. Februar abgeben. Geplant war, dass ich eine Woche früher aus dem Labor gehen und so noch genug Zeit haben würde, um die Ergebnisse auf den neuesten Stand zu bringen und die Diskussion zu schreiben. Wie gesagt, das war der ursprüngliche Plan. Meine Arbeit war auch bis auf die letzten Ergebnisse schon fertig. Am letzten Freitag im Labor fiel Jelena ein, dass es sinnvoll wäre einen Aktivitätstest der Enzyme laufen zu lassen, um zu überprüfen, ob sich durch die Veränderung der Aminosäuren nun etwas in der Aktivität geändert hatte. Dazu wollte sie eine Reaktion laufen lassen und die Ergebnisse mittels HPLC analysieren. Natürlich hatte ich mich bis Dato nicht mit der Funktionsweise dieser Methode auseinandergesetzt und musste außerdem in der Woche, die eigentlich zum Schreiben gedacht war, eben noch Montag und Dienstag ins Labor die Tests durchführen und auswerten. Entsprechend mussten die Methoden ergänzt, die Ergebnisse umstrukturiert und die Diskussion völlig überarbeitet werden. Dazu hatte ich einen Tag, denn Jelena benötigte einen weiteren Tag zur Kontrolllesung und freitags musste ich das Dokument drucken lassen, damit es montags abgabebereit war.« Ihr Gesicht begann zu jucken. Sie räusperte sich. »Zusätzlich, denn es kommt immer schlimmer als gedacht, hatte mein Papa am Wochenende vor der letzten Bearbeitungswoche eine Lungenentzündung entwickelt und ist Zuhause zusammengebrochen. Wir wussten lange Zeit nicht, ob er es überleben würde.« Nun versagte ihre Stimme endgültig und sie musste den Blick abwenden, um nicht in Tränen auszubrechen.

Ihr Professor sah geschockt aus und schien nach den richtigen Worten zu suchen. »Wieso haben Sie denn nichts gesagt? Wir hätten die Bearbeitungszeit verlängern können!«, machte er ihr zum Vorwurf.

»Entschuldigung, aber mir war nicht bekannt, dass man dies ohne eine Krankschreibung oder eine Bestätigung eines Arztes könnte. Und ich hatte natürlich kein Attest, dass mein Papa im Krankenhaus liegt und um sein Leben kämpft«, antwortete Mina mit sarkastischem Ton. In diesem Moment fiel ihr ein, dass sie aber inzwischen eine Bescheinigung besaß. »Wenn wir gerade vom Thema sprechen.« Stolz legte sie das hart erkämpfte Stück Papier auf den Tisch und schob es dem Professor entgegen. Dieser reagierte darauf nicht weiter.

»Geht es Ihrem Vater denn jetzt besser?«, fragte er stattdessen, ohne seinen Blick von Mina abzuwenden.

»Ja, er hat sich zum Glück gut erholt. Er hat nur Asthma von der Lungenentzündung zurückbehalten«, war ihre Antwort. »Um aber aufs eigentliche Thema zurückzukommen…«, sie setzte erneut an: »…ich war trotzdem im Labor. Ich war auch an den Weihnachtsfeiertagen im Labor, weil Jelena russisch-orthodox ist und man in dieser Religion Weihnachten eben nicht dann feiert, wenn es alle anderen tun. Ich war immer im Labor, wenn es meine Gesundheit zuließ. Die vielen Male, wo ich nicht hier war, machte mein Darm Probleme und ich habe den Tag auf der Toilette verbracht. Und deshalb kann ich das Argument fehlenden Engagements nicht nachvollziehen. Ich habe mich so gut eingebracht, zumindest rein arbeitstechnisch, wie es ging.«

Der Professor nickte abwesend.

Mina kratze sich im Gesicht. Ihre Haut juckte, als liefen tausende Ameisen auf ihr im Gleichschritt Patrouille.

»Das ist alles wirklich schlimm verlaufen, das sehe ich ein. Mich macht es ein wenig betroffen, dass Sie sich nicht getraut haben mit Ihren Problemen an mich heranzutreten. Ich denke, nun ist es auch verständlicher, weshalb in Ihrer Arbeit viele Leichtsinnsfehler vorhanden sind.« Er kräuselte die Stirn. »Wieso haben Sie denn wegen Ihrer Krankheit keinen Nachteilsausgleich beantragt?«, fragte er vorwurfsvoll.

Mina musste schlucken und merkte, wie Wut in ihr aufstieg. Das konnte doch nicht sein Ernst sein. Hatte er denn keinerlei Erinnerung an ihr erstes Gespräch? »Professor, ich kann mich noch daran erinnern, wie ich Sie beim Vorstellungsgespräch genau danach befragt hatte. Ich wollte von Ihnen wissen, ob Sie es für sinnvoll erachten würden und ob Sie wissen, wo ich einen Nachteilsausgleich beantragen kann. Ihre Antwort war recht eindeutig. Sie sagten mir, dass ich mich an den Studien-Dekan wenden müsste, dass Sie dies aber als überflüssig erachteten, da ich meine Arbeit noch abgeschlossen hätte, bevor der offizielle Papierkram erledigt sei. Und was soll ich sagen, ich habe Ihnen einfach geglaubt.« Sie zuckte mit den Schultern. »Hinzu kam, dass ich außerdem gehofft hatte es ohne Sonderbehandlung zu schaffen. Ich gebe offen zu, dass ich mir meist nicht eingestehen will, dass ich durch meine Krankheit eingeschränkt bin.« Es machte sie ein wenig stolz, dies so frei auszusprechen.

Der Professor nickte nur. Seine Augen fokussierten Mina, während auch er sich um positionierte. Er sah auf die Uhr. »Mich würde jetzt noch interessieren, was eigentlich am Tag Ihrer Verteidigung passiert ist Mina.« Scheinbar entwickelte er Verständnis für Minas Situation.

»Puhh, ohje«, war ihre erste Reaktion. Ihr Magen zwickte. Sie wollte nur ungern darüber reden, was geschehen war. In ihrem Kopf überlagerten sich die Gedanken. Sie wollte sich nicht blamieren, aber sie hatte das Gefühl, dass sie mit Ehrlichkeit in diesem Moment am besten zum Ziel gelangen würde. War es angebracht vor ihrem Vorgesetzten über Darmentleerung und Psychosen zu sprechen? Da musste sie jetzt durch.

»Sie wissen ja, dass ich eine chronische Darmkrankheit habe. Diese reagiert sehr empfindlich auf körperlichen, aber vor allem auf emotionalen Stress. Ich denke ich muss Ihnen nicht erklären, dass die Verteidigung einer Bachelorthesis enormen Stress mit sich bringt. Entsprechend war ich an besagtem Morgen auch ordentlich aufgeregt. Mein Frühstück hatte sich bereits von mir verabschiedet, aber ich hatte es immerhin bis zum Bahnhof geschafft. Jetzt habe ich die Colitis nicht erst seit Kurzem und weiß, dass mein Darm immer dann rebelliert, wenn es am unpassendsten ist. Entsprechend dieses Vorwissens saß ich schon angespannt im Bus hierher. Die Fahrtzeit beträgt etwas zwischen einer und eineinhalb Stunden. Je nachdem welche Linie gerade fährt.« Ihre Nerven zogen von ihrem Bauch bis in ihre Finger. Er wollte nicht daran erinnert werden. Ihre Mimik war ihr nur kurz entglitten, dennoch schien der Professor dies wahrgenommen zu haben und erkundigte sich, ob alles in Ordnung sei. Sie bejahte und fuhr fort: »Gerade als der Bus nach Darmstadt einfuhr, meldete sich meine Verdauung zu Wort. Unangenehme Begleiterscheinungen eines aufgewühlten Darms sind Veränderungen in meiner Wahrnehmung bis hin zu Psychosen. Leider blieb mir an diesem Tag nichts davon erspart. Schließlich flüchtete ich mich ins Luisencenter auf eine öffentliche Toilette und fand Erlösung.«

Sie beobachtete ihren Dozenten genau und wartete darauf, dass er sie stoppte. Er schien nicht angeekelt. Mina jedoch fühlte sich dreckig und abstoßend. »Nachdem ich meinen Darm entleert hatte, versagte mein Kreislauf. Mir war warm und kalt und ich war total erschöpft. Mehr oder weniger freiwillig, denn ich war nicht unbedingt länger Herr über meinen Körper, legte ich mich auf den Boden der Toilettenkabine und schlief unvermittelt ein. Als ich aufwachte, wusste ich nicht wie viel Uhr es war. Ich hatte meine Klamotten komplett durchgeschwitzt und sie reihten sich zur Feuchtigkeit meiner Socken, die Bekanntschaft mit einer Pfütze gemacht hatten, ein. Noch immer zittrig und noch immer mit vernebeltem Verstand schleppte ich mich hoch auf den Luisenplatz. Hier setzten erneut Bauchschmerzen ein.« Wann würde er sie endlich stoppen? Die Geschichte würde noch peinlicher werden.

»Die Krämpfe waren so stark, dass ich mich nicht mehr auf den Beinen halten konnte und so blieb mir nichts anderes übrig als mich sitzend an eine Wand zu kauern und darauf zu warten, dass die Schmerzen abflachten. Meine Angst jeden Moment wieder auf Toilette zu müssen, wurde leider bestätigt. Doch zu meinem Pech, schaffte ich es nicht mehr ausreichend schnell und ein kleiner Teil verirrte sich in meine Hose.« Sie sah ihn flehend an, ihr den Rest zu ersparen. Ihre Stimme wurde zittriger. Ihr Bauch rebellierte stärker und sie spürte, wie sich schon wieder die ersten Tränen ihren Weg suchten. Sie versuchte, sie mit aller Kraft zurück zu kämpfen, holte tief Luft und beschleunigte ihr Erzähltempo.

»Jedenfalls konnte ich so weder mit dem Bus nach Hause fahren noch konnte ich zur Verteidigung erscheinen. Also habe ich meine Mama angerufen, diese hat mich, mit Wechselklamotten bepackt, abgeholt und wir sind nach Hause gefahren.« Sie sah ihn beschämt an. »Es tut mir leid, dass ich Ihnen nicht unmittelbar Bescheid gegeben habe, aber ich hatte in diesem Moment keinen Kopf dafür, wie Sie hoffentlich verstehen werden.«

Der Professor saß nur da und schwieg. In ihm schien es zu arbeiten. Als versuchte er sich, all das bildlich vorzustellen. Mina hoffte, dass er das nicht tat. Er spannte sie auf die Folter. Schließlich sagte er aber mit einem Verständnis, dass sie von ihm nicht erwartet hatte: »Mina, es tut mir wirklich leid, dass Sie so etwas durchmachen mussten. Es tut mir leid, dass Sie mit einer solchen Belastung leben müssen. Ich hatte ja keine Ahnung, dass das solche Ausmaße annehmen kann.«

Mina war angesäuert. Sie fragte sich, weshalb denn niemand mal auf die Idee kam einfach danach zu Googeln. Zu Zeiten des Internets war es nun wirklich keine Kunst, sich einen Wikipedia-Artikel durchzulesen. Aber was hatte sie erwartet. Weder ihre Verwandten noch ihre Freunde hatte sich die Mühe gemacht, weshalb sollte das ein Professor tun, der in keinem persönlichen Verhältnis zu ihr stand. Womöglich hatte er vermutet, dass sie hin und wieder ihr Essen nicht vertrug oder eine Magen-Darm-Grippe hatte. Sie schüttelte mit dem Kopf. Ihr Dozent wirkte irritiert.

»Liegt Ihnen etwas auf dem Herzen Mina?«, fragte er.

Sie war sich nicht sicher, ob sie ihm von ihren Gedanken erzählen sollte. Ja, sie wollte selbstbewusst und unnachgiebig sein, aber nicht vorlaut und respektlos. »Nein, alles prima«, gab sie zu verstehen.

Er nickte. Der Professor sah erneut auf die Uhr. »Ich kann mir denken, weshalb Sie hier sind«, sagte er ernst.

Sie reagierte nicht und wartete ab.

Er kramte die blaue Mappe hervor. »Ich bin beeindruckt von Ihrem Mut mir ehrlich gegenüberzutreten und ich sehe, dass Sie mit unglücklich verstrickten Ereignissen zu kämpfen haben. Außerdem«, er öffnete die Mappe, »würde Niemand einfach so seine Bachelorverteidigung schwänzen. Das war mir schon vorher bewusst, aber mit Ihrer Schilderung wird es mir noch klarer.«

Er nahm einen Zettel heraus und reichte ihn ihr über den Tisch entgegen. »Sehen Sie aufs Datum«, forderte er sie auf.

Mina war irritiert. Sie nahm das Papier entgegen. In ihrer Hand hielt sie ihr Bachelorzeugnis datiert auf den vergangenen Freitag.

»Ähm, ich verstehe nicht«, gab sie kleinlaut von sich.

Der Professor lachte und grinste sie an. »Sie haben bereits am Freitag bestanden. Das zerrissene Dokument habe ich nochmals ausgefüllt, nachdem Sie weg waren.«

Mina verstand gar nichts. Sie begann zu schwitzen. Ihren fragenden Blick nahm der Professor zum Anlass, sein Vorgehen detaillierter zu erläutern.

»Ich bin kein Unmensch. Viele Lehrkörper sehen ihre Pflicht darin ihre Studenten zu Hochleistungsmaschinen auszubilden, die nicht nur alles wissen, sondern auch alles können. Ich denke, dass Studenten im Studium nicht nur ihr fachliches Wissen vertiefen, sondern sich darüber hinaus auch persönlich weiterentwickeln sollten. Ich weiß, dass Ihr fachliches Wissen einwandfrei ist und, dass Sie in der Lage sind sich alles anzueignen, was man von Ihnen verlangt, aber ich habe es als meine Pflicht gesehen Ihnen etwas für Ihre persönliche Entwicklung mitzugeben. Ohne Zweifel können Sie eine gute Biologin werden, aber ich hatte das Gefühl, dass Sie sich da selbst im Weg stehen. Weil Sie nicht selbst für Sich einstehen konnten und weil Sie nicht einsehen wollten, dass Sie – Ihr Verhalten in allen Ehren – das Recht auf eine andere Behandlung und das Recht auf angepasste Bedingungen haben. Eben, weil Sie unter anderen Bedingungen leben müssen.«

Mina saß in Schockstarre da und konzentrierte sich darauf das Atmen nicht zu vergessen. Kamarow fuhr fort: »Sie können mein Verhalten als taktisches KO einordnen, aber es scheint zielführend gewesen zu sein. Herzlichen Glückwunsch zu Ihrem Bachelorzeugnis und herzlichen Glückwunsch zu Ihrer persönlichen Weiterentwicklung.« Er sah Mina an.

Sie war perplex. Ihre Haut juckte. Atmen. Woher konnte er wissen, dass sie heute nochmal herkommen würde? Woher konnte er wissen, wie sie auf sein Verhalten reagieren würde? Das hatte er sich doch ausgedacht.

Er schien ihre Gedanken zu erahnen und führte weiter aus: »Ich sehe, dass Sie gerade daran zweifeln, dass das alles irgendwie passt. Aber bedenken Sie, wie viele Studenten ich im Jahr sehe, egal ob Bachelor, Master oder Doktoranden. Über die Zeit hinweg bekommt man ein Gefühl dafür, wie man mit Menschen umgehen muss und was man sagen muss, um sie in die richtige Richtung zu lotsen. Viele Naturwissenschaftler tun sich mit sozialen Gefügen schwer, da sind Sie nicht allein, aber wir lernen zu beobachten und Muster zu erkennen. Zumindest diejenigen, die ihren Kopf nicht nur den ganzen Tag in Bücher stecken. Mina, wenn man Sie ansieht, dann sieht man eine junge Frau, die täglich mit sich selbst, um sich selbst, aber auch mit ihrer Umgebung zu kämpfen hat. Aber nicht etwa, weil Sie schwach oder seltsam wären.

Nein, weil Sie intelligent sind und versuchen Muster und Gründe hinter Dingen zu erkennen, die völlig wahllos geschehen oder zu komplex sind, um sie zu begreifen. Sie sind so damit beschäftigt zu verstehen wer und was Sie sind und wie man lebt, dass Sie ganz vergessen, Sie selbst zu sein und zu leben. Woher ich das weiß? Ich erkenne mich in Ihnen wieder.«

In diesem Moment zog er seinen Hemdärmel hoch und entblößte ein silbernes Armband mit rotem Punkt und der Aufschrift »Epilepsie«.

Mina war geschockt. Er sah so gesund aus und wirkte so, als stünde er mit beiden Beinen fest im Leben. Sie stotterte: »Woher wussten Sie, dass ich wiederkommen würde?«

Der Professor lachte. »Ihnen blieb doch gar nichts anderes übrig, als die Arschbacken zusammenzukneifen und die Sache durchzuziehen, wenn die letzten Jahre nicht umsonst gewesen sein sollten!« Mit diesen Worten erhob sich der Professor von seinem Stuhl und schien aufbruchsbereit.

Mina befand sich noch in Schockstarre, in ihren Gedanken gefangen, ihren Emotionen verfallen. Nur langsam registrierte ihr Gehirn, was geschehen war. Ein Lächeln eroberte ihre steife Gesichtsmuskulatur. Sie hatte es geschafft.

Kapitel 22

Kaltes Wasser rann ihr den Arm entlang, als sie die Innenseite ihres Handgelenks betrachtete. Die Nässe hatte einige Farbpigmente der Zeichnung abgelöst und trug sie nun mit sich in die Weiten ihres gelben Regenmantels. Trotzdem stellte sie zufrieden fest, dass immerhin ein blasses Überbleibsel des aufgemalten Prismas vorhanden war. Sie hatte diese symbolische Umschnörkelung ihrer Narbe über den letzten Monat hinweg weiter ausgeführt, vervollständigt und perfektioniert. Es war inzwischen ein morgendliches Ritual geworden, sich die Erinnerung an ihre Schwächen, aber vor allem ihre Stärken auf ihrer Haut zu präsentieren. Heute war einer der Tage, an denen sie sich ihrer Vorzüge umso bewusster sein musste. Im Dunkeln, fröstelnd, lief sie durch den Regen. Einzelne Tropfen verirrten sich hin und wieder in ihre grünen Gummistiefel. Dies war der Tatsache geschuldet, dass die Beinöffnung des Schuhwerks um einiges breiter war als ihre Beine selbst. Mit großen Schritten ging sie voran und patschte durch die Pfützen. »Bäh«, sagte sie und zog ihren Kopf noch ein Stück weiter zwischen ihre Schultern. Wäre sie nur Zuhause im

Warmen geblieben. Nachdenklich stiefelte sie weiter durch die Wasserlachen und beobachtete das künstlerische Spiel der Regentropfen und der kreisförmigen Wellen, die sie in den winzigen Seen nach sich zogen. Die Straßenlaternen spiegelten sich mit ihrem orangenen Licht auf der nassen Straße und tauchten die Umgebung in eine mystische Atmosphäre. Die kleinen Erhebungen des Asphalts glitzerten einladend warm im Schein der leuchtenden Straßenwärter und wurden nur hin und wieder durch vorbeifahrende Autos in ihrer anthrazitfarbenen Kälte entblößt. Gerne hätte sie Einstein bei sich gehabt, aber dies war so überhaupt nicht sein Wetter und ein Schrottplatz nicht seine Umgebung. Er hätte sich nur gelangweilt, er hätte es dort gehasst. Sie selbst wusste nicht so recht, ob sie es hassen würde. Ihr Vorsatz war jedoch der Situation offen zu begegnen. Zumindest offener als sonst. Als sie um die Ecke bog, stach ihr das erdrückend große Tor des Autohofes schon von weitem entgegen. Die Gegend war düster, aber was sollte man im Industriegebiet weit außerhalb der Stadt, an einem Samstagabend auch anderes erwarten. Die Größe des Tors nahm mit jedem ihrer Schritte, unverhältnismäßig zu ihrer ursprünglichen Einschätzung zu. Machtvoll thronte es vor ihr und verbarg gekonnt, was sich hinter ihm befand. Mina griff nach dem Hebel, an dem eine schwere Eisenkette samt Vorhängeschloss hing und zog daran. Nichts geschah. »Ist vielleicht auch besser so«, dachte sie sich. Womöglich wartete auf einer Motorhaube schlafend ein schwarzer Pitbull, der sie in kleine Stücke zu reißen vermochte, wenn sie den Hof betrat. Das war zwar absolut Klischeebeladen, ihre Fantasie hielt es jedoch für vernünftig ihr dieses Bild vor ihr inneres Auge zu pflanzen. Sie schüttelte den Kopf. Erneut griff sie den Hebel und zog, mit ihrem gesamten Körpergewicht daran hängend, das Tor so weit auf, dass sie sich hindurchschieben konnte. Es klirrte eisern, als sie das Tor von innen wieder zu schließen versuchte und ein metallisches, stumpfes Rattern in die Umgebung entfloh. Es folgte Stille. Mina benötigte eine Weile, um sich zu orientieren. Erst als sie sich wieder in Bewegung setzte und durch den schmalen Gang zwischen gestapelten Autoreifen und einer nicht ausmachbar hohen Wand watschelte, wurden die Umrisse dessen, was sie vor sich sah, deutlicher. Sie ging den Weg weiter entlang. Als sie den aufeinandergestapelten Autos näherkam, lief es ihr kalt den Rücken runter. Als würde sie durch die toten Scheinwerferaugen beobachtet. Der Wind spielte mit ihren Innenräumen, die der Natur ungeschützt offen lagen und einen vorzüglichen Klangkörper für das Pfeifen und Dröhnen boten. Es klapperte, wenn die nur noch an einem Kabel hängenden Seitenspiegel der Wagen, an das Blech der Karosserien schlugen. Nur langsam bog Mina um die Ecke, die der Halle angehörig schien und atmete erleichtert auf, als sie im grellen Licht eines Flutstrahlers unter einem Vordach stand.

Die Eingangstür war schnell gefunden und auch diese war recht mühsam zu öffnen. Sie schob sie zunächst nur einen winzigen Spalt auf und lugte hindurch. Erst dann holte sie tief Luft und öffnete die Schiebetür, fast geräuschlos, bis sie hindurchpasste. Unmittelbar schlug ihr der Bass schreiender Musik, wie der Atem eines riesigen Mundwerks mit ungeputzten Zähnen entgegen. Wie abgestimmt mechanisch drehte sich jedermanns Kopf neugierig zur Tür, als Mina ihre Ankunft durch einen Windzug frischer Luft offenbarte. Noch konnte sie gehen. Lediglich ein Schritt zur Seite und schon wäre sie unsichtbar gewesen. Aber nein. Sie schritt nach vorn. Erst im Kontrast des Trockenen, wurde ihr bewusst, wie nass ihr Regenmantel war und sie hatte das dringende Bedürfnis das geliebte Stück gelben Kunststoffs abzulegen, um nicht wie eine tropfende Wasserleiche umher zu wandeln. Mit einem ersten flüchtigen Blick erkundete Mina ihr Umfeld. Beleuchtet und von vier Wänden begrenzt, konnte man dem Gebäude eine metrische Größe zuordnen, aber auch diese schien eher in die Kilometer zu gehen. An der Decke reihten sich im Abstand von immer zwei Wagen-Breiten röhrenförmige, ein wenig flackernde Lampen aneinander, die, betrachtete man es aus einer anderen Perspektive, auch ebenso gut Straßenmarkierungen hätten sein können. Das Licht des Mittelstreifens verblasste in der Entfernung, fernerhin die Hauptbeleuchtung der Partyszene, welche durch farbige Lichterketten umrahmt wurde. Die Gesichter der Anwesenden wirkten eindrucksvoll fremd in der ungewohnten Farbgebung des Abends. Alles betrachtend streifte Mina ihren Mantel ab und legte ihn sorgsam auf einen bereits vorgefertigten Jackenstapel. Sie bewegte sich tiefer in die Szene hinein. Mittig stand ein Heizpilz, um dessen Wärme sich hauptsächlich Mädchen scharrten. Die männlichen Vertreter ihrer Spezies lagen mehr oder minder cool auf mit Kissen und Matratzen präparierten Holzpaletten rum, die einen modrig nassen Geruch absonderten. Sie meinte eindeutiges Jäger-Beute Verhalten in beiden Lagern wahrnehmen zu können, schob aber den Gedanken eines Sozialexperiments vorerst bei Seite. Unter den Anwesenden erkannte sie einige bekannte Gesichter. Spannender fand sie jedoch die Hintergrundkulisse, die aus kahlen Betonwänden bestand. Diese waren mit Werkzeug und diversen Chemikalien geschmückt. Aus dem Halbdunkeln konnte sie hauptsächlich die orangenen Gefahrenstoffhinweise hervorstechen sehen und hoffte, niemand möge dies als Herausforderung verstehen. Nicht weit von den Gefahrenstoffen stand ein hölzerner Tapeziertisch, den eine dünne Tischdecke zierte und den kleine Köstlichkeiten deckten. Daran würde sie sich nachher versuchen. Zielstrebig ging sie auf den Hotspot, samt Hauptperson des Abends zu und versuchte dabei nicht nur möglichst selbstbewusst zu wirken, sondern Finn währenddessen zu ignorieren. Dieser saß mit einem Cocktailglas in der Hand auf den männlichen Sitzgelegenheiten und beobachtete jede ihrer Handlungen penibel, während er sich mit Fredi unterhielt. Er schien nicht überrascht, als Mina an ihm vorbeiging. Alle anderen hingegen wirkten sichtlich irritiert. »Nicht mein Problem«, sinnierte sie im Kopf.

»Wow, sieht ja richtig gemütlich aus«, rief Mina Isabell entgegenschreitend zu.

»Schön, dass du es doch geschafft hast.« Sie öffnete ihre Arme zu einer Umarmung. Mina erwiderte diese, löste sie aber schnell, nachdem sie ihr zum Geburtstag gratuliert hatte.

»Was für ein Wetter.« Sie hatte Smalltalk trainiert.

»Schmuddelig. Zum Glück ist hier alles überdacht«, antwortete Isabell.

»Wie nett von deinem Papa, dir das Firmengelände für die Feierlichkeiten zur Verfügung zu stellen. Bedenkt man, dass dies eigentlich ein Schrottplatz ist, ist dir die Dekoration besonders gut gelungen.«

Die anderen Mädels standen um Isabell und sie herum und durchbohrten sie mit ihren Blicken. Sie fühlte sich wie in einer Sitcom, in der jeder nur darauf wartete, dass sie etwas Lustiges sagte oder tat. Mina war froh, als ihre Freundin ihr anbot sich am Buffet zu bedienen. Dankend entfernte sie sich aus dem Zentrum und widmete sich dem vermutlich angenehmsten Teil des Abends. Essen. Jetzt, da ihr Darm sich beruhigt hatte und die Entzündung unter Kontrolle war, bereitete ihr die Nahrungsaufnahme wieder mehr Freude und sie biss genüsslich in den von ihr auserkorenen Cupcake. Mit dem Po leicht an den Tisch lehnend stand sie mit Zuckerguss-verziertem Gesicht, glücklich lächelnd da und betrachtete Gedanken versunken ihre Umgebung. Je länger sie alles begutachtete, desto sympathischer wurde ihr der Raum. Ob es wohl am Zucker lag? Es hatte etwas Jahrmärktisches. Bunte Lichter und Musik. Undifferenzierbares Stimmengewusel im Hintergrund. Alkohol und Süßspeisen. Der Eindruck, die Szene spielte in einem vom Scheinwerferlicht erhellten Kegel, der ihr ihre nötige Wichtigkeit gegenüber dem Rest der Halle gab, bestärkte ihr Gefühl sich in einem ungewöhnlichen Kinderkarussell zu befinden. Menschen sind anatomisch nicht zum Dauerstehen gemacht und so meldeten sich schon bald ihre Fußballen, die sich trotz Gummisohle auf dem harten Estrich nicht ausreichend gepolstert fühlten. Mina überkam das Verlangen nach einem Sitzplatz. Männlein und Weiblein hielten es noch immer für zu riskant ihre Pheromone zu vermischen und sie kämpfte kurz mit sich selbst, ob sie die Erste sein wollte, welche die unsichtbare Trennlinie übertrat. Nebenbei bewunderte sie die anderen Frauen, die, als hätten sie keinerlei Gefühl in ihren Zehen, auf hohen Schuhen um die Wärmequelle herum Spalier standen. Wie glücklich sie in diesem Moment über ihre Kuschelsocken in den Stiefeln war. Mit den Zehen wackelnd kitzelte sie die Endorphine aus dem weichen Polyester heraus. Sie fühlte sich ein wenig überlegen, nicht dem Klischee der Weiblichkeit verfallen zu sein und sich dem Wetter angemessen gekleidet zu haben. Wenn sie bedachte, dass sie vom Bahnhof bis hierher mit hohen Schuhen hätte stolzieren müssen, in adäquatem Outfit versteht sich, dann wunderte sie sich nur über die Ungerechtigkeit der Wärme spendenden Ausgehklamotte. Mann müsste man sein. Oder eben Mina, die sich darum nicht wesentlich scherte. Auf offiziellen Anlässen war es ihr wichtig passend gekleidet zu sein, aber für einen Abend, an den sich die Hälfte der Anwesenden am nächsten Morgen nicht mehr würde erinnern können, lohnte sich der ganze Aufwand nicht. Über ihren Exkurs der Weiblichkeit von Gummistiefeln hinweg, hatte sie die Entscheidung gefasst als

Vorreiterin ihres Geschlechts die Grenze zu überschreiten und gesellte sich zu den intensiv duftenden Moschusochsen, die einst nach Mensch gerochen haben mussten. Kurz blieb ihr die Luft weg bei den Mengen Parfüm, die eine ganze Kleinstadt im Nebel hätten verschwinden lassen können. Ein Kopfschütteln konnte sie sich nicht verkneifen. Wie wollte man mit dem Geruch eines Sekrets, das einer Drüse nahe den Geschlechtsteilen von artfremden Tieren entsprang, Weibchen der eigenen Spezies anlocken? Auch wenn sie es wenig beflügelnd fand, musste es in der Geschichte seine Erfolge erzielt haben. Ansonsten konnte sie sich diesen überreizenden Gebrauch nicht erklären.

»Hi, ich bin Mina«, lächelte sie einem durchschnittlichen jungen Mann entgegen, den sie rein äußerlich als am wenigsten abstoßend empfunden hatte. Eigentlich wollte sie Finn provozieren, der zufälligerweise genau gegenübersaß und so gezwungen war das Schauspiel mit anzusehen. Während sie vorgab diesem langweiligen Durchschnittstypen zu lauschen, überlegte sie sich ihre Motivation für ihr Handeln. Abschätzend. Durchaus manipulativ. Er hatte sie verletzt und nun zeigte sie ihm die kalte Schulter. Mina wusste, dass dieses Verhalten moralisch falsch war. Finn war immer ehrlich zu ihr gewesen. Aber sie glaubte, so am besten damit fertig zu werden. Sie wusste, Finns Blicke, solche Blicke, die er ihr schon immer geschenkt hatte und es auch heute tat, waren befriedigend genug, um sie über ihn hinwegzutrösten.

»Ach, das ist ja interessant«, sagte sie gespielt interessiert, während sie das Knie des jungen Mannes, er hieß

Marius, für eine Millisekunde streifte. Er hatte es vermutlich nicht einmal bemerkt, aber Finn. Da war sie sich sicher. Obwohl sie sich ein wenig dafür verachtete und ihr Gewissen sie immer wieder zur Vorsicht ermahnte nicht »so Eine« zu werden, genoss sie ihre Machtposition. Sie war es, die die Situation steuerte. Das Gespräch, die Emotionen und Finn. In der Peripherie sah sie, wie er immer nervöser auf seinem Hintern herumrutschte. Die passive Rolle, die aus ihren bisherigen Verhaltensweisen hervorgegangen war, wollte sie sich nicht mehr gefallen lassen, also hatte sie beschlossen Situationen selbst zu lenken. Diese Konstellation, der Smalltalk mit Marius, langweilte sie jedoch zunehmend, weshalb sie sich entschied mit der Ausrede, sie müsse mal für kleine Mädchen, das Weite zu suchen. Vielleicht mochte sie manipulativ sein, aber nicht gewollt unfreundlich.

Wie erwartet war das stille Örtchen des Schrottplatzes weder schön eingerichtet noch gemütlich, aber es erfüllte seinen Zweck. Ein kleines Zimmerchen, mit einer quietschenden Holztür, die einen schwer zu bedienenden Schließmechanismus besaß, wie Mina zuvor selbstverständlich überprüft hatte. An der Decke befand sich eine Lampe, die sie so nur von Baustellen kannte und welche mit zwei Drähten umspannt war. Die pragmatische Einrichtung irritierte sie im selben Maße, wie sie die Ausrichtung auf simple Funktionalität faszinierte.

Es schüttelte sie etwas als der Harnstrahl versiegte und ihre Gedanken wieder in die Gegenwart gerüttelt wurden. Erneut betrachtete sie pragmatische Einrichtung, die ihre Vollendung in der Darreichung von Handwaschpaste an Stelle von Seife fand. Mina öffnete die eingedellte Tube und atmete den typischen Geruch von Bittermandel und Zitrusfrüchten ein, der sich körnig über ihre Haut schmirgelte. Die Trocknung ihrer Hände überließ sie dann aber doch der freien Konvektion, nachdem sie das Gröbste an ihrer Hose abgewischt hatte. Das muffige Handtuch gedachte sie nicht anzurühren. Als sie die Tür öffnete, blickte sie auf vier Menschen, deren Körperhaltung eindeutige Anzeichen für ein Entleerungsbedürfnis gaben. Wobei sich Mina bei einer jungen Dame nicht sicher war, ob die leichte Grünfärbung ihres Gesichts nicht eventuell eher einen Eimer benötigte. So klar die stilistisch kühle Linie gefahren wurde, auf dem Boden vor der Toilette hätte sie nicht Knien wollen. Während sie sich aus dem Durchgang zum WC schob, wurde sie stets von den Blicken der Anwesenden verfolgt und sie meinte etwas Verurteilendes in den Augen der armen, alkoholgeplagten Urinproduzenten zu sehen. Würde sie je eine Feier schmeißen, stellte sie sicher, dass mindestens zwei Toiletten vorhanden wären. Die giftigen Abbauprodukte des Alkohols bewirkten die Hemmung der Enzyme, die normalerweise den Urin aufkonzentrieren, sodass ein größeres Flüssigkeitsvolumen den Körper verlies. Wer Bescheid wusste, konnte vorsorgen. Interessierte hier aber keinen. Zufrieden, sie war schließlich nicht schuld an der Lage der anderen, ging sie wieder zurück in den Zirkel der Partygäste und schlenderte dabei nochmal am Buffet vorbei. Marius unterhielt sich inzwischen mit irgendjemand anderen. So musste sie sich um sein Wohlbefinden nicht weiter kümmern. Finn war allerdings nicht mehr zu sehen. Wie machte er das nur immer wieder? So plötzlich, wie er verschwand, tauchte sein Rücken vor ihr auf und sie lief, denn eine schnelle Reaktion gelang ihr nicht mehr, voll gegen ihn. Erschrocken fasste sie sich ins Gesicht und rieb ihre Nase. Wann würde sie endlich lernen in die Richtung zu schauen, in die sie lief? »Finn«, entfuhr es ihr empört, fast vorwurfsvoll.

»Mina!«, er setzte zu einer Umarmung an.

Sie ließ es gesellschaftskonform über sich ergehen, trat aber danach unmittelbar einen demonstrativen Schritt zurück.

»Ich habe gerade Letztens an dich gedacht und wollte dir schreiben«, gab er beschwingt zu verstehen.

Mina rümpfte die Nase. »Lüge«, dachte sie sich.

»Ach was«, war ihre Antwort.

»Wie geht's dir?«, versuchte er es weiter.

»Man lebt so vor sich hin.« Sie zuckte mit den Schultern. Um eine gelungene Konversation zu führen, hätte sie nun ihn nach seinem Wohlergehen fragen müssen. Diese Situation kam ihr bekannt vor, aber dieses Mal entschied sie sich dagegen. Es interessierte sie nur mäßig und sie konnte sich lediglich zu einem gekünstelten Lächeln überreden. Daran würde sie noch arbeiten müssen. Gerne hätte sie gewusst wie sein Gespräch mit Kathrin verlaufen war. Wie sie reagiert hatte. Aber danach zu fragen war nicht nur unhöflich, sondern ging sie nichts an. Hier war auch nicht der richtige Ort dafür.

»Was macht die Arbeit?«, überwand sie sich dann doch. Finn schenkte ihr sein schräges Lächeln. Sie nahm die Verschiebung seines Grübchens am Kinn bedauernd wahr, denn diesem blöden Grinsen, das einem Vanillekipferl nachempfunden sein musste, war sie schon zu oft verfallen. »Immer schön Abstand halten«, rügte sie sich selbst.

»Wie immer bastele ich hauptsächlich Produktverpackungen digital zusammen«, berichtete er ihr gelangweilt, während er sich nebenbei einen Gin Tonic zurecht rührte. Der Geruch von Gin stand ihm vortrefflich. Er schien bemerkt zu haben, dass sie ihn genauestens beobachtete.

»Möchtest du auch einen?«, fragte er gelassen.

Mina erschrak. Auf diese Frage war sie nicht vorbereitet gewesen. Trank ihr neues Ich Alkohol? Sie wusste, dass Ethanol ein sozialer Katalysator war, ein Nervengift, das auf Neurone beruhigend wirkte, so dass viele Situationen schwammiger und angenehmer erschienen. Die meisten Menschen hatten Spaß, wenn sie betrunken waren. Wollte sie überhaupt Spaß? Wollte sie sozial kompatibel sein? Und zu welchem Preis? Sie dachte an Fettleber bis Hirnschäden. An Vergiftungen und wie sie sich in dem Bild der grünen jungen Frau von vorhin sah. Angst vor dem Unbekannten tat sich auf, aber ebenso die Neugierde auf etwas, das sie verpassen könnte. Was hatte sie zu verlieren? Morgen könnte sich mindestens zwei Drittel der Beteiligten nicht mehr daran erinnern, würde sie etwas Unüberlegtes tun. Ethanol wurde über den Darm aufgenommen. Wollte sie sich das ernsthaft antun? Sie fühlte sich mental und körperlich stabil. Sie könnte es sich leisten. Allerdings konnte Alkohol depressive Stimmungen hervorrufen. Wollte sie das riskieren? Was war, wenn es ihr unter dem Einfluss des Mittels schlecht ging? Gab es hier jemanden, dem sie ihre Gesundheit anvertraute? Und die wichtigste Frage: Würde sie es für sich selbst tun oder um dazuzugehören?

Finn sah sie fragend an.

»Dir wird nichts passieren«, sagte er, als hätte er ihre Gedanken hören können.

Mina richtete sich auf. »Nein, danke. Ich komme auch so gut zurecht.« Sie nickte ihm entgegen.

»Ach komm, sei kein Spielverderber.« Er zwinkerte ihr zu. Sie musste sich verhört haben, würdigte aber weder Finn noch den aus dem Kommentar resultierenden Bauchschmerzen, einer Reaktion. Ihre Augenbrauen zogen sich zu einem V zusammen. Dies war Reaktion genug und Finn widmete sich wieder seiner alkoholischen Zubereitung.

»Was hast du die letzten Wochen so getrieben?«, fragte er sie, ohne aufzusehen.

Was sollte sie darauf antworten? Versucht, dich zu vergessen. Mein Leben unter Kontrolle gebracht. Habe versucht die Tatsache, dass ein Schnitt mein Handgelenk ziert vor meinen Eltern zu verbergen, denen nicht mal aufgefallen zu sein scheint, dass ich ein nicht permanentes Tattoo mein Eigen nenne. »Ach du weißt schon. Dies und das. Was man eben so macht«, war stattdessen ihre Antwort. Sie lehnte sich mit abstützenden Händen rücklings gegen den Büffettisch. Diese gespielte Nettigkeit strapazierte ihr Nervengerüst zunehmend. Ein leichtes Ziehen manifestierte sich in ihrer Bauchgegend. Auch wenn sie Smalltalk inzwischen beherrschte, Lust hatte sie darauf dennoch nicht. Also schnappte sie sich mit einer Drehung einen weiteren Muffin und stolzierte davon. Sie spürte seine Blicke. Sie spürte, wie sie ihr folgten und sie genoss es. Kurz blieb sie in der Mitte des Raumes stehen und überdachte ihren nächsten Schritt. Über den Verzehr von Kohlenhydraten ließ es sich gut nachdenken. Der Plan war gewesen sich anzupassen. Spaß zu haben. Sozial zu interagieren. Bisher war ihr nichts davon gelungen. Sie passte hier nicht rein. Dies hier war nicht ihre Welt. Vielleicht sollte sie es wagen?

Sie drehte sich auf ihrem Absatz um, eine weitere Pirouette als Ausdruck ihres Tanzes mit sich selbst und stiefelte zu Finn zurück. Noch bevor sie hinter ihm Stand, drehte er sich mit zwei Gläsern in der Hand zu ihr um. Dieses Mal hoben sich ihre Augenbrauen zu einem Dach und ihrem Mund entfuhr ein stummes Fragezeichen.

»Ich kenne dich eben«, war Finns ungebetene Antwort. Unweigerlich musste sie grinsen. Ein kurzes Nicken genügte ihm, um Mina ihren Gin Tonic feierlich zu überreichen. Er sah sie mit seinen blauen Augen an, in denen sie im farbigen Licht der Umgebung einen goldenen Schein entdeckt zu haben glaubte. Skeptisch versuchte sie seinem Blick standzuhalten. Ihre Hände brannten schmerzlich als die Kälte des Getränks an ihre Temperaturrezeptoren drang. So nahm sie das hohe Glas mit den Fingerspitzen und schritt langsam, den Blick nun auf den Weg vor ihr und das Trinkgefäß gerichtet, in Richtung Paletten. Finn folgte ihr seitlich versetzt und beobachtete die artistische Leistung. Die Vorfreude, Mina unter Alkoholeinfluss erleben zu können, stand ihm ins Gesicht geschrieben.

Inzwischen, als wäre die Nüchternheit die Trennlinie gewesen, hatten sich Männlein und Weiblein vermischt und führten freudig klingende Gespräche. Mina entschloss sich, auf einer vereinsamten Palette außerhalb des Zentrums Platz zu nehmen, eine die möglichst nahe zur Toilette stand. Ihre Hände zitterten leicht, als sie sich steif, im Versuch nichts zu verschütten, niederließ. Finn setzte sich, ohne zu fragen, neben sie und nahm eines der kleineren Kissen auf seinen Schoß, um seine Arme und Hände darauf abzulegen. Sie war verunsichert. Mehr noch. Abneigung überkam sie. Sie würden nicht einfach wieder Freunde werden. Ein drittes Mal würde sie sich nicht auf ihn einlassen. Das musste ihm doch auch bewusst sein.

»Möchtest du denn gar nicht probieren?«, fragte Finn im Versuch, sie zu motivieren. Mina sah ihn an, auf das Getränk, auf ihr linkes Handgelenk und schließlich wieder zu Finn.

»Hmmm, weiß nicht«, war ihre Antwort.

Er lachte, als hätte er erwartet, dass Mina genau so reagieren würde. »Koste wenigstens einen Schluck. Davon wirst du gar nichts merken und wenn es dir nicht schmeckt trinke ich ihn für dich aus.« Er lächelte sie an. Seine Augen glänzten und riefen ihr geradezu entgegen, ihm zu vertrauen.

Mina legte die Stirn in Runzeln. Er hatte Recht. Ein Schluck würde ihr nicht weiter Schaden. Davon würde sie gar nichts merken. Sie sah ihn mit zweifelndem Blick an, griff dann aber doch nach ihrem Getränk. Das Glas war feucht benetzt und wäre ihr um ein Haar aus der Hand gerutscht. Als sie es mit zwei Händen, wie ein Hamster umklammernd, vor sich hielt und letzte Zweifel zurückkämpfte, beobachtete sie, wie sich das farbige Licht der Glühbirnen in bunten Punkten im Eis abbildete. Mit der rechten Hand nahm sie den dunkelgrünen Plastikhalm und führte ihn samt Getränk zu ihrem Mund. Sie umschloss ihn mit ihren Lippen und erzeugte das benötigte Vakuum, um die Flüssigkeit entgegen der Schwerkraft in ihren Mund zu transportieren. Zunächst spürte sie Kälte, die ihre Zunge benetzte und von dort aus ihre Zähne, bis zu ihrem Gaumen umspülte. Zeitgleich traf der nun intensivere Geruch des Gins, in Paarung mit dem leicht bittersüßlich riechenden Tonicwater, auf ihren Riechkolben und bereitete ihre Sinne auf den ausgewogenen Geschmack nach süßen Beeren vor, die ein Sprudelbad in Gurke nahmen. Nachdem sie die Flüssigkeit in Richtung Magen geschickt hatte, machte sich eine von ihrer Mundschleimhaut ausgehende, aber speziell in der Speiseröhre, auftretende, fast brennende Wärme bemerkbar. Zunächst war ihr dies unangenehm. So etwas hatte sie noch nie zuvor gespürt. Letztlich bewertete sie es als interessant und ließ es vorläufig so stehen. Unabhängig des Alkohols fühlte sie sich bei Finn wohl. Ein wenig hasste sie ihn dafür. Er wusste, wie er es schaffte, ihr ein positives Gefühl zu vermitteln. Diesen Monolog hatte sie doch schon unzählige Male geführt. Selbst wenn, er war mit Kathrin zusammen und hatte kein Interesse an einer Freundschaft, die über gelegentlich zufällig stattfindende Treffen hinausging. Sie konnte es als Zeitverschwendung deklarieren oder sich aber einen angenehmen Abend machen. Es nützte ihr in keiner Weise nachtragend zu sein. Dies führte zu nichts, außer dass sie irgendwann verbittern würde. Sie entschloss sich Finn zumindest für heute als Gesprächspartner zu akzeptieren. Über das Gespräch hinweg, nippte sie immer mal wieder unbewusst an ihrem Getränk. So lange unbewusst, bis sie sich in einem wabernden pelzigen Gedankengerüst wiederfand, das so gar nicht dem ihren entsprach. Kurz hielt sie inne.

»Alles ok?«, fragte Finn besorgt.

»Irgendwie flauschig«, war ihre unüberlegte Antwort. Als wären ihre Neurone zu faul geworden, gleich einer Frau in Winterruhe ihre Beine zu rasieren. Deshalb war nun eben alles pelzig und sie, eben der Mann – sie hätte ihren Verstand als durchaus männlich beschrieben – erhielt keinen Zugriff mehr auf alles, was sich unter der Körperbehaarung verbarg. Der Vergleich hinkte ein wenig, aber Mina war zufrieden damit. Sie versuchte zu erforschen, zu was sie in diesem Zustand noch in der Lage war, aber alles ging nur schwerfällig vonstatten. Konnte sie auf alle Information zugreifen? Waren ihre motorischen Fähigkeiten eingeschränkt? Wie war es mit neu gewonnenen Sinneseindrücken? Plötzlich manifestierte sich ein einnehmender Wunsch, gegen den sie sich erfolglos wehrte. Sie sah Finn an. Ihr Gesichtsfeld war beschnitten, wie sie feststellen musste. Ein Rand, als hätte sie ihre imaginäre Brille schon länger nicht mehr geputzt, war in Nebelschwaden getaucht und blieb ihren Augen verborgen. Sie legte ihren Kopf, er fühlte sich schwer an, schräg wie ein Hund und murmelte in einer müden, sanften Stimme: »Kuscheeeeln!«

Finn sah sie an und lächelte. Sie bettete sich seitlich liegend mit ihrem schweren Schädel auf das Kissen auf Finns Schoß. Dieser hob rechtzeitig seine Arme und platzierte den rechten um ihre Taille, während er die linke Hand auf ihren Kopf legte und sie kraulte. Ein wohlig warmes Gefühl durchfuhr sie, als sie so in seinen Armen lag. Alles war wie früher. Alles war so, als wäre nie etwas passiert. Leicht betäubt lauschte sie ihren nicht vorhandenen Gedanken, welche die Hintergrundmusik übertönte und besah sich ihre bunt beleuchtete Umgebung. Sie liebte ihn. Das wurde ihrem betrunkenen Ich schnell klar. Mit dieser Erkenntnis entglitt sie dem Wachzustand.

»Mina?«, hörte sie eine weibliche Stimme fragen.

»Neeeein«, grummelte sie vor sich hin, noch damit beschäftigt herauszufinden, wo sie sich befand und wie sie in diese Situation geraten war. Es dauerte erstaunlich lange, bis sie alles wieder zusammenbekam und sich in eine aufrechte Position gebracht hatte. Mit zerknittertem Gesicht und leerem Blick sah sie in die Ferne und erblickte Finn, wie er nahe der Tür mit anderen Jungs in einem Kreis stand und sich unterhielt. Er musste es geschafft haben sich unter ihr heraus zu schälen, nachdem sie eingeschlafen war.

»Wie viel Uhr haben wir?«, fragte sie, während sie sich die Augen rieb.

»Schon 2 Uhr«, antwortete Isabell, derweil sie sich neben Mina setzte und so Finns Platz einnahm. Sie sah müde aus.

»Ich dachte ich wecke dich mal. Nicht dass du noch alles verschläfst«, frotzelte sie ein wenig.

»Wie findest du's bisher?«, erkundigte sie sich.

»Laut«, Mina gähnte, »aber durchaus erholsam«, fügte sie schmunzelnd hinzu.

»Und du?«

»Auch, haha«, war Isabells Aussage. Beide sahen sich die Umgebung an.

»Schau mal die da hinten«, flüsterte sie Mina zu, als sie auf einen jungen Mann zeigte, der sich gerade noch so auf den Beinen hielt und versuchte, einem Mädchen schöne Augen zu machen.

»Wie peinlich«, war Minas erste Reaktion.

»Ich find's süß«, konterte Isabell.

»Zu nichts mehr in der Lage, aber er weiß, dass er sie haben will.« Sie lachten herzlich. Mina hoffte, dass sie sich niemals so peinlich verhalten hatte oder würde. Sie versuchte, nebst der Konversation mit Isabell, ein Resümee ihres Alkoholrausches auszuarbeiten. War dieser denn schon überstanden? Sie fühlte sich normal. So schnell und deutlich die Symptome der Alkoholintoxikation eingesetzt hatten, so geschickt hatte ihr Körper es vollbracht sie wieder zu entgiften. Gedankt sei ihrem flotten Stoffwechsel. Alles in allem war dies doch eine erinnerungswürdige Erfahrung gewesen. Es war befreiend mal nicht nachzudenken. Sie fühlte sich erholt. Dennoch, das ungute Gefühl eines Kontrollverlusts, wenn auch nur in minimaler Form, blieb. Sie würde ausführlicher darüber nachdenken müssen, inwiefern eine Wiederholung für sie in Frage käme.

»Finn hat mir erzählt, dass du ihm irgendwelche hochbiologischen Dinge im Halbschlaf erzählt hast«, berichtete Isabell. Mina horchte auf. Vielleicht war etwas Wichtiges dabei gewesen. Möglicherweise bahnbrechende Ideen. Sie schüttelte den Kopf. Wohl eher nicht. Unbewusst sah sie nun, da sein Name erwähnt wurde, in Finns Richtung. Was war das nur mit ihm?

Denselben Gedanken musste Isabell ebenfalls gehabt haben und fragte: »Mina, sag mal, was ist denn da jetzt eigentlich zwischen dir und Finn?« Mina wurde stocksteif. Sie wusste es selbst nicht.

»Er ist mit Kathrin zusammen«, war ihre Antwort auf diesen komplexen Sachverhalt. Im Grunde war das ja auch die einzige Tatsache, die zählte. Was zwischen den beiden passiert war, würde von ihr niemand erfahren. Dazu schämte sie sich zu sehr.

»Mina!«, entfuhr es Isabell. »Du weißt es gar nicht? Um Himmels willen!« Sie holte hektisch Luft und sah Mina an, als brächte sie nun die Schlagzeile des Jahrtausends. In Mina schoss die Angst empor. Isabell sah zu Finn, dann zu Mina. Sie legte ihre Hände auf ihre Schulter und sagte: »Mina, die beiden haben schon vor Monaten Schluss gemacht!« Sie grinste dabei, als wäre dies eine wundervolle Nachricht. Mina wich jegliches Blut aus dem Körper. Hypovolämisches Schocksyndrom. Entsprechend bleich war ihr Teint. Isabell sah sie verdutzt an. Natürlich, sie konnte die Ausmaße dieser Neuigkeit nicht begreifen.

»Das ist doch großartig. Ich sehe doch wie ihr euch anseht. Jetzt kannst du ihn dir schnappen!«, versuchte sie Mina zu ermutigen.

»Ja...«, sagte diese geistesabwesend. In ihrem Gehirn ratterte es. Ihr wurde heiß, kalt. Sie spürte, wie alles Blut in ihren Körper zurückkehrte und in ihren Kopf schoss. Ihr Herz versuchte flatternd, den Blutdruck auf einem gesunden Level zwischen Ohnmacht und Herzinfarkt zu halten, doch scheiterte sekündlich wechselnd ins andere Extrem. Es fühlte sich an wie Stunden, tatsächlich waren nur Sekunden des Schweigens vergangen, bis Mina nickte, ihre rechte Hand auf Isabells Knie legte und zu ihr sprach: »Bitte entschuldige mich kurz.« Isabell war verdutzt, aber gab mit einem kurzen Lächeln zu verstehen, dass es in Ordnung ginge. Mina erhob sich von ihrem modrigen Sitzplatz, richtete ihre Kleidung, rubbelte sich die Nase und schritt voran. Sie hielt die Luft an, während sie quer durch den Raum stiefelte, von einem schnellen Flup Flop ihrer Gummistiefel begleitet und von mindestens einem Augenpaar gespannt beobachtet. Sie lief am Heizpilz vorbei Richtung Ausgang. Finn hatte sie entdeckt und lächelte ihr entgegen. Als er jedoch Minas Gesichtsausdruck erblickte, verstarb sein Grinsen abrupt. In seinen Augen sah sie Panik aufflackern, nachdem er erkannte, dass sie sich soeben mit Isabell unterhalten hatte. Das Gespräch erlosch, noch bevor Mina die Runde erreichte.

Kapitel 23

»Entschuldigung, darf ich mal?«, sagte sie zu Fredi, ihn dabei halb wegschubsend. Dieser ging mit der Situation überfordert wie gewünscht einen Schritt zur Seite. Mina trat in den Kreis der Männer. Noch während Finn versuchte seinen Mund zu öffnen, nahm sie die Energie aus der Bewegung heraus und verpasste ihm eine ordentliche Backpfeife. Alle Gespräche im Raum verstummten augenblicklich. Von den Jungs der Runde folgte zeitgleich, denn diese hatten die Situation als erstes erfasst, ein betrunken bescheuertes Grölen. Flo, der rechts von Finn stand, ging instinktiv einen Schritt zur Seite und gab Mina so den Weg aus dem Zentrum der Gruppe frei. Diese stürmte ohne ein weiteres Wort zum Jackenstapel neben der Tür, wühlte aufgebracht darin herum, bis sie ihren Regenmantel freigeschaufelt hatte und versuchte hektisch, irgendwie ihre Arme in das Kleidungsstück zu manövrieren. Inzwischen hatten sich die ersten Tränen ihren Weg in die Freiheit gesucht und verschleierten Minas Sicht erheblich. Sie wischte sich die Tränen weg und offenbarte so zwangsläufig ihren Gefühlszustand, als sie die Tür zu öffnen versuchte. In ihrer Wut gelang ihr dies ohne größeren Kraftaufwand und sie trat gegen eine Kältewand laufend hinaus. Es schüttete und der Wind von vorhin war inzwischen zu höheren Geschwindigkeiten angeschwollen. Er trug die eisigen Regentropfen bis unter das Vordach, doch davon würde sie sich jetzt nicht aufhalten lassen. Ohne zurückzublicken und ohne die Tür zu schließen, lief sie los und wollte gerade unter dem Vordach ins Ungeschützte treten, als es über ihr laut krachte und sie eine plötzliche Kraft nach hinten wegzog.

Als sie sich neu orientierte, fand sie sich selbst in Finns Armen und unmittelbar vor ihren Füßen ein großes Stück des Vordaches. Dieses war unter dem Gewicht eines herabfallenden Astes zusammengebrochen, der Mina, so machte es den Anschein, nur haarknapp verfehlt hatte. Völlig außer Atem realisierte sie nur langsam, was soeben geschehen war.

»Mina ist alles ok bei dir?«, fragte Finn aufgeregt. Sie antwortete nicht, starrte lediglich in die Leere der Nacht. Der Wind raute weiter auf. Sein Pfeifen wurde zu einem aggressiven Kreischen, welches der Regen mit einem wütenden Trommeln untermalte.

»Mina, antworte mir. Bist du ok?« Keine Antwort. Es rüttelte an ihren Schultern, als Finn sie zu sich umdrehte, um sie anzublicken. »Mina,«, sagte er nervös, »lass und reingehen. Hier draußen ist es nicht sicher!« Er wollte sie an ihrer Hüfte Richtung Tür schieben. Doch seine Berührung ließ sie wie einen Blitz zusammenzucken und sie begann, um sich zu schlagen.

»Nein, mit dir gehe ich nirgends hin«, schrie sie ihn

wütend an. Sie riss sich los und wollte auf den Schrottplatz laufen. Finn schaffte es, sie einzuholen. Er rang ihre Abwehrversuche nieder, packte ihre Arme und fixierte sie mit den seinen, umschloss ihren Körper von hinten, hob sie hoch und trug sie nach innen. Mina wehrte sich weiter mit allem, was sie zu geben hatte. Sie strampelte mit den Beinen, versuchte ihre Arme zu lösen und schrie, als ging es um ihr Leben. Tränenbäche rannen ihre Wangen hinab und ihre belegte Stimme ließ ihre Rufe nur noch flehender wirken. Wieder in der Halle setze Finn Mina am Heizpilz ab. Inzwischen war sie verstummt. Alle anderen standen wie versteinert noch genau an dem Platz, an dem Mina sie vor zwei Minuten zurückgelassen hatte, und starrten die beiden geschockt an. Selbst die Musik, die den Abend zuvor dominiert hatte, war vom DJ zur Stille gezwungen worden.

»Mina?« Finn sah zutiefst besorgt aus. Er war wieder vor sie getreten und kauerte seinen Körper so zusammen, dass sein Gesicht in ihrem Sichtfeld war. Seine Augen glänzten, als kämpfte auch er mit den Tränen. Völlig regungslos blickte sie ihn an. Erneut erkämpfte sich Wut die Überhand und sie verpasste ihm zum zweiten Mal eine Backpfeife. Finn reagierte nicht.

»Ihr geht's gut«, rief Fredi, der die Situation entkrampfen wollte, witzelnd und schloss die Tür. Im selben Moment hörten sie ein lautes hölzernes Knirschen, gefolgt von einem dumpfen Zischen, das schließlich in einem krachenden Dröhnen endete, welches klirrend schwingendes Metall und hohles brechendes Holz vereinte. Ohrenbetäubende Stille war das Resultat. Fredi, der instinktiv von der Außenwand der Halle weggesprungen war, sah verwirrt in die Runde. Für einen kurzen Augenblick traute sich niemand zu atmen, als Fredi zur Schiebetür ging und sie weit aufzog. Auch die übrigen Anwesenden positionierten sich so in der Halle um, dass sie durch die Tür nach draußen schauen konnten. In einigem Abstand zum Ausgang erblickten sie Teile des Vordachs, die unter der Masse eines Baumes begraben waren. Ein allgemeines Aufatmen ging durch die Gruppe, als sie registrierten, dass der herabgestürzte pflanzliche Gigant den Fluchtweg nicht versperrte. Als dieser Sachverhalt geklärt war, wendeten sich die Anwesenden erneut dem vorherigen Skandal zu. Mina, die vor lauter Schreck Finns Arm gepackt hatte, ließ ihn demonstrativ fallen.

»Ich hasse dich«, sagte sie leise.

»Ich weiß«, war seine Antwort. Stille.

»Du bist ein Idiot«, ertönte es dieses Mal etwas mutiger.

»Ich weiß«, antwortete er wiederholend. Sie sah ihn mit ihren großen braunen Augen an, Tränen kullerten ihre gerötete Nase einrahmend ihre Wange entlang.

»Ich hasse Dich«, schluchzte sie ihm verletzlich entgegen. Er kämpfte mit den Tränen, senkte beschämt seinen Kopf und sagte dieses Mal weniger ruhig: »Ich weiß.« Ein Schnauben ließ ihn wieder aufblicken.

»Kannst du auch noch etwas anderes sagen?«, fauchte sie ihn an.

Sein Blick hielt ihrem stand, doch er antwortete nicht.

»Erklär mir das alles. Ist das für dich ein Spiel?«

Er wollte seine Hand seitlich an ihre Schulter legen, aber sie schlug sie weg. »Mina, können wir das nicht woanders besprechen?« Er wirkte verunsichert und sprach nur leise.

»Ach, sag bloß du möchtest nicht, dass all deine Freunde mitbekommen, was für ein hinterhältiger, gemeiner Lügner du bist.« Sie stemmte empört ihre Arme in die Hüfte. Der Eindruck eines Karussells, hatte sich zu dem einer Zirkusmanege gewandelt mit ihnen als Hauptattraktion.

»Nein, das ist es nicht. Weißt du...« Er wurde von Minas Rage unterbrochen.

»Was ist es dann?« Ihr war es egal, was alle anderen über sie dachten. Sie konnte spüren, wie Finn den nötigen Mut in sich zusammenklaubte, als sich sein Körper anspannte. »Was ist der Grund?«, stocherte sie ungeduldig nach. Ihr Darm erwachte langsam aus der Schockstarre und meldete unvereinbarte Geschäftszeiten an.

Finn holte tief Luft und redete so schnell, als hätte er nur noch diese eine Sekunde zu leben. »Ich habe das alles getan, weil ich in dich verliebt bin.«

Mina stutzte einen Moment. »Das ergibt absolut keinen Sinn«, warf sie ihm entgegen.

»Jetzt tu doch nicht so, als wäre das für dich eine dermaßen große Überraschung«, sagte er. Er griff sich an die Nase.

»Du hast damals den Kontakt abgebrochen«, warf sie ihm vor.

»Ich habe es nicht mehr ertragen.« Er verbarg sein Gesicht zur Hälfte in seinen Händen.

»Weißt du, wie es ist jemanden nur aus der Entfernung lieben zu können?«, fragte er sie erwartungsvoll.

»Wir waren Freunde. Du warst mein bester Freund und hast mich einfach verlassen.« Sie gluckste und eine Träne tropfte von ihrem Kinn dem Boden entgegen. Sie sah ihn an und Zorn stand ihr in ihr gerötetes Gesicht geschrieben. Mit ihrem Ärmel wischte sie sich die Feuchtigkeit von der Haut und sagte vorwurfsvoll: »Kannst du dir vorstellen, wie es sich anfühlt, jemanden in dein Leben zu lassen, ihm wieder zu vertrauen, ihm einen Platz in deinem Herz zu schenken nur, um später herauszufinden, dass er dich von vorne bis hinten verarscht hat?« Ihr wurde warm. So sehr sie ihren gelben Regenmantel auch liebte. Die Wasserundurchlässigkeit war nicht nur auf die Außenseite begrenzt und so bildete sich schnell eine feuchtwarme Atmosphäre in seinem Inneren.

»Das wollte ich nicht. Ich hatte nie die Absicht dich zu verletzen.« Er sah sie traurig an.

»Pah«, entglitt es ihr. »Ich will die Wahrheit hören. Die ganze Wahrheit«, zischte sie ihn an.

»Ich wollte dir nicht das Gefühl geben, zweite Wahl zu sein, denn das warst du nie.«

Mina zuckte mit den Schultern. Wo war der Kontext?

Finn fuhr fort: »Schon nach unserem ersten Treffen haben Kathrin und ich Schluss gemacht.«

Ein unterdrücktes Husten im Hintergrund machte Mina darauf aufmerksam, dass sie nicht allein waren. Irritiert sah sie sich um, hatte sie das Publikum zwischenzeitlich doch komplett ausgeblendet. Ihr Bauch wurde immer nervöser. Vorsichtshalber schielte sie schon mal zum Badezimmer hinüber. Finn hatte geduldig auf eine Reaktion gewartet, aber nun hatte auch er genug.

»Gott, Mina. Zwischen Kathrin und mir lief es schon länger nicht mehr gut. Ich wusste sie würde nach London gehen und eine Fernbeziehung würde alles nur noch erschweren. Und plötzlich stehe ich wieder vor dir. Du bist einfach du und mit dir war alles so einfach und ungezwungen. Ich hätte um unsere Beziehung kämpfen können«, er schluckte, »aber ich habe in dem Moment als ich wieder vor dir stand gemerkt, dass ich das nicht mehr will.«

Mina rollte mit den Augen. So viel Kitsch konnte sie nicht abhaben. Selbst ihr Magen schien sich umzudrehen. »Wieso hast du überhaupt wieder Kontakt zu mir aufgenommen?«, sie verschränkte die Arme abwehrend, »Nach drei Jahren!«

»Ich dachte wir könnten Freunde sein«, versuchte er sich vorsichtig zu erklären.

»Ach ja, so plötzlich. Macht Sinn«, sie wurde wütend. »Wieso hast du mir nicht einfach gesagt, dass ihr Schluss gemacht habt?«, bohrte sie weiter nach.

»Wie hättest du dich gefühlt?«

Sie nickte schief.

Finn verstand dies als Bestätigung und gleichsam als Aufforderung weiterzuerzählen. »Ich wollte ein paar Wochen warten, um es dir zu erzählen, eben damit du dich selbst nicht als Auslöser siehst. Ich konnte ja nicht ahnen, dass sich das zwischen uns so schnell entwickeln würde. Ich hätte nie zu träumen gewagt, dass du jemals Interesse an mir zeigen würdest.«

Sie merkte, wie sie ihr schlechtes Gewissen regte. War sie zu hart zu ihm? Schließlich war er Finn.

»Ich schwöre, ich wollte dir es gleich am nächsten Morgen noch auf dem Dachboden sagen.«

Sie antwortete nicht. Ihr Gewissen wurde immer belastender. Sie hatte ihn an dem Tag nicht zu Wort kommen lassen und gedanklich war sie nach der Nachricht ihrer Mutter erst recht nicht bei ihm und der Situation gewesen.

»Du hättest es mir sonntags sagen können! Oder bist du an dem Tag extra zu mir gekommen, um mich anzulügen? Das hättest du auch einfacher haben können.«

Ihr Darm drängte sich immer weiter in den Vordergrund. Verdammt. Das konnte sie jetzt gar nicht gebrauchen.

»Ich wollte! Zunächst«, stammelte er.

Ein Fragezeichen machte sich auf Minas Gesicht bemerkbar.

»Ich war schlicht überfordert.« Er zog seine linke Schulter entschuldigend hoch. »Stell dir vor, du küsst einen Menschen und weißt in dem Moment, dass das alles ist was du je wolltest.«

Mina wand ihren Blick ab. In ihrer Bauchgegend zog es heftig. Die Schmerzen nahmen ihr die Fähigkeit zu atmen und sie versuchte eine intuitive Krümmung ihres Körpers möglichst zu verhindern. Finn sah sie irritiert an, konnte ihre Körpersprache jedoch nicht zuordnen und fuhr fort: »Ich kam an dem Sonntag zu dir, wollte alles aufklären, doch sah am Bahnhof wie du leicht gebückt gingst. Es zeichneten sich Augenringe unter deinem Makeup ab und in deinen Augen stand Trauer und

Erschöpfung. Ich bezog dies auf mich, auf uns. Und beschloss in diesem Moment, dich lieber weiter im Ungewissen zu lassen, als dich mit der Wahrheit unglücklich zu machen. Ich wusste, dass ich nicht gut genug für dich bin. Dich niemals glücklich machen könnte und ich hätte es nicht ertragen dich unglücklich zu sehen.«

»Bauchschmerzen«, sagte Mina eintönig.

»Bitte?«, fragte Finn.

»Ich hatte die ganze Nacht Bauchschmerzen. Daran lag's.« Sie verlagerte ihr Gewicht leicht nach vorne und ließ die verschränkten Arme nach unten Richtung Körpermitte wandern.

»Bitte nicht jetzt«, versuchte sie ihrem Darm zuzuflüstern. Es half nichts. Wie würde es aussehen, wenn sie jetzt verschwand? Sie würde die Aufmerksamkeit des Publikums mit sich nehmen. Aber es ging nicht anders.

»Bitte entschuldige mich kurz«, sagte sie nun an Finn gewandt, während sie sich bereits zur Hälfte umdrehte und im Eilschritt in Richtung Toilette flüchtete.

Kapitel 24

Sie hatten vermutlich alles gehört. Niemals wieder konnte sie einen Schritt hinaus in die Halle setzen. Das Schicksal meinte es nicht gut mit ihr und zwang Mina genau das Erlebnis auf, vor dem sie sich all die Jahre am meisten gefürchtet hatte. Langsam öffnete sie die Tür. Die frisch einströmende Luft machte sie unfreundlich darauf aufmerksam, dass es um sie herum unangenehm roch.

»Verdammtes Tryptophan«, war ihr erster Gedanke. »Sie würden es an ihr riechen«, folgte als Zulage. Sie war übermütig gewesen, hatte sie doch zu sehr auf die Wirkung eines Medikamentes vertraut, dass nach wenigen Wochen noch gar nicht in dem Ausmaß wirken konnte. Leichtsinnig war sie gewesen, als sie annahm, sie könnte ganz normal mit anderen einen schönen Abend verbringen. Nun gut. Jetzt befand sie sich in dieser Lage und es gab nur einen Weg hinaus. Raus aus dieser Tür und dann so schnell es ging durch die Schiebetür der Halle. »Du holst jetzt einfach tief Luft und dann gehst du da raus. Vielleicht hat man nichts gehört. Vielleicht sind die anderen zu betrunken, um das wirklich zu begreifen.

Vielleicht ist alles weniger schlimm als du dir das einbildest«, versuchte sie sich zu beruhigen.

Sie hielt die Luft an und betrat mit durchgedrücktem Kreuz die riesige Halle. Schon in dem Moment wurde ihr klar, dass das ein Fehler gewesen war. Das Publikum ihres Schauspiels mit Finn hatte sich in kleine Menschentrauben aufgeteilt und flüsterte. Wieso flüsterten sie? Wieso redete niemand in einer normalen Lautstärke? Sie schritt voran. Isabell lächelte ihr mitleidig zu. Andere Geburtstagsgäste sahen sie an, rümpften mit der Nase, um sich dann angeekelt wegzudrehen. Mina beschleunigte ihr Tempo. Noch hoffte sie, sie würde sich das alles einbilden, aber die Vergangenheit hatte sie gelehrt, wie real das hier alles sein musste. Hoffentlich würde Finn ihr ohne weitere Kommentare gestatten die Feier mit dem letzten Funken ihrer Würde zu verlassen. Sie vermied Blickkontakt, so gut es ging. Fast hatte sie es geschafft. Das Gekicher der betrunkenen Blondine neben Fredi hatte sie ausgeblendet. Nur noch wenige Schritte bis zur Tür.

»Mina, warte!« Finn ging ihr hinterher. Schon wieder. Wieso konnte er sie nicht in Frieden lassen. Sie in ihrer Demütigung ertrinken lassen. Mina reagierte nicht. Sie konnte ihm nicht in die Augen sehen. Sie schämte sich zu sehr. Trotzdem blieb sie kurz an der Schiebetür stehen. Ein Kloß im Hals ließ sie stocken.

»Mina, bitte bleib. Lass uns reden. Bitte!« Verzweiflung schwang in seiner Stimme mit. War das sein Ernst? Glaubte er, alles in ihrem Leben würde sich um ihn drehen? Glaubte er, dass er ihr eine Erklärung gab und plötzlich war alles gut? Wie sollte sie ihm jemals wieder vertrauen? Wieso sollte sie ihm dieses Mal Glauben schenken? Noch immer sah sie die Tür an. Sie hatte nicht vorgehabt sich umzudrehen. Den Triumph sie in dieser Verfassung zu sehen, wollte sie Finn nicht gönnen. Niemandem der Anwesenden. Sie spürte Wut in sich aufkeimen. Zorn als Reaktion auf ihre Angst. Groll als Ausdruck ihrer Enttäuschung.

»Finn«, zischte sie durch zusammen gebissene Zähne, »in diesem Moment ist es mir scheiß egal was...« Sie wurde unterbrochen.

»Scheißen kannst du ja besonders gut!«, ertönte es aus der Ecke, wo sie Fredi das letzte Mal gesehen hatte.

»Sag mal geht's noch«, fauchte Finn in die entsprechende Richtung.

»Ist schon gut«, sagte Mina, während sie sich umdrehte. Sie ging ein paar Schritte auf Fredi zu. Er stand an die Wand gelehnt nur wenige Meter vom Ausgang entfernt. Sie spürte, wie ihr das Blut in den Kopf schoss.

»Was ist dein Problem?«, rief sie ihm entgegen.

Er lachte. Offenbar war er betrunken, zumindest ließ der gläsern schielende Blick darauf schließen.

»Ich habe kein Problem. Du, wie man nicht überhören konnte, allerdings schon. Da hat wohl jemand die Wahrheit nicht vertragen«, setzte er nochmal nach.

Mina erspürte, wie in ihrem Körper aus dem Tumult ihrer Stresshormone, eine gefährliche Ruhe resultierte. Ganz offensichtlich wollte Fredi ihr eine reindrücken. Niveaulos, aber von ihm hatte sie nichts anderes erwartet. Kurz versuchte sie ihre Wut weg zu atmen. Ruhig zu bleiben. Aber zu welchem Zweck? Sie hatte keine Lust mehr, sich für ihre Krankheit zu schämen und dafür gab es auch keinen Grund. Sie ballte ihre Hände zu Fäusten.

»Sag mal, dir haben sie aber auch ins Hirn geschissen, oder?«

Fredi entglitt sein Lächeln. Diese Wortwahl hatte er von Mina nicht erwartet. Aber sie war müde, sie hatte Bauchschmerzen und sie war wütend. Es war genug.

»Mache ich mich über dich lustig, weil du Asthma hast und demnach einfach zu blöd bist zum Atmen?« Sie sah ihn herausfordernd an, ließ ihm aber keine Chance zu antworten. »Macht sich irgendjemand über den Kerl dahinten«, sie zeigte mit dem Kopf in Richtung eines jungen Mannes mit Überbiss, »lustig, weil er einen Sprachfehler hat?« Wie ein Löwe im Käfig begann sie nun ein paar Schritte zu gehen.

»Niemand von euch und einige kenne ich seit Jahren, hat es je für nötig gehalten mich zu fragen, weshalb ich so oft in der Schule gefehlt habe. Weshalb ich Treffen kurzfristig absagen musste. Niemand hielt es für nötig mich ein Mal zu Fragen wie es mir geht oder was los ist. Denn hättet ihr das getan, dann wüsstet ihr weshalb ich keinen Alkohol trinke und dann wüsstet ihr, dass das hier ein verdammt scheinheiliger Haufen ist und ihr absolut kein Recht habt euch über mich lustig zu machen. Ihr kennt mich nicht und ihr wisst nicht was ich die letzten Jahre durchgemacht habe.« Sie blieb stehen. »Wisst ihr was«, sie lachte wild, »gerade habe ich Lust auf ein Spiel. Lasst uns ein Spiel spielen.« Mina wedelte ausladend mit den Armen. Ihre Stimme klang herausfordernd. Verwirrung war den Anwesenden ins Gesicht geschrieben. »Ich stelle Fragen und auf wen das zutrifft, der hebt bitte die Hand. Alle einverstanden?« Sie sah sich um. Irritation war Neugierde gewichen.

»Sehr gut und los. Fangen wir einfach an: Wer von euch mag Sex?« Sie betrachtete die erhobenen Hände oberflächlich. »Überraschung, Überraschung. Fast alle.« Sie zwinkerte einem Typen mit roter Jeanshose zu. Dieser hatte seine Hand nicht gehoben, aber sie hatte sich entschlossen, ihn nicht vorzuführen. »Gut. Nächste Frage. Wer von euch hatte schon mal eine richtig fiese Magendarmgrippe? Also so eine, wo man sich wünscht zu sterben, weil man nicht weiß an welchem Körperende man gerade mehr Flüssigkeit verliert?« Nun meldeten sich weniger Leute. »Okay, reduzierte Zustimmung diesmal. Alternativkonstrukt. Wer von euch war schon mal indisch essen und hat es danach sehr bereut?« Jetzt gesellten sich noch die übrigen 30 Prozent der Anwesenden dazu. »Sehr gut. Damit haben wir alle an Bord. Aber jetzt wird's ein bisschen schwerer. Wer von euch hatte, während er da so auf dem Klo saß oder die Stunden danach, noch Lust auf Körperlichkeiten?« Erneut verwirrte Gesichter. Einige Frauen wirkten angeekelt. Die Hände blieben alle unten. Niemand wagte zu sprechen. »Ja, ich verstehe. Libido ist ein Luxusgut. Darauf kann man gut und gerne verzichten. Aber ich bin mit meiner Umfrage noch lange nicht am Ende. Jetzt wird es doch erst spannend!« Sie war sich sicher, nach dieser Aktion würde man sie ins Irrenhaus einweisen lassen. Aber unbeirrt schritt sie das Spiel mit klarer Stimme moderierend voran. »Schon mal mit Magendarmgrippe Autogefahren? Eine Prüfung geschrieben oder einfach mal irgendwas gegessen?« Kurz wartete sie ab. »Na los. Wo sind eure Hände?« Sie ging Marius entgegen und blieb vor ihm stehen. Er sah verängstigt aus. »Sag mir, mein lieber Marius, wir haben uns doch vorhin so schön unterhalten, wie fühlt man sich denn so, also so im Allgemeinbefinden, im Kopf und auch energetisch, wenn man Verdauungsprobleme hat?«

Marius blickte sich hilfesuchend in der Runde um. Alle starrten ihn gespannt an. Er stotterte. Mina unterbrach ihn: »Du brauchst dich nicht schämen. Niemand wird dich verurteilen, denn gerade sprechen wir alle zusammen ganz offen über das Thema.« Sie lächelte ihn mit einem verzogenen Grinsen an.

»Ähm. Nicht gut. Schlecht. Also irgendwie so wie benebelt. Irgendwie«, stotterte er ihr vorsichtig entgegen.

Mina nickte dankend und drehte ihm den Rücken zu.

»Interessant, nicht wahr?«, führte sie ihren Monolog weiter. Ihre Wut schien nicht abzuklingen. »Gehen wir doch zu einem anderen Beispiel über.« Die Menschen um sie herum schienen nicht zu verstehen, worauf sie hinauswollte. Sie gedachte aber auch nicht die Auflösung vorwegzunehmen. »Wer von euch hat sich denn schon mal auf die Wange gebissen?« Ein paar Hände gingen hoch. Mina verharrte unbeeindruckt. »Und wer von euch hatte schon mal eine Zahnfleischentzündung?« Andere Hände schlossen sich an. Nun blieb ihr Blick an der kichernden Blondine von vorhin kleben. Mina genoss es, wie in diesem Moment jeder Angst davor hatte, eventuell von ihr über unangenehme Erfahrungen befragt zu werden. Endlich mussten sie mitfühlen. Sie ging auf die kleine blonde Frau zu. Diese klammerte sich an Fredi, der sie aber unmittelbar wieder abschüttelte. »Beschreibe das Gefühl, einer Wunde im Mund im Zusammenhang mit Essen, Zähneputzen oder Reibung im Allgemeinen.« Sie hielt dem armen Mädchen ihre Hand hin, als wäre sie ein Mikrofon und lächelte sie erwartungsvoll an.

Es dauerte etwas, bis sie die Frage prozessiert hatte. Sie richtete sich auf, rückte ihren BH zurecht und lehnte sich tatsächlich zum imaginären Handmikrofon vor.

»Ja also«, ein Räuspern, »es blutet und es brennt und es tut ziemlich weh.« Sie sah Mina mit fragendem Blick an. Diese nickte und drehte sich zum Publikum auf der anderen Seite. Sie ließ sich weder in ihrem Redefluss noch ihrem Rundlauf aufhalten.

»Ich zitiere: Es blutet und brennt und tut ziemlich weh. Gut beschrieben«, dramatische Pause, »Und jetzt stellt euch vor ihr habt so eine Wunde im Darm.« Ihre Stimme wurde lauter. »Der Darm ist auch mit einer Schleimhaut ausgestatten und da wandern ständig Essensabfälle durch, die an der Darmwand reiben, wie die Zahnbürste am entzündeten Zahnfleisch« Einige griffen sich intuitiv an den Bauch. »Ich kann euch aus Erfahrung sagen, dass sich das ziemlich Scheiße anfühlt.« Wieder Verwirrung. »Ah ja stimmt. Euch fehlt natürlich eine wichtige Information!« Sie nahm beide Hände vor die Brust und blieb stehen. »Ich werde es euch sagen, aber pssssst«, sie legte ihren rechten Zeigefinger an ihre Lippen und dämpfte ihre Stimme, »nicht weitersagen, denn über solche Themen spricht man nicht.« An dieser Stelle verließ sie ihr Mut für eine Sekunde. Sie sah auf ihren Bauch hinab und dann auf ihr linkes Handgelenk. Heute würde sie sich den Frust der letzten fünf Jahre von der Seele reden. Ohne Rücksicht auf Verluste »Ich habe eine chronisch entzündliche Darmkrankheit. Ich, Mina, eine Frau, ein Mensch, habe einen Verdauungsstrakt und Colitis ulcerosa.«

»Du siehst aber gar nicht krank aus«, ertönte es vorwurfsvoll aus Fredis Ecke. Er wollte sie herausfordern. Für ihn war das nur ein Spiel. Mina lachte. Jetzt würde der Spaß erst beginnen.

»Danke, du auch nicht«, sagte sie seelenruhig.

»Wieso sollte ich krank aussehen?« Er spannte seine Muskulatur an. Als Drohgebärde seiner Verwirrung ging er ihr aggressiv einen Schritt entgegen. Vögel plusterten ihre Brust in ähnlicher Weise auf, um Gegner zu verschrecken. Mina blieb ruhig. Was konnte er ihr schon anhaben.

»Du hast doch Asthma?«, fragte sie ihn, als wären die letzten fünf Minuten nie geschehen. Fredi zog die Stirn in Falten.

»Ja, und?«

»Wieso siehst du dann nicht krank aus?«, fragte sie ihn ein letztes Mal. Sie wartete auf eine Antwort, wohlwissend, dass sie keine bekommen würde. Niemand wollte sich an der Diskussion beteiligen. Aber so war das. Außerhalb des Internets und der schützenden Anonymität hatte plötzlich niemand mehr etwas zusagen. Ein stilles Publikum. Für die meisten schien die Tatsache völlig neu, dass Menschen verdauten. Wie sollten sie auf Minas Konfrontation reagieren? Reine, wohltuende Überforderung stand ihnen ins Gesicht geschrieben. Mina lachte. Über Sex konnte man offen reden. Das war die schönste Sache der Welt. Verdauung, darüber schwieg man lieber. Wie ironisch, bedachte man, dass jeder Mensch in einer frühen Entwicklungsstufe zunächst nur ein Arschloch ist.

Finn nutzte die Pause, um sich Mina zu nähern. Er legte seine Hand auf ihre Schulter und wollte sie so davon abhalten seine Freunde noch mehr zu verstören, zu ängstigen und sich selbst zu blamieren. Auch ihn zu beschämen.

»Mina, wir haben verstanden was du uns sagen willst. Es reicht.«

Mina drehte sich zu ihm um und funkelte ihn an. Er hielt ihrem Blick stand. Sie jedoch entfernte sich demonstrativ weitere Schritte von ihm. »Es reicht noch lange nicht. Niemand hier hat verstanden. Niemand von euch hat verstanden, wie es sich anfühlt dutzende Male am Tag aufs Klo zu rennen. Sich inkontinent zu fühlen. Mit gerade Mal 20 Jahren darüber nachzudenken Windeln zu tragen, damit man einigermaßen normal leben kann.« Nun suchten sich Tränen ihren Weg, als die Wut sich entladen hatte und in Erschöpfung überging. Sie drehte sich um sich selbst, um alle mit ihrer Botschaft zu erreichen. »Niemand von euch hat verstanden, wie es sich anfühlt so zu leben und sich so schrecklich einsam zu fühlen, weil man mit niemanden darüber reden kann. Sich so furchtbar eklig und abstoßend zu fühlen, dass man sich lieber isoliert, als sich dem Risiko auszusetzen, ausgelacht zu werden. Niemand von euch hat verstanden,«, sie wischte ihre Tränen weg und rubbelte ihre Nase, »dass Verdauung verdammt noch mal was ganz Normales ist. Habt ihr verstanden, dass IHR durch die Tabuisierung des Themas Verdauung, auch Menschen mit einer Darmkrankheit zu einem gesellschaftlichen Tabu macht?« Sie sah in müde Gesichter mit großen Augen. Niemand wagte es ein Wort zu sagen oder sich zu bewegen. Niemand außer Finn. Er startete einen zweiten Versuch, Mina zum Aufhören zu bewegen und kam bedächtig auf sie zu. So, als wäre sie ein Tier, das er nicht vertreiben wollte. Ihr zorngeladener Blick ließ ihn stoppen, trotzdem wendete er den seinen nicht ab. Er sah ihr tief in die Augen und noch tiefer in die Seele. Als ob er ihre Gefühlswelt nach einem Knopf durchsuchte, mit dem er sie auf Werkseinstellung zurückzusetzen konnte. Zurück zu der Mina, die es nicht mehr gab. Sie fand Trauer in seinen Augen, indes ihm dies bewusst wurde.

»Das ist alles Scheiße, ich weiß«, er sprach nur leise, »aber...« Es gab kein »Aber« und das wurde ihm wohl in dieser Sekunde selbst klar. Er verstummte abrupt und lächelte in einem unpassenden Versuch, sie zu besänftigen und um die fehlgeschlagene Relativierung ihrer Lage zu kaschieren. Für einen kurzen Augenblick gelang es seinem Lächeln dennoch, sie zu entführen und ihr seinen Geruch ins Gedächtnis zu rufen. Er erinnerte sie an das Gefühl von Zuhause, das sie im Zusammenhang mit Finn immer schon gespürt hatte. Ein warmes Karmin und eine heiße Schokolade, die nach flüssiger Liebe roch. Wände gebaut aus Vertrauen, behangen mit den schönsten Erinnerungen. Doch nun stand sie inmitten eingestürzter Mauern. Stein für Stein waren sie vom kalten Wind der Wahrheit abgetragen worden. Die gerahmten Illusionen lagen unter zerbrochenem Glas. Im Zentrum dieses Chaos stand Finn. Mina spürte Kälte und Schmerz und sah, wie ihr vertrautes Bild zu verblassen begann, je bewusster sie sich seine Lügen und seinen kläglichen Beruhigungsversuch vor Augen führte. Je bewusster ihr wurde, dass Finn nicht mehr ihr Zuhause war. Es nie mehr sein konnte. Sie wollte all das hinter sich lassen. Ihre Vergangenheit, die schlechten Erinnerungen und die Schmerzen. Die falschen Freunde, das Unverständnis und ihr altes Ich. Sie wollte nach Hause kommen, aber dazu musste sie ihr eigenes Zuhause sein und alle anderen Lager abreißen. Sie fühlte, wie sich der Frust der letzten Jahre, die Angst und Verzweiflung wiederholt zu Wut zusammenschloss. Wut darüber, wie man mit ihr umgegangen war und darüber, dass sie erst dermaßen aus ihrer Rolle hatte fallen müssen, damit man ihr Gehör schenkte. Sie ballte die Fäuste und entfernte sich wortlos in Richtung Ausgang. Mit all dem hier wollte sie nichts mehr zu tun haben. An der Schiebetür angekommen, zog sie diese schwungvoll auf, besah die Anwesenden und Finn noch ein letztes Mal. Sie schniefte ihr Nasensekret in Richtung Hirn, während sie ihnen den Rücken zudrehte. Einen Augenblick lang stand sie lediglich still da und ließ die einströmende frostige Luft ihre Lungen fluten. Ihr Zorn kühlte ab und machte die Bühne frei für andere Emotionen. Sie fühlte sich befreit. Ihr

Körper schien sich der Umgebung entgegen zu strecken, auszudehnen, als lastete der Luftdruck nun leichter auf ihren Schultern. Sie sah nach unten auf ihren Bauch, der sich zwar unter dem gelben Mantel versteckte, aber seine Meinung zur Lage dennoch kundtat. Er schmerzte nicht mehr, stattdessen war er euphorisiert und flüsterte ihr Mut zu. Sie atmete tief ein, drückte ihre Wirbelsäule durch und lächelte sich selbst zu. »Ich will kein Tabu mehr sein!« Ein Schritt und sie hatte die Szene verlassen. Ein weiterer Schritt und ein Kribbeln schwemmte das Gefühl puren Glücks in jede ihrer Zellen. Bevor sie es richtig realisieren konnte, hörte sie ihre Stimme die stürmige Nacht durchbrechen. Laut und klar rief sie sich selbst und allen anderen entgegen: »Ich bin kein Tabu!«

Nachspiel

Umhüllt vom vergangenen Moment stand sie dort, ungeschützt in der Leere des Raums. Sie war umgeben von erdrückender Dunkelheit, die nur durch die wiederkehrenden Zuckungen der Blitze des Gewitters unterbrochen wurde. Stets begleitet von markerschütternden Rufen des Donners. Die Abstände der einzelnen Episoden von Licht, Dunkelheit und den Schreckensschreien der Natur, folgten dem periodischen Muster ihres Herzschlags. Die Welt zitterte ehrfürchtig vor dieser Naturgewalt. Briefkästen wackelten in hörbarer Ferne und Planen flatterten aufgescheucht durch den frostigen Wind, der ihre Angst durch sein heulendes Gelächter verhöhnte. Die eisige Hand des Wetters, ergriff ihre Hülle aus Wärme und entriss sie ihr immer mehr. Sie gelangte bis in die Tiefen ihrer Seele und riss auch hier Stücke mit sich davon. Erbarmungslos prasselte der Regen wie eiskalte Nadeln auf sie nieder, die sich in ihren Schädel bohrten. Die Tropfen tanzten auf ihrem Kopf und sie spürte ein Beben, das in Wellen gänsehautartiger Erregung durch ihren Organismus wanderte. Einige Tropfen fanden den Weg in ihr Gesicht und zogen Spuren von Erfrierungen nach sich. Sie rannen wie Bäche über ihr Kinn, bis hinunter zu ihrem Körper. Ihre

Muskeln verkrampften vor Kälte und Schauer. Zitternd versuchte sie sich in ihrer Umgebung zu orientieren. Doch sie fand nichts, das ihr bekannt vorkam. Die kurzen, hell erstrahlten Wutentladungen der Natur gaben ihr nur einen verschwommenen Einblick. Sie war vor Kälte wie erstarrt und musste das Schauspiel bewegungsunfähig hinnehmen. Schützend zog sie ihre Kapuze über ihren Kopf, auch wenn sie nur der Psyche diente. Sie horchte kontrollierend in sich hinein. Ein tiefer Atemzug und abermals belebte die eiskalte Luft ihren Mut. Sie setze zum ersten Schritt an. Es wurde Zeit. Nichts würde sie mehr aufhalten können.

Danksagung

Gewidmet habe ich dieses Buch und seine Geschichte einem 16-jährigen Mädchen, das an Colitis ulcerosa erkrankte und dessen Lebensfreude die Toilette hinuntergespült wurde. Diese junge Frau ist inzwischen sieben Jahre älter und hat ihr Lachen wiedergefunden. Doch an dieser Stelle soll es nicht um den Weg dahin gehen, sondern um die Menschen, die ihn an meiner Seite bestritten haben und natürlich auch um alle, die dazu beigetragen haben, dass Bauchflüstern überhaupt das Licht der Welt erblickt hat.

Bereits in diesem Moment, da ich die letzten Jahre Revue passieren lasse, kommen mir die Tränen. Schmerzhafte und grauenvolle Erinnerungen, Trauer, Verzweiflung und Wut suchen sich ihren Weg in mein Gedächtnis, doch abgelöst werden sie von einer tiefen Dankbarkeit, deren Tragweite ich nicht in Worte zu fassen in der Lage bin. Auch, wenn die Aufzählungsreihenfolge nicht zwangsläufig die Wichtigkeit und das Ausmaß auf meine persönliche Entwicklung repräsentiert, möchte ich mit drei Menschen beginnen, die die schlimmsten Eigenschaften meiner Krankheit hautnah miterlebt haben und dabei nie von meiner Seite wichen.

Mama, Papa, Sandra, ich habe Euch unzählige Nächte an Schlaf gekostet. Euch Ängste und Sorgen beschert und für eine ungesunde Eindämmung des Speiseplans auf Nudelgerichte gesorgt. Ich weiß, solltet Ihr dies hier lesen, wird Papa an dieser Stelle lachen. Auch, wenn unsere Denkweisen verschiedener gar nicht sein könnten, danke ich Euch dafür, dass Ihr Euer Möglichstes versucht, Teil meiner Welt zu sein. Ich danke Euch für jedes Wärmekissen, jeden Papa-Kakao und jede persönliche Botenfahrt und ich danke Euch von Herzen dafür, mich nie aufgegeben zu haben.

Mathias, schon seit Wochen überlege ich angestrengt, wie ich Dir hier mit meinen Worten gerecht werden kann. Die Wahrheit ist, dass ich mit Deinem Abschnitt der Danksagung wohl niemals zufrieden sein werde, weil ich Dich in Deiner beeindruckenden Diversität und Eloquenz sowie meine Dankbarkeit für unsere Freundschaft nicht auf wenige Worte komprimiert wiedergeben kann. Du warst plötzlich in meinem Leben und es hat sich angefühlt, als würden wir uns schon immer kennen. Egal, ob es sich um biologische, künstlerische, psychologische oder gar philosophische Gedankengänge handelt, mit Dir als Gesprächspartner treffe ich immer auf einen genialen Verstand und eines der größten Herzen, das mir je untergekommen ist. Völlig gleich, was mein Problem ist, Du lässt nicht zu, dass ich mich davon runterziehen lasse und vor allem lässt Du nicht zu, dass ich aufgebe. Es gab Tage, an denen Du mich mit deiner Leidenschaft für dieses Projekt überflügeltest und andere

Tage, an denen wir gemeinsam rational zweifelten. Du warst mein treuester Testleser, Coverbeurteiler und mein wohlwollendster Unterstützer. Ohne Dich wäre Bauchflüstern nicht das, was es heute ist und dafür bin ich Dir unglaublich dankbar. Unabhängig davon möchte ich Dir für Deine aufrichtige Freundschaft danken. Ich hoffe aus ganzem Herzen, dass wir weitere Projekte, sei es Deine Musik oder mein Schreiben, zusammen großziehen werden.

Frau Santoso, Sie begleiten mich nun seit einigen Jahren auf meinem Weg und sind inzwischen nicht nur eine Art gute Freundin geworden, die mir mit professioneller psychologischer Beratung zu Seite steht, sondern Sie sind fester Bestandteil des Stimmenensembles in meinem Kopf. Sie haben mir dabei geholfen, mich selbst und die Welt ein bisschen besser verstehen zu lernen und so den Grundstein für meine persönliche Entwicklung gelegt. Sie haben mir immer zugehört, ohne mich zu verurteilen und mich mit Ihren Fragen sanft in die richtige Richtung geschupst. Nicht auszudenken, wie schlimm das alles ohne Sie hätte ausgehen können, nicht zu beschreiben, wie dankbar ich Ihnen für Ihre warmherzige mentale Unterstützung bin. Ich danke Ihnen für die vielen Stunden, in denen Sie mich geerdet haben, an mich geglaubt und mir verändernde Gedankenanstöße mitgegeben haben. Auch, wenn wir uns irgendwann nicht mehr gegenübersitzen werden, kann ich Ihnen versprechen, dass mich Ihre Stimme mein ganzes Leben begleiten wird.

Herr Henkel, es gibt Dinge, Worte und Menschen, deren nachhaltiger Wirkung man sich erst retrospektiv bewusst wird. Sie waren einer der ersten Menschen, die mich in meiner (gefühlten) Andersartigkeit bestärkt haben. Sie haben als mein Geschichtslehrer und Ausbilder in der Feuerwehr und dem Rettungsdienst etwas in mir gesehen, dessen ich mir erst in den letzten Monaten bewusst wurde. In meinem schüchternen Verhalten sahen Sie keine Schwäche, in meinen Gedankengängen nicht das unnötig Komplizierte und in meinen Texten nicht nur die Rechtschreibfehler. Sie haben mich gelehrt, kritisch zu hinterfragen und dass Logik nachhaltiger ist als Fakten. Sie haben mich gelehrt, nicht zu verurteilen, sondern sich in andere Menschen hineinzuversetzen und Sie haben mich in meinem Schreiben bestärkt, indem Sie mich immer wieder gezielt auf meine Texte ansprachen. Sie haben mich in meinem Denken herausgefordert, weil Sie meine Aussagen komplett in Einzelteile zerlegten. Am wichtigsten jedoch ist, dass Sie mich nicht abgehakt haben, nachdem ich meinen Abschluss hatte. Ich hatte immer das Gefühl, von Ihnen gehört zu werden und nicht nur eine Nummer im System zu sein. Sie haben mich damals darin bestärkt, mein Studium durchzuziehen und dafür bin ich Ihnen dankbar. Ohne Ihre Beeinflussung meines Denkschemas und Ihre Unterstützung wäre ich heute definitiv ein anderer und oberflächlicherer Mensch. Für all das danke ich Ihnen von Herzen.

Sebastian, Du verstehst es mein Selbstbewusstsein zu bestärken und bist mein persönlicher Retter aus der

Tristesse. Ich habe noch nie solch aufregende Dinge erlebt, wie mit Dir. Du überraschst mich immer wieder mit den schönen Seiten des Lebens und deine Aussage: »Du musst dir auch mal ein bisschen Spaß gönnen, Schoki« hat mich mehr beeinflusst, als du glauben wirst. Unsere Fahrt dem roten Mond entgegen und das Gefühl fliegen zu können werde ich nie vergessen. Ich danke Dir für jedes Lachen und jede schöne Stunde ohne Sorgen.

Einstein und Loki, meine Zwerge, meine Bärchen, meine liebsten Lebewesen auf Erden. Ich weiß natürlich, dass ihr dies hier nie lesen werdet, genauso weiß ich aber, dass eure Namen hier zu den wichtigsten gehören. Als ihr 2016 in mein Leben kamt, war es dunkel und traurig, doch seit ihr an meiner Seite seid, habe ich jeden Tag etwas zu lachen und selbst an den schlechtesten Tagen mindestens zwei fellige Gründe, um aufzustehen. Egal wie es mir geht, ihr seid immer an meiner Seite. Völlig gleich, ob wir den ganzen Tag auf der Couch liegen oder durch die Wälder streifen. Bei euch habe ich immer das Gefühl, richtig zu sein und bedingungslos geliebt zu werden. Es ist mir nicht möglich, diese Zeilen zu schreiben, ohne dass mir Tränen die Sicht verschleiern, denn ihr beiden seid die treuesten Freunde, die sich ein Mensch nur wünschen kann.

Einstein, du bist ich in Hundegestalt. Mein Seelenverwandter. Von dir habe ich gelernt, was lieben und geliebt werden bedeutet und du hast mir beigebracht, mich selbst zu lieben, indem du mit gutem Vorbild vorangegangen bist. Du und ich, wir haben vor vielem Angst, doch gemeinsam haben wir uns bisher immer allem gestellt. Du bist ein Superheld mit Darmproblemen auf vier Pfoten, der mir täglich den Spiegel vorhält.

Loki, du bist der verrückteste Hund, der mir jemals untergekommen ist. In deinen Augen steht Liebe und pure Lebenslust geschrieben. Du stellst in deiner Tollpatschigkeit immer etwas Neues an und bringst mich so zum Lachen. Schmutz ziehst du magisch an, um ihn dann auf meinen Klamotten zu verteilen. Du strahlst reine Herzensgüte und Weisheit aus, derer ich schon einige Lektionen fürs Leben entnehmen durfte.

Ihr beiden seid das coolste Duo, das ich mir an meiner Seite vorstellen kann. Ihr ergänzt euch gegenseitig und komplettiert so auch mich. Ihr macht mich täglich zu einem besseren Menschen und für all das und noch unendlich viel mehr bin ich euch in Ewigkeit dankbar.

Ganz unabhängig von den bereits genannten Namen, bekam ich im Zusammenhang mit der Realisierung von Bauchflüstern Unterstützung in unterschiedlichster Form. Zum einen möchte ich hier ein riesiges Dankeschön an alle aussprechen, die sich im Rahmen des Crowdfundings an der Finanzierung meines Projektes beteiligten. Losgelöst vom finanziellen Aspekt habt Ihr mir durch Eure Unterstützung gezeigt, dass Ihr an Bauchflüstern glaubt und mir so das nötige Durchhaltevermögen geschenkt, als es schwer wurde. Mein Dank gilt hier insbesondere der Auszeichnung meines Projektes und somit des Cofundings durch »kulturMut«- die Crowdfunding-Plattform von Aventis Foundation und Kulturfonds Frankfurt RheinMain.

Ein Buch ist mehr als nur eine Geschichte in Textform. Ein Buch ist Erleben und damit das Erlebnis maximiert wird, hatte ich tatkräftige Unterstützung mit Lektorat und Buchsatz.

Linda Sack, ich danke Dir für die Zeit, die Du in meinen Text investiert hast und Deine absolut wichtigen und hilfreichen Anmerkungen mit Liebe zum Detail. Auch wenn es mir so manche schlaflose Nacht und Kopfzerbrechen bereitet hat, denke ich, dass wir zusammen das Beste aus Minas Geschichte herausholen konnten.

Martina Wahl, ich danke Dir für deine Mühe und die mental erlittenen Qualen mit meiner Rechtschreibung und Kommasetzung. Ich glaube und hoffe, dass die Deutschlehrergene ihren Zweck erfüllt haben und Bauchflüstern weitgehend fehlerfrei hinterlassen.

An dieser Stelle auch meinen herzlichsten Dank an Mirco von Maydell und seine Agentur mountain sky, die sich viel Mühe gegeben haben, mein Manuskript und mich an die richtigen Personen zu vermitteln.

Stefanie Scheurich, Du hast mir die Angst vor dem berüchtigten Buchsatz genommen. Gerne habe ich meinen Text in Deine erfahrenen Hände gelegt und ich finde, das Ergebnis kann sich mehr als nur sehen lassen. Du hast bewiesen, dass Du Texten mit Deiner Setzung und Deinen Grafiken auf ganz andere Weise Leben einhauchen kannst. Ich danke auch Dir für Deine Mühe und

Deine sympathische Art, mit der Du mir mehr Halt gegeben hast, als Dir bewusst sein mag.

Zu guter Letzt, liebe(r) LeserIn, möchte ich mich bei Dir bedanken. Ein Buch, das nicht gelesen wird, wäre besser ein Baum geblieben. Genauso wie eine Geschichte, die nicht gefühlt wird, wohl besser unerzählt geblieben wäre.

Ich danke Dir für Dein Vertrauen, Dir Minas Geschichte erzählen und Dir so einen exemplarischen Einblick in das Leben mit einer chronisch entzündlichen Darmerkrankung geben zu dürfen. Ich hoffe, dass Du uns Bauchflüsterer jetzt ein bisschen besser verstehst und das Buch mit einem guten Bauchgefühl zuschlagen kannst.

Printed in Poland
by Amazon Fulfillment
Poland Sp. z o.o., Wrocław

69482236R00183